父亲树

冀版精品图书

北 夫 ◎著

花山文艺出版社

图书在版编目（CIP）数据

父亲树 / 北夫著. —石家庄：花山文艺出版社，2016.11
ISBN 978-7-5511-3063-9

Ⅰ.①父… Ⅱ.①北… Ⅲ.①纪实文学－中国－当代 Ⅳ.①I25

中国版本图书馆CIP数据核字（2016）第271724号

出　　品	冀版精品出版工程办公室
书　　名	父亲树　Fu qin shu
著　　者	北　夫
责任编辑	董　舸
责任校对	李　伟
装帧设计	果亚楠
美术编辑	胡彤亮
出版发行	花山文艺出版社（邮政编码：050061）
	（河北省石家庄市友谊北大街330号）
销售热线	0311-88643221/29/31/32/26
传　　真	0311-88643225
印　　刷	大厂回族自治县正兴印务有限公司
经　　销	新华书店
开　　本	710×1020　1/16
印　　张	15.5
字　　数	230千字
版　　次	2017年4月第1版
	2017年4月第1次印刷
书　　号	ISBN 978-7-5511-3063-9
定　　价	30.00元

（版权所有　翻印必究·印装有误　负责调换）

抗击命运的力量
——我读《父亲树》
梅　洁

在我已不大相信时间能拯救悲苦的日子，我读到了《父亲树》——北夫送来他的书稿时，我刚为我的亡夫做完一周年祭奠不久，我内心恐惧苦难，我怕我没有力量读下去。

在我陪伴丈夫与病魔抗争的日日夜夜，我隐隐约约听人说北夫唯一的儿子得了淋巴瘤，我的内心一片惨然：上帝呀，你创造了人类为何又让人类如此受难？

北夫那个晚上来我家送书稿时，说了他儿子的病。说他儿子已完成了7个化疗，自体干细胞移植已经成功；说孩子已回到了学校，一边做小剂量化疗一边跟班读书，矢志要与同学们一起毕业，一起拿到学士学位；说30多万元的医疗费已使家产荡然无存；还说他对社会、亲戚、朋友们的赞助充满感激，是无数的好人帮助他一起拯救了儿子的生命。北夫坐在沙发里平静地叙说，声音很低，但我觉着他的每一句话、每一个词语都是从牙根处发出的，有咬碎所有苦难的意味。那时我就想，比起北夫，我孱弱多了！

两个月后，我试着开始阅读《父亲树》。

与往日的阅读不同的是，我已无法将其归类于某一种文学文本而去领受其审美安慰，因为文字的背后逼仄而来的是一对父子与死神格斗的剑击声，那声音惨烈而英勇，有震撼心魄的力量。北夫以日记体的形式把这场格斗记录了下来，这使我们听到的剑击声更有了一种真实的残酷。或者说，我们在残酷的命运之战中看到了人生的另一种真实。

真实的受难，真实的父子之爱，真实的贫穷与无奈，真实的人间情谊，真实的善良与悲悯，真实的活着与死去……

我惊叹北夫优秀的儿子从隔离仓出来，一边化疗一边从天津的医院赶回省城的大学参加年终考试，且英语成绩居然全班第一，总成绩排第三；我也惊叹北夫在不断的绝望和希望中照料儿子的同时，竟替十余位白血病患者向媒体写求救书，每一篇求救书都多达三四千字！三四万字的求救书都是在租住的潮湿的小屋里写就的。北夫想把活下去的希望留给所有的孩子，留给那些贫穷的、无援无助的、心力交瘁的父亲和母亲们。

怎样解释一个父亲和儿子的力量呢？

以北夫的体验是，父亲是一棵树，天塌下来了，树要全力顶住！顶住了，儿子就不会放弃，就有可能从死亡中逃生。后来的事实是，儿子真的奇迹般逃生了！而相遇的病友中大多都相继离去。父母们的泪水、亲人们的泪水淹渍着这个世界。

写到这里，我不禁想起意义治疗法的创立者维克多·弗兰克的一本小书《活出意义来》，弗兰克在书中描述了二战期间，作为战俘的他和其他受难者在奥斯威辛集中营的经历。对于弗兰克们而言，遭遇的苦难是致命的，纳粹的焚尸炉和煤气室每天都在开动着。弗兰克从完全绝望到逃生的观点是，许多人最终成为苦难的牺牲品是因为忽略了苦难本身提供的另一种机会：即在最恶劣的境遇中，人仍然拥有一种不可剥夺的精神，也即选择承受苦难的方式。任何人只要不放弃这种精神，以尊严的方式承受苦难，那么这种方式本身就是"一项实实在在的内在成就"。因为他所显示的不只是一种个人品质，而是整个人性的高贵和尊严。这种尊严比任何苦难更有力，世间任何力量都无法将其剥夺。

我一直认为"苦难是一种财富"的说法有不完整性，我想说的是只有挣脱苦难的人苦难于他才可能成为财富，否则，苦难只是苦难本身，它可以毁灭一切。

《父亲树》书写的意义在于：我们怎样做才能配得上我们所受的

苦难。还有，当命运的铁掌击来时，我们怎样以抗击命运的力量去抗争。北夫为我们苦难多多的尘世留下了一个范本。

2006年2月13日

（梅洁，中国作家协会会员，一级作家，长篇报告文学《西部的倾诉》荣获第二届鲁迅文学奖。）

目　录

一、初病惊魂 …………………… 1
二、父子情深 …………………… 16
三、四出问医 …………………… 28
四、青山有情 …………………… 40
五、心忧子恙 …………………… 51
六、奔病京津 …………………… 62
七、亲朋慰藉 …………………… 76
八、初现转机 …………………… 95
九、温暖环护 …………………… 107
十、媒体关注 …………………… 121
十一、爱如阳光 ………………… 142
十二、病室真情 ………………… 166
十三、病闯暑热 ………………… 178
十四、生死移植 ………………… 191
十五、又见曙光 ………………… 206
十六、悲情祈盼 ………………… 218

我是父亲（跋） ………………… 233
感恩应是无限的（后记） ……… 237

父亲是一棵树，威武挺拔一举苍穹。粗壮的干厚实的皮，透出应有的沧桑和倔强。遮天蔽日的树冠，给树上的鸟、树下的草，笼罩一个安宁的世界。秋来，为每一颗果核刻写上生命坚韧的密码。叶如一枚枚金扇飘落，大气之美从天而降。

——题　记

一、初病惊魂

8月5日　星期二　阴转雨

　　连日燥热的风已经消散，天色挂上一层铅灰，像人阴沉的脸。两旁的榆树黝黑虬曲的树干挂满千疮百孔的树叶。在每年一度的金花虫折磨下，盈把的老树艰难地期盼伏天后新叶的复苏。那坚韧的根深扎在几千年沉积的泥土里，吸吮草根下留存的雨水，等待着新根的萌生。沟渠边的苇丛已抽穗，猩红的大穗披散开来，摇曳在微风里发出好听的沙沙声，但这声音被车玻璃隔绝在窗外。南排河水闪亮中透着炫目的蓝，河水漫过了岸坡的青草。

　　阳阳颈部几个淋巴结肿大已经有十几天了，约莫蚕豆大小，几天的消炎药并未奏效。卫生院小刘大夫与我们同行，传染病医院有他的同学是科主任，可做检查确诊。传染病院经过几年的扩建，住院楼、门诊楼焕然一新，又与天津两所医院合作，开展医学交流活动，医疗条件和医疗水平已今非昔比。内科主任韩大夫热情地领孩子去做B超检查，血检需三天后出结果。韩大夫安慰孩子："不要紧，颈部淋巴肿大一般是增生。"非典时期，传染病院成为全市的定点医院，韩大夫曾接手治疗全市唯一的一名非典病人。第一线上，他几十天没有回家。家就在附近，三楼窗户望去，可见他家的阳台。

　　回程路上，我和英心情似乎轻松起来。傍晚，一场雷阵雨终于落下，须臾间，乌云在楼顶隆隆而过，留下一条湿漉漉的大街。

8月6日　星期三　晴

　　一早，英带阳阳又去了沧州。昨晚小刘大夫来电话讲：今天有天津专家来沧州坐诊，可以去看看。一上午，在办公室，我心里总是忐忑不安，想打个电话，拿起了话筒还是放下了。也许没有什么事，他们很快就要回来了。中午刚进家门，电话铃骤然响起，电话里传来英低沉的声音，天津的专家看了阳阳肿大的淋巴结，让做病理检查确诊。英带阳阳去中西医结合医院切除了一个淋巴结。

下午他们回来，英的心情又沉重起来。阳阳倒不以为然，一进家打开电视看起了篮球赛。看着他脖上的纱布问："疼吗？""早就不疼了。"阳阳19岁，正是人生的朝阳时期，他应该享受到阳光下的温暖，不应该会有什么灾难吧。

8月7日　星期四　晴

去年阳阳高考前，喉结下部就曾出现一个淋巴肿结。最初时有玉米粒般大小，谁也不在意，谁知慢慢增大像一枚大枣。在那苦夏的季节，高考就要来临，这是决定孩子一生命运的考试，在孩子和我们心目中占据了压倒一切的位置。高考后，在农场医院切除送沧州做病理。病理科李主任是病理界知名专家。他很快电话答复：是淋巴结增生。几天后，病理诊断书寄到了农场医院，医院办公室电话打来，让取诊断书。

我骑车去医院，秋意的街旁，小草把树下的空间铺满绿色，连最纤弱的草尖也都伸出了小穗，大自然是慷慨的，秋也给了它们一次成熟的机会。取回了诊断书。看见李主任赫然签下的几个大字，心中一块石头落到了地上。今年的病理，还能同去年一样吗？心中的沉重和疑虑又油然而生。

8月8日　星期五　晴　立秋

天色微明，英就睡不着了。7时，她乘车去了沧州，要亲自去看结果。阳阳一人在家，我去上班。9时，英打来电话，李主任认为蜡片助手做得不好，不好确诊，建议带片去天津肿瘤医院找专家看。上午，英带着孩子的淋巴切片去了天津。我在办公室镇定自若地处理公务，实际上忧心如焚。嘴很干，没去接杯水，任凭热水器上红灯跳回黄灯，又跳回红灯。抽屉里那本介绍肿瘤的小册子掀开一页，又赶紧合上。总感觉那万分之一或二万分之一的概率会降临到孩子的头上。但转念又想孩子只是淋巴增生，不会是其他。下午4点多，桌上电话终于响起，是英的，介绍完专家看的结果，她哭了。放下电话后，电话再次响起，是孩子打来的："爸，我妈还没有回来，我到底是什么病？""你没事的。"我宽慰着他。"我不信。""……"傍晚，英回到家，我已回到家，孩子已在阳台上站了好几个小时。英是从来不会隐藏内心的人，脸上抑郁的目光和散乱的发际已预示了什么。阳阳看见妈妈眼圈有些红，孩子没再问，他插上门躺在床上。还能跟孩子说什么呢，我和英默默无言坐到深夜。

8月9日　星期六　晴

北京军事医学科学院是全国最著名的部队医院。虽是星期六，医院里车辆横陈，很难找一处车位空地。看病的人众摩肩接踵，俨然如一个大型商厦。早晨驱车出来，在车上已委托的中心医院外科主任与龙教授联系，始终联系不上。星期六，又如何能找到龙教授。他是病理科主任，全国著名专家。

双休日病理科大夫一般不值班。我称送切片"骗"过保安进入病理科，值班助手问："是送片吗？""是，不过我要找龙教授看。""他已调走。"斜对门一间专家办公室门上贴有一纸，即是龙教授留言：我已调武警医院，找我可打电话等等。我记下电话号码，在走廊里徘徊，看还有什么办法能很快找到龙教授。突然，一个中等身材的大夫径直走来，他看起来有40多岁，头上的白发掺在黑发里已十分耀眼，穿一件朴素的蓝色夹克上衣和一条褪色的蓝裤，脚上是一双软面黑皮鞋，面容看起来十分严肃。他向门口走来开门进了屋，砰地关上了门。他肯定就是龙教授，我兴奋地敲敲门推门进屋。"你是龙教授吗？""是，有什么事？""我由沧州中心医院介绍来，请你看片。"龙教授不像我想象的那么严肃，十分和气地看完蜡片，让把孩子叫来看看。我已满头是汗，出楼给司机打手机让英和阳阳进来。龙教授摸摸孩子脖子，让张开嘴检查喉咙，询问是否用过什么化妆品、接触过什么化学品，英说最近只用过护肤的那种。查体后，龙教授十分果断地认为是"反应性增生"，并在桌上抽出一张空白表，随手开出一张病理诊断书。又嘱咐还可送蜡块来进一步检查。

我高兴了，我们都高兴了。多日的阴霾在一瞬间一扫而空。午饭后把阳阳留在他二舅家，我和英返程。下午的阳光是那么灿烂，树梢上的几道流云如婀娜多姿的飘带。车风驰电掣在京塘高速上掠过。

8月10日　星期日　晴

阳阳住在他二舅家，看电脑玩。二舅心细如发，对龙教授的诊断他仍有些疑虑，昨天他认为应再找几个专家看看。我和他有了思想分歧，看不惯他那紧锁的眉头。我坚信龙教授的诊断，我像千百万个孩子的家长一样，决不希望自己的孩子有什么大病。

中年的龙教授毕业于有名的军医大学，硕士研究生毕业，美国ADS肿瘤中心博士后，政府特殊津贴获得者。在肿瘤早期诊断、淋巴瘤诊断等方面有很深的造诣。新近开展纳米医学的攻关研究。昨天他给我一册自编手册，其中一句话说得好："从严格的意义上来说，人的生命只有一次，因此作为以病人为对象的医生来说，错误是一次也不能发生的。"

8月11日　星期一　晴

两天里，孩子的二舅马不停蹄地动用了朋友的关系，找了几所著名医院的专家。晚间，电话铃响起，是二舅的电话，他低沉的声音把两个教授的诊断告诉我。高教授，北大医院著名教授、病理专家。看过切片，诊断为：（左颈部）非何杰金氏淋巴瘤，中度恶性，建议提供石蜡块，进行免疫标记以确诊。肿瘤医院专家朱教授也确认为是淋巴瘤。二舅说："没有告诉阳阳。"他的话像一记闷棍击在我的头上，一屁股坐在沙发上，我茫然了。稍缓还是站了起来，对英说："我不相信，决不相信。我只相信龙教授的诊断。""龙教授是著名的专家，他的诊断应该是最准确的。"她附和地点点头，一下子成了我的同盟者。

8月12日　星期二　晴

上午驱车到沧州取出蜡块，即上了津沪高速。到北京已是下午1时许，武警医院也是著名的部队医院，宽敞的大厅里稀疏地走动着看病的人们。二舅已经在医院大厅等我，"来了？""来了。"我们什么多余的话都没有，要说的话都在各自的肚子里对抗着。我们乘电梯上了楼，然后静静地坐在病理室走廊椅子上，等着龙教授来上班。3点，龙教授果然如期而至，他坚定的脚步，和善的面容，似乎给了我许多希望。他接过蜡块，交给一名女大夫作了登记，我交上了看片费用。女大夫让明日下午来拿结果。我和二舅还是没有一句话，似乎谁也不愿意打破这种沉寂的气氛，我觉得还是不打破的好。回到二舅家中，他忙着进厨房做晚饭。阳阳看起来心情挺好，根本不像我想象中的状态，舅妈还没下班，表妹也还没回来。阳阳给我打声招呼就回到小屋里看他的书。我细细地读起龙教授的小册子，他在书中写道："对显微镜下的每一个静止的细胞都似乎能与它们交谈起来，可以询问每一个细胞的来历、使命，以及每个细胞的'喜怒哀乐'。"

8月13日　星期三　晴

下午，我和英坐在医院走廊上，等待蜡片诊断结果。一名助手出来叫我们进屋，在一台联通式显微镜旁，龙教授的三名助手在看片，龙教授边看边向他们讲解。见我走到跟前抬起头对我说："新切的五个片，仍然是反应性增生。"我的心仿佛由半空中回到了胸腔，已经没有什么好置疑的了。英仍不放心，面带忧郁，向他谈起其他医院的检验结果："北大医院认为是淋巴瘤，到底哪个正确呢？"龙教授立即显得有些生气："那你们相信他们吧，不要找我。"对英的贸然，我慌忙打圆场，英不该当面说出其他医院的诊断结果。我忙说："龙教授不要误会，我们还是相信这里的，因此到这里来检查。"我拉起英向外走，英执拗地回身还想和龙教授争执什么，我连忙推着她。"谢谢龙教授。"和龙教授告别。细胞学上对肿瘤的诊断，是一个十分深奥的学科，教授间的诊断不一也是可能的。而对病人来说，却增加了信任的难度。我明确地对英表示，我信任龙教授。她也点点头，但看起来又那么勉强。

8月14日　星期四　晴

北大医院，狭窄的院子里人头攒动，把旧式的门诊楼快要挤破。如果把它比作商场也很相像，只是没有商场的豪华。在这个巨大的城市里，走进公众场所，就陷入了人的海洋。看病本来就是这样，人们似乎已经习以为常。文大夫，血液科检验医师，40多岁，二舅朋友，和气地领着阳阳做CT、做骨穿。很快结果出来了，二舅的情绪和心绪总是一致的，他阴沉着脸，说话的腔调低得勉强才能听到。他把我和英叫到门口一侧低声说："诊断骨髓受侵，可以确诊是淋巴瘤。"阳阳在一旁候诊室的椅子上坐着，在人来人往的嘈杂环境里却显得若无其事，他一声不吭。二舅领着我和英登上检验楼，楼道很狭窄，也很陈旧。在一间设备拥挤的检验室里，文大夫拿出了一张骨髓染色片："你们看，骨髓已经受侵。"片子上，蓝色、黄色等大小几种细胞历历可数。我们都是门外汉，我问："这种检验就能确诊是骨髓受侵吗？"她肯定地点点头。她说，她已做了十几年这种检验了，不会错的。光线阴沉的楼道里我真要喘不上气来，我和二舅和文大夫客气地道别，说我们回去商量一下看怎么治疗，她送我们下楼。街对面是一家面馆，已是中午，吃面的人进进出出，好不容易找到几个位置，面碗端来，牛肉面汤上浮了一层油花，汤也烫嘴，食欲大减。大家吃了一顿沉闷的面条。二舅和英每人剩下了多半碗，阳阳则吃得很香，似乎大家的情绪对他并无影响。

8月15日　星期五　晴

出于对龙教授的信任，我坚持还要去找他，二舅则认为不应再找，我自己乘车去了那所医院。接待医士让在外稍等，说龙教授正在接待别人。半小时很快过去，一个高挑的西方人从那间屋里出来，龙教授客气地与他道别。见是我，他显得十分和气，问："呵，你昨天来过，还有什么事吗？"我说："有个问题想请教，骨髓检验有问题能否作为诊断的依据？"他肯定地说："这主要看切片，切片是最主要的依据，其他都只是参考。""那在其他医院检验骨髓受侵，我们怎么办才好？""可以观察一段。"我不再多问，和他很礼貌地告别。龙教授的观点已很明白，骨髓检验只是辅助检验，淋巴瘤切片的确诊才是最重要最根本的依据。

晚上，在部队招待所里，也无心看那嘈杂的电视节目，我翻看着龙教授的小册子，"我国学者研究结果显示，我国医院的总体误诊率约27.8%，与国际水平30%基本相等。有研究显示，恶性肿瘤中鼻咽癌、白血病、恶性淋巴瘤、胰腺癌、结肠癌等的平均误差率在40%以上。"作为病人一方，误差意味着什么，到底谁会误诊，我很茫然，真无可适从。

8月16日　星期六　晴

刘教授，协和医院病理室主任、中国科学院院士，中国病理学界唯一女院士。执着的二舅已去协和医院门诊联系，下周一上班才能挂号，能否这两日提前找她。我把电话打到了中科院研究生院，请潘表叔帮助，他很快查阅了院士名册，亲自打电话给刘教授，恳求给阳阳看片。刘教授客气地讲下周要参加年度院士评选会议，很重要，要找她一周后去协和医院。我们怎能等得起，每一天每一刻似乎都牵系着孩子的安危。晚饭是在大门外一家饭店吃的，窗外霓虹灯闪烁，公交车、小卧车交错而过，楼房的轮廓遮挡了天幕的夜色，一种令人窒息的气氛紧紧包裹着我。晚8时许，二舅电话打去刘教授家，请求刘教授能尽早给看片。刘家服务员讲教授已经休息，请不要打扰，再则家里也没有显微镜不能工作。二舅黔驴技穷般的沮丧，我们又如何能等待一周时间呢。

8月17日　星期日　晴

　　二舅十几年的军旅生涯，刚毅和执着凝固成一种性格。一夜没睡好的二舅，清晨和我去了刘教授居住的大院。原来同在一条大街，南北相距不过一公里，车行几分钟绕到马路对面就是大院。大院门口，保安戒备森严，出入人员一律出示证件。二舅军服穿戴整齐，手夹公文包，包中有阳阳病理切片、蜡块，径直走进去。保安挡了一下，二舅掏出一个军人证件象征性地举了一下，保安放行。半个小时过去，又半个小时，我在大门口的车上等得心急不安。他终于走出来了，脸还是阴沉着。上车后他摆摆手："我们回去吧。"时间已经过了上班时间，刘教授肯定已经乘车开会去了，二舅打电话，服务员根本不接。他等了足足一个小时。大门口，进进出出的车辆很多，我们也根本不会知道哪一辆是刘教授出门的车辆。院士有严谨的工作安排，也不会打破常规来接待打搅者。还是尊重人家的意见吧。

8月18日　星期一　晴

　　国防大学老干部处李大夫，是农场招生办刘老师爱人的表弟，论起来也是个亲戚。他由家驱车过来，领我们去军医学院病理科见邢教授。邢教授经验十分丰富，看完片，认为像淋巴瘤，但需各项结果做出再定，或再切淋巴结做病理。

　　回到二舅家，二舅是个心细的人，看时间还早，拿上相机带阳阳去电视塔玩，表妹迪一起陪同。二舅的心思我们很明白，试图缓解阳阳的心理压力。我在他家休息，在窄小的厅室里只能看电视解闷，电视中的人物山水景物都成了远离凡尘的世界。下午，他们回来，阳阳说起登高望远的感受,今天风和日丽,塔上塔下他们照了不少照片。阳阳一副天真的样子,毫无一丝病态。但我的心思在孩子身上,对龙教授的信任感越来越强。

8月19日　星期二　晴

北大医院病理楼像主楼一般陈旧,楼房间高大的树木凝结成历史的神态,低矮的花草又把环境打扮成具有现代气息的幽雅。楼道里显得凌乱,一些架框上摆放着陈旧不堪的标本瓶。高教授的工作室也十分拥挤,满是仪器试剂,有女助手为我们开了门,高教授在电脑前停下忙碌的手接待我们,她约莫40多岁,中等个,黝黑的脸庞,看起来十分健壮,说话快而清晰,看起来是个十分干练自信的专家。对她的诊断意见她认为已很明确,为慎重起见,她建议看儿童医院、肿瘤医院专家后,再出结果。应该说,高教授也是个深谙病人心理的专家,让病人把一条条希望之路走完再回到原点上来。高教授建议将免疫组化片寄香港一家著名的病理学检验中心。这等于国内多个专家的会诊。我们同意了。

我们驱车去十几公里外的儿童医院。李教授,70多岁,已是想象中的那么老,原北大医院教授,儿童医院病理室聘任专家。我们来得不是时候,有护士抱着盒饭和我们一同乘电梯上楼。当我们找到李教授时,他正和助手吃快餐,我们礼貌地在外面等待。时间不长他就草草吃完饭,洗洗手开始工作和助手看起片来,他解释染色图片的结果几乎同高教授一样。

下一站是肿瘤医院刘教授,70多岁,肿瘤医院著名病理专家。我送上蜡片,下周才能取结果。

8月20日　星期三　晴

返家途中,顺便到南四环外新华厂驻京办事处。老板秦先生,农民出身,崇文尚武。大哥退二线后任其助理,陪同他做一些文化产业。办事处内院里竖满了几十根石柱,小者如磙,大者如树,树纹五彩斑斓,截面年轮清晰。这是树木化石,是老板从南方购回,不仅作为一种装饰,同时也有很高的收藏价值。书房也十分大气,满墙诸多名人字幅,每日高兴时,秦先生总要练上几张书法。知道孩子有病,秦先生电话叫来私人中医师李大夫。李大夫中等身材,瘦长脸,两眼有神,让人感觉他神清气爽。他是秦先生聘请的医生,每年巡回为客户老板免费诊病,医道不凡,颇有名声。

与李大夫见面后，握手道过谢意。李大夫便对阳阳看病，称给一个患淋巴瘤者看过，用药后已基本好转，阳阳病不重，也有肾虚状况。随后从随身提的包里取出一沓处方纸，摸出一支钢笔很快开出一个中药方，嘱连服6服后再来找他看。我接过处方谢过，与他们道别乘车回家。车开得很快，午后回到家。傍晚，大哥给我打来电话，称李大夫认为孩子患的是淋巴瘤，因孩子在场当面不好讲。先吃这服药后再调整药方。

8月21日　星期四　晴

　　中医常有其神奇之处。秦先生昨日讲他的师傅之一吕紫剑，重庆武坛高人，已108岁。是个传奇人物。民国总统保镖，曾因比武打死日本人，隐于民间。"文革"时被逮捕送新疆服刑，被红卫兵造反派扎破腹部，扔弃荒漠，以吞活蝎疗伤，保全性命。后被特赦回到重庆。师傅之二已102岁，军医，现住北京，善治疑难杂症。一年秦先生身上长一巴掌大牛皮癣，师傅熬一膏药贴后即愈，现今牛皮癣仍是疑难之顽症。中医又能否治愈淋巴瘤呢？既然李大夫已开出药方，应该用一段看其效果。

　　上午我去市里医院买回6大包中药，傍晚在阳台改装的厨房里，点燃火，用药罐煎药。大包药把药罐占得满满，添上水草药就浮了起来。把药慢慢摁在水里，火稍大罐中的水就沸出来，只能虚盖罐盖。小火慢慢地燃着，罐中的草药很快散出了浓烈的气味。端把凳子坐在阳台上，听罐中水泡声咕咕作响。天热，不安分的蚊子飞来撞去，有的忽地粘在有些油污的玻璃上。时有几只飞蛾在灯旁环绕，有它们相伴，我已毫无困意。

8月22日　星期五　晴

　　英一个同事之弟打来电话，说他可带阳阳去看一个中医，在黄骅已很有名气。这家诊所在铁道南不远的路旁。张大夫约莫40岁上下，是个美貌女子，乌发盘在头上，穿一身白大褂，身材不高，但一双高底鞋使她很有风度。诊所不大，两间外屋是中药店，里屋是诊室，后面尚有几间起居室。诊室已挤满了看病的人，我们只好在外屋椅子上等待。听说，张大夫信誉不凡，各处来就诊者每日络绎不绝，下午一般有病人请去出诊。时近中午，人已不多，张大夫看了阳阳的病，即行指针和气功按摩消结。她左手托起阳阳左手，右手四个手指弓起，用指甲在阳阳手腕处、各指缝处加力切压。然后，拿出银针在各手指第二指缝处扎下，挤出血珠。又用右手抓病人脖子淋巴结处，眼微闭施展气功。良久，她额上沁出了细微汗珠。她停了下来，到墙角一个脸盆处洗洗手擦干，回来拿起笔开药。开出的是一味鹿角帽，她说能增强免疫功能、消结等等。拿药的女子看起来比她年轻，模样相仿，有人说那是她妹妹。诊室和药房挂满了锦旗，我真希望她是一个再世的观音菩萨。

8月23日　星期六　晴　处暑

鹿角帽，是鹿角托骨，坚硬异常。如何将它磨成粉状真是难死凡人。我从商店买回一把平锉，垫上白纸，一手扶鹿角帽一手握锉飞快地锉起来。粉末簌簌而下，一开始劲头十足，白粉末很快铺满白纸。但渐渐越落越稀，手也越来越软。还是换把锉好些，到抽屉翻出了一把带木柄的木锉，锉了一会就不行了。木锉锉面是很粗的，根本锉不上劲。放下木锉再去找来一把圆锉，圆锉也不好用。找出了石头来磨还是不妥，只能用平锉慢慢地打磨，像打磨一块玉，像蚂蚁啃骨头。终于磨出了一些粉末，已是满头大汗。用裁好的小块纸分成小包包好，一共十几包。好在一天服一包，一包三克即可，今日累了明日再磨。"只要功夫深，铁杵磨成绣花针"，古代那位老妪，此刻已成为我心中的榜样。

8月24日　星期日　晴

朋友介绍带孩子去看马大夫，马大夫由中医学校退休，他的家在家属区一栋楼房三楼。他60多岁，个子较高，腰板挺直，满面红光。退休后总结一生看病经验，已写成灵验处方一书，有待出版。他用右手摸了孩子脖子上的淋巴结，详细听了我对孩子病情的介绍，在桌上拿过一个把脉用的小枕头，孩子把手腕伸在上面，大夫三指紧扣寸关尺三穴。约莫十几分钟，大夫抬起头，平和地说起了他的诊断。他认为孩子这病是由湿、积、气结所致，中医称淋巴结肿大为"瘰病"，散结攻坚可治愈。听他的辨析，感觉孩子的病不是太严重，是能够治愈的。马大夫铺开处方单，一笔一画清清楚楚地开出散结的中药方。药方15味，他嘱咐在新华桥下药店取药为好，不会有假。中医是我国几千年医学的结晶，其实，世界各民族都有使用草药治病的历史，只是中医更为系统化、专业化。西医的许多疑难病症往往在中医师手中逢凶化吉、手到病除。我留下了带去的一箱特产，大夫推辞了一下也就收下了，客气地把我们送到门口，看着我们下楼。

8月25日　星期一　晴

天还那么闷热，整个世界都裸露在阳光的暴晒下，似乎要把地面上的一切都蒸熟。今天，英带阳阳由张大夫处复查看病回来，张大夫又给做了切指和气功按摩。阳阳感觉效果良好，淋巴结已见缩小，每天用水冲服鹿角帽粉，感觉浑身有了力气，脸上看起来有了亮光。北京李大夫开的药已基本服完，以马大夫、张大夫药交叉服用，似已初见成效。中药自有它的优点，几千年来中华民族就靠中医祛除疾病，西医引进中国也不过百年，切不可小视中医。我想阳阳这病肯定能够在这几位良医诊治下药到病除。

8月26日　星期二　雨

天慢慢转阴，乌云一层层封住了阳光。下午云层越来越低，一阵凉风袭来带来了雨点，雨点密密地敲打着树叶，敲打着裸露的土地。阵雨过后，一周来的闷热洗刷殆尽。天仍然阴云密布，难有转晴的迹象。"有病乱投医"历来成为病家的一个信条，病在未治愈前总是东奔西走，寻医问药，这也是人之常情。病人总是把希望寄托给一个又一个的医生，医生也顺便把希望送给病人，但往往病人把失望留给了自己。

8月27日　星期三　晴

清晨，推开窗户，一缕阳光投射进来，潮湿和清新的空气涌进屋来。天放晴，心情也随之好转。朋友来电话问阳阳病情，他说：这个张大夫很不错的，不仅看病，还能预测凶吉，说得很准，黄骅一些老板经常光顾她的诊所，或是请她去公司、府上。自然给她的报酬也是丰厚的。一般上午坐诊，下午总是被人请走出诊。几年来，医疗事业迅猛发展，民营医院在扩建，药店在增设。民间的医生诊所也如雨后春笋般涌现，挂牌营业。张大夫看来也是其中的一个成功者。

8月28日　星期四　晴转雨

沧州闹市区，一栋陈旧的二楼单元房，是董大夫的家，三室一厅，厅很小。他约莫40多岁，有两个孩子，大儿子在外上学，女儿在市中学住校。给人看病，据说有很多疑难病症在他手中得以痊愈，民间传得神奇，颇有声誉。阳阳大舅的朋友极为推崇，原来他的女儿两年前患了白血病，多方求治，花费40多万元没有治愈。慕名找到董大夫治疗，如今孩子已基本痊愈。这个朋友现在也成了董大夫的徒弟。有这么高超的医术，当然很多病人会慕名而来。在靠近阳台的小屋，布置了一张病床，柜上供有一尊观音菩萨，香炉里飘出的香味弥漫在屋子里。他让孩子躺在床上，两手在孩子全身上方游走发功，约20分钟。他说孩子病一定能好。这也是近期"有病乱投医"所看的第四个中医师。

8月29日　星期五　晴

　　吉林的朋友毕先生夫妇昨日来农场看我，我领他们去看湿地。大苇荡无边无际，雨后泥泞，车只能停在路边，步行进洼。几只苍鹭由苇丛中掠起，缓缓飞去，姿态优美。洼里已存积浅浅的雨水，浓郁的苍绿占据了整个苇洼，苇洼干旱几年后又一次有了生机。他们第一次置身宏阔的大苇洼，自然欣喜若狂。走走停停，拍照留念，临走约定明年再来。孩子闹病的事没有告诉他们，应让朋友乘兴而来尽兴而归。

　　送走毕先生夫妇，拉着孩子到黄骅张大夫诊所已近中午，诊所的人气还是那么旺。张大夫还是给阳阳扎指针，然后做化结按摩，她说，感觉淋巴结已在缩小，再诊治几次就会好的。孩子要回校上学就去吧，以后可以每月来复诊一次。

8月30日　星期六　阴转晴

　　炎炎夏日悄悄溜走，暑假转眼过去。大学要开学了，阳阳执意回校，一周的各种治疗虽没有大的进展，但病情似乎得到了控制，没有向坏的方面转化。公路两旁，杨树高挺着身姿联成树的长廊伸向前方。从树空望去，田园澄绿，肥沃的大平原生机无限。

　　午前我送阳阳回到了学校，又去咨询了医大二院血液科主任潘大夫。她认为由于病理有分歧，可以定期做血常规，密切观察血象变化。潘大夫是农场走出来的大学生，医大研究生毕业后，赴日本读博士学位。1977年恢复高考时，我与她曾同年参考，她幸运地走进大学校门。她的话使我增加了几分坚强和信心，孩子决不会有什么大病的。

8月31日　星期日　晴

今天早晨没吃饭，带阳阳去二院做血检，正好潘大夫值班。病人一个个找她，有老病号，也有新病人，她看过阳阳血常规后认为正常。由于北京多个专家对病理有分歧，尚不能确诊，可以两周做一次血象，以观察血象变化，必要时再重做病理。阳阳回到学校，如一条鱼回返大海，又忘掉了暑期外出看病奔波的辛苦，忘掉了他是一个疑似病人。他心情陡然间振作，他对我说："爸爸，你回去吧，我没事的，我能照顾好自己。"我们做父母的又能怎么办呢？回去的路上，我在车里很快沉沉睡去，醒来时，车已到沧州。似乎一个月来的担忧和奔波劳累已经消弭。

9月1日　星期一　阴

大学开学，阳阳回到同学们中间又成了一个无忧无虑的孩子。去年暑假，我曾带他拜访过北京几所大学信息技术专业的著名教授。中科院研究生院的一个教授对他说："要珍惜这4年时间。学生超过老师，老师高兴，这是一个普遍的心理。……我是从农村来的，过去上学很不容易，现在是中华最好的年代，要努力。"北邮左教授讲："信息技术是通科，基础要打牢。这个基础是各方面的基础，即个人的整体素质。"阳阳能否懂得这些道理呢。

9月2日　星期二　阴

远在美国定居的同学德风，昨日回四川故乡，为东风小学以其母名字命名揭牌。其父为小学捐款几十万元。其父原为国民党高级将领，1949年随军去了台湾，退休后定居美国，已90余岁，热爱桑梓。德风是我儿时的同学，中美建交后他始得与父相聚。我与他已44年未见面，但我们数十年互通信息，未曾间断。朋友间，难能可贵的是有这等执着。今日他打来电话叙旧谊，时间紧迫，明日返重庆，后日即启程飞美，我为他回乡来又未能相见深感遗憾。

9月3日　星期三　晴转阴

　　湿地是农场人引以为自豪的地方，随着国家对湿地的重视，这片湿地愈加显得珍贵起来。老百姓不管时兴湿地的称谓，仍然固执地把湿地叫大洼。大洼的孟秋风光宜人，天虽然阴沉着，但芦穗红中泛银，苇叶湛绿。时有长脚鹬、野鸭在进入人们视野时及时飞起。鹬鸟悠然一些，野鸭则急急忙忙，奋力扇动翅膀贴着苇尖远去。

　　松林老师和市文联数人与一家著名刊物几位编辑来观光，惊叹渤海边的这一片大湿地，拥进芦花里，露出一张张笑脸，留下孩子般的倩影。掐下一枝枝蓬松的芦花穗抱在胸前，摘下那么多的苇穗要带回家，嚷嚷着要插在他们的花瓶、摆在屋角。

　　记得孩子很小时，也是在秋季，我在洼里摘回了一大把芦花，阳阳高兴得捧在手里，仰起脸吹啊吹，看几朵小绒花飞上了空中。

9月4日　星期四　雨

　　凌晨，小雨击打着窗玻璃，"哒哒""哒哒"，好像击打在我的脸上。早上醒来天已发白。雨后的一切都那么清新，儿时的课文跳出脑际，"清早起来，打开窗户一望，田野一片绿，天空一片青。多谢夜里一场大雨，把世界洗得这么干净……"。心灵的清新、世界的清新，这清晨的感觉多好。即将升起的太阳也会是一轮崭新的太阳。

9月5日　星期五　阴转晴

　　一阵秋雨一阵凉，转眼间已快到仲秋。应该换上长袖衬衣，或是秋衣。早上，天阴沉着。心情也有些不畅，人是最能受气象影响的动物了。我感觉到了气温的变化，穿上了一件长袖衬衣。阳阳知道换衣吗？给他发去信息："阳阳，雨后天转凉，注意加衣。锻炼身体，防止感冒。"他回答的信息也很简短："知道了，爸。"

9月6日　星期六　晴

　　华北油田文联的朋友来黄骅，他矮胖敦实，白白净净，眼镜后面有一双下弯的和气的眼睛。还不到不惑之年，却稚气中伴着老成，豪喝豪饮，看不出是个诗人。其实，在油田文化期刊任编辑的他，早已是油田著名的诗人。这次来特意送给我他的一摞诗集，我送给他和同来的朋友我的散文集。孩子的病始终没有告诉各地的朋友，也不想告诉，他们的好心情影响着我。

9月7日　星期日　晴

　　古人在总结祸福机遇时以"天有不测风云，人有旦夕祸福"来表达。刘副场长怎么会得喉疾呢？不到知天命的年龄，魁梧的身材，为人厚道坦诚。春天他不幸患病，在北京一所部队医院手术，切除病灶。没有喉头怎能表达语言，他去北京学习发音，听说已能掌握说话技巧了。人到中年，最怕得病，况且他又是很有前途的干部。名人说过："身体是革命的本钱。"只有亲身体验疾病的人，对这句话的理解才会深刻。他是在保守治疗后复发进行手术切除的。在凶恶的病魔面前，刚强的他也无能为力。疾病是戏弄人的妖魔。在它的淫威下，病人往往又都是弱者。

二、父子情深

9月8日　星期一　晴　白露

　　秋停在洼里时，这片大苇荡应该说是一年中最美的日子，漫散着熟黄色泽的秋苇密集在一起摇曳，低吟浅唱，如万顷波涛此起彼伏。细小的芦花离开苇穗飞升，无规则地起落。远处野鸭群骤起，几只鹰隼在不远的上空盘旋，一定是它们惊扰了鸭群。王勃的"落霞与孤鹜齐飞，秋水共长天一色"，用在这片恢宏的大洼里仍有些不足。洼里的秋是一种大美，如能留得住，当留住它，比之古人更为惬意。

　　南皮朋友国中等结伴慕名来看大洼，广袤的大苇洼让他们流连忘返。他们文思大发，表示要连夜成文，在日报上发表，以宣传大湿地。几个朋友颇有才气，大苇洼也真是能触动文心的好去处。

　　阳阳已回校10天，在大洼深处想给他拨个电话，还是止住了，或许他正在课堂上。与朋友们的好心情还是不掺杂其他的好。

9月9日　星期二　晴

　　大哥由河间回来，问及阳阳病情。阳阳目前血象正常，回校前一天，我在医院将中药找煎药部煎制。那工作人员把药包全部解开，倒进煎药机里，添上适量的水，盖上盖，在上面电脑键盘上设置时间，就静等汤药的熬成。还得感谢现代中医的改进，煎药机一个多小时把中药熬好，随即封装成小袋，常温下可存放半月。那些药够阳阳服用两周。嘱咐阳阳每日按时服用。昨晚阳阳打来电话，他和同学们踢足球、打篮球去了。中药肯定能消结祛病，他也会很快恢复正常的。

9月10日　星期三　晴

　　明天就是中秋节了。天蒙蒙亮，寒酸的公墓院墙外，巨大的影壁四周以及空旷的荒草场地上，祭奠亲人的人们东一群、西一伙，在骨灰盒前燃起纸钱，磕头、默念、跪拜。纸灰时而被旋风卷起，环绕在人们头顶、脚下，鞭炮声震耳欲聋。院内人们进进出出，捧出或送回亲人的骨灰盒，俨然一副热闹的集市图景。公墓周围，已被民居占领，十年前，这里还是荒僻的果园一隅。这里生与死近在咫尺的融合和较量，最终这座亡灵的立锥之地也要荡为平地，还生人一方草绿。亡灵抑或漂泊他乡入土为安，抑或随公墓迁居荒野。其实，人的生死是生命的两个极端，一生的过程是两个端点的连线，这是大自然的杰作。

9月11日　星期四　晴

　　梅大姐那么天真烂漫，那么无忧无虑。在她面前，人人都会年轻。去年，在西柏坡笔会上，还快乐地和我们合影留念。她和爱人感情甚笃，病魔又是怎么侵染上她爱人的。今天电话里问候她时，她几乎要哭出来。这个感情型作家从不掩饰自己的感情，此刻我感到了她的悲痛和无奈。我安慰她，我知道安慰对于她几乎没有用，但安慰作为一种同情又是必要的。

9月12日　星期五　晴

　　满洼的高粱熟了，村路上大车小辆隆隆驶过，农用卡车、拖拉机，有些原始的马车、牛车满载而归。红熟的高粱横挤在车上，那令人炫目的古铜色、一种永恒的色彩一时充斥了整个村落。诗人小祁曾写道：

　　高粱熟了，
　　高粱熟了的颜色常使我联想
　　起一种血液，
　　我父亲和母亲的血液，
　　在炎阳下的田野里大片地浸出，
　　美丽得使我的心
　　隐隐作痛。

他又写道：

　　一个诗人的岁月是多么漫长，
　　又多么短暂啊！
　　但我还活着，
　　这个封冻的湖泊还渴望着奔流。

人参与了自然界的美丽和斑斓的创造，有限的生命自应放射出一束光辉。

自然界植物的生命以花果、根茎年复一年地延续，完整地保持着基因。人类这样的生命每一个孤独的诞生和终结，他们的繁衍则是另一个生命的开始。造物主对于生命的安排是伟大的也是残酷的。

9月13日　星期六　晴

阳阳昨天从石市回来，我在沧州接站，就便带他去卫校看马大夫。此前给马大夫通电话约定好他在家里等。马大夫看了近日的血象检测单，仔细地摸了阳阳的颈部淋巴结。认为尚需用药攻坚，加大剂量，随后开处方调药，我们在药店抓回了中药。阳阳在家里只住了一晚，今天又要回校，我送他到市长途车站坐车。他的书包里装着上午熬好的中药袋，摸起来还是温热的。送他上车坐好，车上的人不算太多，他对我说："爸，你快回去吧。""你到校后发个信息给我。""啊。"他答应着。我下了车，在不远的地方等着这辆车的开动。总有一种担忧在心里占满，车也许还有几分钟才开，我又放心不下，登上车去，从衣袋里掏出50元钱给他，阳阳用右手推了一下："不用，已够了。""拿着吧。"他顺从地接过钱，我看着他放进了衣袋，才转过身下了车。司机从检票口过来了，车慢慢开动。阳阳在车玻璃里摆了几下手，车在一处水泥地面的小洼处颠了一下，又平稳地转了弯。此时我的心情由复杂到平静。朱自清《背影》中那个父亲的感情或许不过如此，我很理解朱父。

9月14日　星期日　晴

窗台上的电话铃声响起，是大哥来电。他讲北京李大夫询问阳阳的病情。李大夫认为阳阳患的是淋巴瘤，应按他的处方服药，并需调整药方。果真是淋巴瘤吗，我不敢相信，也不愿接受这个现实。今天潘大夫也打来电话询问阳阳的近况。她说：现在不能断定就是淋巴瘤，可以经常检验。北大医院血液科的一个著名教授参加学术会时曾与她交谈过，认为阳阳在三院做的检查，不能排除淋巴瘤。我的心又提了起来，命运对一个人往往是残酷的，命运对一个家庭往往也是残酷的。

我宁信其无，不信其有。

9月15日　星期一　晴

学校的三好学生评选揭晓，阳阳在班里以最高票当选。评选那天是上星期六，阳阳正好回了家。全班评出三好学生五名。上学期，阳阳考试成绩在全班排名第四，与上学期名次相同，获得奖学金。

在我的书架上，还插着给阳阳的十封信的底稿。那是他刚刚走进大学的校门，18岁的年龄。在一个月的时间里，我写了十封信给他。包括立志、恋爱、勤俭、勤奋、惰性、修养、自立、读书、表达和身体方面。那时，他那充满稚气和探询目光，确实需要一个父亲给一些点拨。暑假阳阳回来，把一扎信封放进了抽屉，对我说："已经都看过了。"我不知他理解了没有，也许还需要慢慢地去消化。作为父亲，我并不是那种面对面絮絮叨叨的性格，用书信的方式也许他看得更仔细，理解得更深刻些吧。

9月16日　星期二　晴转阴

几年来，土炼油厂悄然兴起，尤其在渤海湾区遍地开花。浪费原油资源，污染环境，劣质成品油流入市场。昔日晴空万里，风和日丽和洁净的大自然早已不见踪影。大洼地边竖起了一座座高高矮矮的简易小炼塔，清静的田野土路上隆隆驶过一辆辆滴答着原油的拉油车。昔日僻静的小村庄的居民常常被油气熏得骂声四起，各种癌症等疾病的患病率比以往增多，人们开始注意环境恶化对身体的侵害，对生活质量的影响程度。近期国务院治理小炼油调查组调查了这个重点区域，但愿土小炼油从此绝迹，环境得以改善。其实，环境污染的危害与每一个人并不遥远，健康的体魄慢慢成为人们的奢望，经济的发展伴随着许多唯利是图者的梦幻，这些梦幻又往往是人们的灾难之源。

9月17日　星期三　小雨

秋日的小雨是斜的,轻轻地在你的衣襟上、凌乱的黑发上或是花彩的雨伞上敲打。打不上你的那些雨滴就干脆在地上稀稀地织一层滋润的水布。秋日的雨是凉的,它总爱在一瞬间把一种快意通过你的手背、脸颊、脖根传递给你。当一滴雨点送上你裸露的下唇,情不自禁地含上它,如一颗冰样的珍珠。秋日的雨是忧伤的,它挂上你的眼睫、挂上你的鼻翼,常误作心中的涌动从眼眶而下。你随手拂去衣袖上的一片树叶,心情仿佛又振作许多。

9月18日　星期四　阴

清理旧相片,有和阳阳在一起下棋的镜头。那年阳阳12岁,是他二舅从部队回来休假时随意拍的。看他聚精会神的样子,俨然像个棋界神童。教孩子下棋,其实不用费多大事。只需将如何走步告诉他,兴趣就会使他入门。那年他先学象棋,又学了国际象棋。有人说"人生如棋",有时一着不慎,满盘皆输。下棋也需要机智,有时一个奇兵可扭转战局。如同一个机遇,抓住它则会走向成功。

9月19日　星期五　阴转晴

阳阳从小似乎就多灾多难。刚上小学时,夏日一场大雨后,他和同学小玉路过泥泞的民房工地。看见木柱上不高的电缆盒感到好奇,那时他对电的危险还没有什么意识,粗心的盖房人没有在大雨前关掉电源。他伸手触摸了一下,电光一闪,幸被电缆线抡起摔开跌倒在泥地上。在小学校园的体育课上,粗心的体育老师没有把学生们安排在安全地带观看。一个学生扔的铁饼旋转着拍在阳阳后脖颈上,他摔倒在地,幸好铁饼力量不是太大没被砍伤。孩子的天性是活泼的,一天晚上,在家里的床铺上,阳阳高兴地在床上跳动,像跳蹦床。突然身体不稳失去平衡,头冲下来了个倒栽葱。我在一米多高的床边手疾眼快抓住了他的两腿,头离地仅差十几厘米。人生往往伴随着灾难,仿佛穿越硝烟弥漫的战场。但孩子还是在磕磕碰碰中长高了、长大了。

9月20日　星期六　晴

5年前的夏季,是阳阳最为得意的日子,以740分高分的中考成绩进入沧州一中高中班，高出一中入学分数线10分，英语是全校第一名。全沧州市的尖子生几乎都汇聚到了一中，这是省重点中学，一所历史久远的著名学府。很巧班主任穆老师是半个老乡，她母亲李大姐是我的同乡，一个可敬的离休教师。

9月21日　星期日　晴

与穆老师认识简直是巧合又是缘分。那年阳阳星期天从一中回家对我说："我们班主任的母亲上报了，是个志愿军战士。"志愿军战士登报也不是什么新鲜事，我随意问："什么时候登报的？""前几天的沧州晚报。""嗯，我找一下。"家里订有一份晚报，我随手翻看几天前的报，果然看到一条报道，大意是"志愿军老战士50年后再重逢"，标题夺目引起我的注意。字里行间，有这个穆老师的母亲系合江县人一句，原来是老乡。孩子回校时，让阳阳给穆老师带个信，认个老乡。不久，孩子要来了班主任之母李良淑老师的电话，在电话里相识。李大姐的老伴原是新华社记者，在朝鲜战场两人相识相爱，转业后同任教师。说起年轻时，她在合江上过中学，从学校入伍奔赴朝鲜前线，竟是我母亲的学生。更奇的是，老人有一弟在黄骅老干部局工作，竟是我1982年时在沧州听课时认识的同届汉语言文学电大同学。世界真是太小了，在四千里外的第二故乡遇见老乡，而且接续半个多世纪的友情，让人感慨。当年底临近春节，老人与老伴来看我母亲，晚报记者随访，做了专题报道。穆老师是英语教师，阳阳英语是强项，在她指导下如鱼得水。

9月22日　星期一　晴

母亲晚年最爱的是他的孙子，每到星期天都要打来电话，做一顿可口的饭菜，叫我们带着孩子去吃饭，这似乎成了她必做的事情。

转瞬间，母亲去世已两年，但她的音容笑貌犹在眼前。她一生坎坷、刚直、好学、善良、乐观。我曾写道："他们带着对这片大洼付出后的满足离去"，一个贫苦的小女孩从"小小的鱼塘湾走出来，在茫茫渤海边的大洼旁停下了脚步"。母亲能魂归故里，也应是儿子的愿望。我给远在几千里外的荣生叔去了电话，请他在老家找一块母亲的安葬地，他答应了。

9月23日　星期二　晴　秋分

今年2月底寒假期间，我突然觉得阳阳长大了，很多事情应该给他讲了，我感到了做父亲的责任是那么沉重。我在给他的信中写道：

新的一个学期已经开始，同时你已经过了19岁的门槛，标志着你又进入了一个人生的新时期。寒假一个月转瞬即过，我与你妈平日只言片语的说教，甚感苍白无力，但又总觉得有许多话要说，要告诫。为此，静下心来抽空写上几笔。

俗语说得好：一日之计在于晨，一生之计在于勤。十八九岁的时候，正是人生的最好年华。立志，是对一生道路的设计，也是为一生确立奋斗目标。立志，可以为人生立下一块坚实的基石，在基石上，为自己一生构建辉煌的大厦。宋代吕祖谦讲："学者志不立，一经患难，愈显消沮。所以先要立志。"明代文人吕坤则说："士君子碌碌一生，百事无成，只是无志。"凡自古以来有杰出成就者，都与年轻时立志并执着追求有关。数学家华罗庚的名言就是"没有雄心壮志的人，他们的生活缺乏伟大的动力，自然不能盼望他们会有杰出的成就"。

9月24日　星期三　晴

从某一个角度来说，一生的成就，决定于青年时期是否立志。

记得去年高考录取后，带阳阳去中科院研究生院看他表爷，一个老教授对他说："大学是人生中最美好的一段时期，是青年人打基础学知识的最重要的时期。现在国家安定，教育发展，为青年人提供了很好的学习条件，一定要珍惜。"我对他的志向要求是高的，不仅仅只是一个大学毕业生。而应该在专业上向高层次的研究发展。要掌握当今世界上最先进的专业知识，并有所创造和发现，站到这个专业的尖端上去。

大学，也是人生自立的开端，自强自立，不懈奋进，才有出息。真希望阳阳能很好地理解。

9月25日　星期四　阴

计生委组织"向贫困母亲捐款"活动，这项活动在全省开展，用于救助计划生育困难户的母亲。对于这种善举，机关干部、学校教职工和国有企事业单位干部均参与其中。几年中各种上级组织的捐助活动频繁，一些人有逆反心理。但在爱心的驱使下，人们还是能慷慨解囊。在绝大多数人解决了温饱进入小康社会，人们伸出援助之手，为那些还在为温饱苦于挣扎、为疾病倾家荡产、因灾害成为赤贫的人们扶助一把，展现人类美好的人性，是建设和谐社会的必须。

9月26日　星期五　晴

　　母亲生前十分喜爱阳阳，经常要给他买一些水果、点心之类的食品。隔几天就要送到我们楼上来。从北区到邮电宿舍有一公里远，要过两个路口，最初她沿着街边慢慢走来。后来有些走不动了，就送到我的办公室，有认识的干部和她打声招呼。渐渐地，她患了老年痴呆症，就将小食品装好，让我去拿。孩子吃不了这么多，自然是我们大人吃得多些。我说："妈，你不用买这些了，他有吃的。"她固执地说："我愿意买。"直到病重去不了街上买东西了。但见到阳阳还是十分高兴，拉开抽屉要给他找吃的东西。

9月27日　星期六　小雨转阴

　　沧州的云鹏大哥来了，同来的有他的同事——著名画家廉先生、王先生、苏先生、田先生。白天在大洼里采风写生，画得痛快，傍晚带回了一个鸟窝、两把苇穗、几束狗尾草。晚上，在大厅里铺开白纸，挥毫泼墨。云鹏大哥是南大港走出去的画家，任美协主席，20多年前认识的朋友。我结婚前夕，定做了立橱等家具，还是他帮我刷漆，棕红的色彩如今还感觉鲜亮如新。这大概是画家手刷与众不同吧。云鹏大哥和他的同事们给南大港留下了几十张画，也留下了他们对这片大洼的热情。

9月28日　星期日　晴

　　阳阳去年高考准备是充分的，考试第二天我和英在一中院外等待。英和采老师见面了，他们是大学函授班的同学，采老师的女儿也参加高考。临近中午，一中的大门开了，学生们簇拥而出，有说有笑。两天的考试，似乎已决定了他们今后的命运。阳阳笑着和我们在大门口合影，又和采老师母女合影。今后将离开这个校门，这几张合影也就显得很有意义。

阳阳考试后做了眼部准分子激光近视手术。第二天早晨即轻松地睁眼看东西，眼镜永远地摘掉了。他报了军校，体检过了关，外语口试也感觉很顺利。成绩下来却令人大失所望，阳阳只能报二本，与重点军校无缘。命运似乎在捉弄着这个孩子。模拟考试都在前列，我感到心中被一把无形的利剑刺伤。他的成绩如果在京津，理所当然能够进一流大学，但输在了相差很远的起跑线上。

9月29日　星期一　晴转阴

鬼使神差，阳阳高考失利，报志愿也并不理想。我劝："阳阳，你复读一年吧。""不复读，有什么算什么。"高中的苦他似乎再难以忍受。他以高分被录入这所大学，一进校自然成了班上的尖子。我是被这所大学的建设所打动的。那天，在接到阳阳的大学录取通知书后，只身来到大学校园。宽阔的校区里，绿树、花草郁郁葱葱。校区北部新建的教学楼已经竣工。我沿楼梯进入一层层的教室，看见工人们在安装灯具。这座宏大的四合院式的教学楼可同时容纳1.5万名学生上课。西部一片新公寓楼、大型体育场、宽大的校区公路、公园、荷池、假山，为这所新组合的大学增色。离开学校时对孩子入学已经感到放心。

9月30日　星期二　小雨

今天，我的生日。南方人对生日很重视，像国庆一样，每年必过，5年一中庆，十年一大庆。而北方人则无所谓。还在外地的朋友金瑞早上即打来电话，说晚上要赶回来为我过生日。他连续几年都要来为我过生日。他记得我的生日，也是记得我生日为数不多的几个朋友。但我却对几个朋友的生日一个都不记得。我是不是有些自私呢。傍晚，他如约而至。我们摆开几个菜，喝着啤酒，叙谈一些看似重要、其实不疼不痒的话题。这样的时光和情谊自然值得珍视。

10月1日　星期三　晴

两日阴雨过后，难得一个晴朗的天。国庆节，本来也应该有一个好天气。黄骅南的杨常庄，是朋友忠勋的丈人家。其孩子的舅舅杨家宅院坐落在路边，通道两旁晾晒了许多玉米轴，黄灿灿地闪着亲和人的光泽。杨大夫，农村医生，墙外以南大片的玉米地是他的承包田。院子里几株枣树上还挂着湛绿的小叶。我是从沧州接了阳阳同忠勋一起来看医生的。杨大夫看了阳阳的肿大淋巴结，爽快地说："这病可以治，动一次小手术，再配40丸中药服用，能好。"祖传秘方真的这么简单？"春节前我给一个女孩看过，好了。"我们谢过大夫，答应后天来看。回到家，英怎么说也不同意再去看杨大夫，她今天没有同去。她认为，阳阳的病并没有这么简单，也不是简单治疗就能见效的，没有把握怎能随便看。先前看过四五个中医都没能治愈，不能再乱治了。无法说服她，只能取消这次治疗。

10月2日　星期四　阴

早晨通知忠勋，不再去杨常庄了，别让杨大夫再做准备。给杨大夫打去电话，一再道歉。杨大夫客气地说："没关系，孩子的病还是要好好地看。"杨大夫说虽然碾下了一些药，可以留给别人用的。英接到滕老师电话：刘皮庄有一个王老太专治疟腮、瘰疬，可以去看。

天忽地转阴，似乎预示着寒霜的到来。刘皮庄其实很近，转过武帝桥北拐即到。在村中转来转去，按人指点的东南方向驶去，走过一片草洼，见路有妇人，下车一问，那人说："我就是老太的儿媳，跟我来。"老太姓王，已79岁，见有人来看病，从炕上坐起，颤颤巍巍地拿出自制的小膏药，给阳阳贴上三张。我们再买上几贴。老人说："让它自个儿掉，能好。"民间偏方往往治大病，不可小看。王氏小膏药听说在方圆几十里有名，传女不传男，儿媳已继承，一来为人疗病，二来有点收入。门前土坡上长了几丛枸杞，尖刺蓬松，老干残枝，挂着稀疏的绿叶，让我记住了王老太家。

10月3日　星期五　晴

长假第三天。潘大夫与丈夫回来探亲，我和英去看他们，她问起阳阳近日的情况。潘的父亲原为农场供电局长，已退休赋闲在家。陈旧的平房，是原来分配的公房，地基下陷，房子窄小，唯独院子还算宽大，适合老人居住。潘大夫夫妇匆匆回来，明日又要匆匆回省城。

英的同学凤英夫妇和女儿来看大洼，找了部车开进了苇荡。夕阳西下，秋苇浩荡，无边无际，芦花在柔光下如银似水，浮满已黄熟的大洼淀。西天生出一片红霞，有野鸭在红霞里掠过，霎时隐没，他们都陶醉了。凤英说："我们生在海边，还从来没来过大洼淀，没想到还这么美。"世间的事情往往是神奇的，许多习以为常的东西，多少年以后，突然会体会到它那无与伦比的美学价值。

10月4日　星期六　晴

今天黄骅朋友秉玉和高教中心校长等到大洼游玩。五千多年前，渤海边形成了沼泽地带，历史上洼淀绵延几百里，荒凉僻远，洼大村稀。民众多以养苇、捕鱼、围雁及晒私盐度日。因为蛮荒，宋代有林冲发配近海的沧州，昔日土匪啸聚苇荡成草寇，清末，更有传说捻军首领张宗禹兵败后隐居草洼村野，度过余生。20世纪50年代，围成荒洼32万亩蓄水垦殖，周边一度成为"鱼米之乡"。随着油田的建设，大洼湿地越来越小，今存22万亩，中心区仅9万亩。大洼是一个湿地的概念，又是一个渤海边低洼地带的统称。近年来，国家加强了对湿地的保护。5月，省政府批准建立湿地和鸟类保护区，新闻媒体炒作日隆。但生于斯长于斯的当地百姓却将所谓湿地看得平淡无奇，今天的生活已不完全依赖这片大洼了。大草洼宁静，能不能给我们的后人一个安宁，能不能让他们健康快乐地成长，在大洼边这种祈盼油然而生。

10月5日　星期日　晴

劳动局福林先生来农场，他中等个子，但很是结实。说话行走不紧不慢，处事稳重。说起来他竟是我岳父战友之侄。半个多世纪前，抗日战争胜利后，他的伯父作为共产党特派员来王徐庄开展工作。处于国共拉锯战中的村庄，环境险恶，岳父家成为他的堡垒户。解放后，他从黄骅调出工作，曾任省高院某厅厅长，对岳父时有问候。有此历史背景，加之福林先生也在市作协兼职，我们二人一见如故。临走，我将新出的散文集送上，张先生称谢，说回去后要好好一读。

10月6日　星期一　晴

阳阳颈上贴上小膏药，洗脸小心翼翼生怕沾了水失效。纸贴膏药周边的皮肤开始出现红肿，感觉很不适，贴两日后撕下了。膏药还是要贴，嘱他回校再贴新药。今日阳阳要返校,送他到沧州乘公共汽车。大哥要去河间,二舅要去岳丈家,就此一齐送送阳阳。临行又带上医院熬制的中药20余袋,让他每日三袋坚持服用。站在车站大院的台阶上,当阳阳所乘的公共汽车缓缓出站,我心中怅然若失。但愿他用了这些药后,能百病全消。

10月7日　星期二　晴

　　长假将结束,子平之夫和几个同事来大洼观光。虽在沧州离这里不远,但他们却是第一次进大洼淀,像孩子一样好奇地东看西望,跑跑跳跳,如进了故乡的后花园。"子平怎没来?"我问。"回老家了。"先生说。子平是文联专业作家,有中篇、短篇在省里获奖,是颇具实力的女作家。去年,她送我一册散文集,满是伤感悱恻篇章,封面是她一幅漂亮的照片。作家的经历、心情影响自己的创作。的确,她不可能短期内写出欢愉的作品。几年前,家有亲人遭车祸身亡,至今无寻肇事者。去年底忽然得知她动了手术。春节前我和几个文友去看她,她在单元楼里养病。姣好的脸庞泛着红晕,她说:"没事,手术后恢复很好。我也看开了,谁又能保证不得病呢。"过去人们谈病色变,如今看来也并不可怕。连她这样的弱女子也能坦然处之,真愿她作品写出刚毅来。人生最大的幸福莫过于健康。

10月8日　星期三　小雨转阴

　　晨有小雨,地面很潮湿。长假后第一天上班。汉沽农场、芦台农场、大曹庄农场最近将成立管理区、经济技术开发区。河北九大农牧场今年进行体制改革,已获省政府批准,挂牌建区指日可待。农场是新中国成立初期计划经济的产物,那时国家出于屯垦戍边、生产粮食的需要,边疆和荒僻之地建设了许多国营农场。改革开放以来,国营农场体系尚存,但已不适应经济的发展,各省农垦体制改革已成必然之势。

　　20世纪60年代至今,半个世纪转瞬间过去,人生其实很短暂。在有限的生命中,不求轰轰烈烈,但求像天上的星辰放射出自己的一点光亮,哪怕是最微小的一颗。

三、四出问医

10月9日　星期四　小雨　寒露

小雨从早晨开始，似乎要与人们的作息习惯相一致。谁知一天也没有停息，直至夜幕降临。深秋的雨是甜的，人们喜欢它。小姑娘挪开雨伞，用舌尖接几滴雨水抿一抿。庄稼人在檐下，伸出手接着屋檐的雨流象征性地洗洗手。鹅鸭干脆跳进坑塘和雨滴的涟漪戏耍。黄狗在小河边信步徜徉，它们无遮无拦，雨中享受一种自在，不需要人们虚伪的恩赐。雨中，心里仍放心不下阳阳，给他发去信息，阳阳回信息说身体尚好，不用挂念。

10月10日　星期五　雨

《美文》第十期刊载我一组散文，万余字，篇幅大，感觉有分量，也是我今年最为高兴的事情。我与编辑部通了电话，感谢贵刊的厚爱。穆涛老师说："你的散文有特色，厚实而不下坠，轻盈。可再寄数章选用。"散文需要沉得住气，力戒轻浮的文风。言之无物，虚无缥缈，读者留不下任何印象，有何意义。细腻而厚重，舒展而自如，当是我所追求的要义。

10月11日　星期六　雨

昨日的雨丝丝缕缕把今日晨光连在了一起。上午，忽又转为中雨，午时更变本加厉转为大雨。"崩云屑雨，浤浤汨汨"，大有倾盆之势。几十年来没有在晚秋时下过这么大的雨，老天爷似乎要把一年的苦闷、一年的欢乐和一年的愤懑全部倾泻下来，淋漓痛快地给人们一个交代。傍晚，雨方歇，几日的雨量竟达110毫米。大雨伴着大风，沿海出现了风暴潮，总场组织三分场职工挡坝防潮。一场风雨，利弊往往相生相伴。

10月12日　星期日　阴

　　三表姐碧如由喀什来电话，几十年了，乡音未改。她与丈夫向阳回喀什卖房，二人已退休回到老家北碚居住。她是1958年去的新疆。记得儿时在转龙塆，三表姐还在上初中，两条黑油油的辫子又粗又大，喜欢领着我在山坡、院子里玩。那年初中毕业的她毅然和几个同学乘火车远去新疆支边。车到兰州，随身带的棉被衣物被人偷个精光。又返回老家，是我母亲凑钱买了衣物送她重上西域。那时年轻人的执着令人钦佩。三表姐义无反顾一去就是40年。一个小姑娘变成了老太婆。退休了，她从纺织厂、姐夫从检察院回到老家，和教书的女儿相依为命。45年了，在我的记忆中，三表姐还是年轻时的样子。

10月13日　星期一　晴

　　淋巴瘤到底是什么病，查阅资料得知，淋巴瘤是淋巴组织或组织细胞发生的恶性肿瘤。分为非何杰金氏淋巴瘤和何杰金氏淋巴瘤。其细胞学来源、病变部位、全身症状、染色体易位及预后都有区别。淋巴瘤发病因素有几种：一是病毒。人类T细胞白血病病毒与T细胞淋巴瘤、T淋巴细胞白血病发病密切相关。二是免疫功能低下。包括遗传性免疫功能缺陷、非遗传性免疫缺陷综合征，自身免疫性疾病和接触化学药品、放射线等。三是环境因素。环境的污染增加发病率。淋巴瘤是恶性血液病中的一种，年轻人发病率很高，及时发现和治疗也就显得十分重要。

10月14日　星期二　晴

　　老家的荣生叔那里还没有回信息。今天和表侄王力通了电话，让他告诉其父，能否在转龙塆所在山林为我母亲找一块安葬之地。那里也是个山清水秀之地，从小我在那里由表婶养了几年，心目中那里就是我的故乡。人不能确定自己的生，出生时家的贫寒、家的富足，不能选择。其生、其死，都需要父辈或子辈来承接和安排。人由生到死，也完成了人类延续连环上的一个点，一个微不足道的点。

10月15日　星期三　晴

几日前的大雨，给已旱了7年的大洼湿地带来了生机。水是大洼的生命，有水也就有了飞鸟、有了鱼，也有了茂盛的苇蒲。走进大洼里，苇荡里已有了半尺深的雨水，土路满是清澈的水洼，映照着天上的浮云。野鸭飞起来了，数百只或是上千只，让人无法去数清。唐李邕有赋赞曰："参差声轧，飒沓缤纷。其浮蔽水，其旋如云。"它们庞大的阵容有一种势不可挡之势。外地几个朋友第一次看见这种场面，无不欣喜若狂。人与自然的和谐是一种崇高的理想境界。早在两千多年前的古人早已有了天人合一的追求。现代人人性的回归之路看起来还艰难万分。

大洼也曾是阳阳喜欢的地方，暑假时，他和几个同学到洼边的河沟里捉螃蟹。带着一身的泥水和欢笑回家。他的一篇捉螃蟹的文章还上了晚报。

10月16日　星期四　晴

北京的云堂表叔来电，其姐潘瑾，我母亲的干妹，患病在京就医，与丈夫住儿子处。她是母亲干娘之女，重庆军医院病理科主任，已退休。兄弟姊妹五个都有成就。母亲年少时，常在她家与几个干弟妹相处，关系甚好。以后母亲参加了工作，也时常挂念。我电话中问候她，她说："没什么，治疗情况也很好，再住些天我们就要回去了，你们放心，谢谢你来电话。"电话里听起来很高兴，完全没有一点病人的忧伤。她的母亲、姨都是患重病去世，但愿她能战胜病魔。

10月17日　星期五　晴

我国的神舟五号载人飞船15日升空，昨晨回收，航天员杨利伟成为我国飞船载人飞行第一人。这是划时代的事件。杨利伟即中国的加加林，是值得中国人大加赞扬的。中国航天事业虽然落后俄美40年，但发展在加快，技术逐步成熟稳定。人类认识宇宙、探索宇宙是一个渐进的过程。从人类第一次点燃火药到今天的载人航天，不过一千多年的历史，从人类编织嫦娥奔月的神话到人类的脚印留在月球，也不过几千年的时光。在宇宙的时间概念里，这不过是短暂的一瞬。探索宇宙，将是人类一个巨大的工程，也是最令人震撼的工程。

世界科技的飞速发展，相当于癌症的血液病治疗也会不断取得重大进展，攻克也能指日可待。

10月18日　星期六　晴

阳阳每两周回来一次。今天星期六，他乘车返沧，中午，我在车站接他，和司机一起到沧州饭店就餐。看着他吃得很香的样子，心里又宽慰了许多。饭店里见走出了一个年轻人，大声嚷嚷菜里吃出了苍蝇，要经理出来讨个说法。女经理很快让人拿了100元塞给他，他不再嚷嚷离开了饭店。亏得这种人还不算多，否则饭店真难以招架。饭后我们径直去了马大夫家，马大夫仍像以往那样稳稳当当地接待我们，仔细地看阳阳颈部。连续两个月用他开的药，淋巴结没有明显缩小，马大夫眉头轻微地皱了一下，感觉到阳阳病情的顽固。他说："这次再调整一下药方。"马大夫慢慢写好药方，在几味药上又加大了剂量。

10月19日　星期日　晴

阳阳只在家住了一晚，今天又要返校。两天的时间确实让他有些匆忙。我和英再次带他去了董大夫家。董大夫倒是十分乐观，他肯定地讲，这是最后一次为阳阳看病了，半月后可以带孩子去大医院检验，一切血象指标将达到正常。因为是朋友介绍来的，看看已到中午，他让女儿去买来饭菜执意留我们吃饭，豆腐、白菜、馒头，倒也显得慷慨。临走，他叫住阳阳，左手扶孩子肩，右手猛地在阳阳背上拍击三掌，口念"去、去、去！"讲病将很快祛除。他拍击的力度很大，孩子还是挺住了，对他的拍掌我心里有些不满。看起来，董大夫已经尽力了，今后孩子的病真能很快痊愈吗？我感到仍然是个未知数。

10月20日　星期一　小雨转晴

给龙教授发出电子邮件："龙教授：近好。今去信反映一下孩子的病情，并咨询有关问题。……6月底患颈部淋巴结肿大，地方医院用消炎药效果不佳。8月，沧州中西医结合医院切除左颈下一个，做病理检验。……8月13日至今，遵照你的意见，去掉一切刺激源，未做其他大的治疗，只用去瘀化结中药，并定期（半月）做血常规观察血象变化。目前,血象基本正常,肿大淋巴结在缩小,锁骨上方小淋巴结有的已消失,有的缩小。……新的小淋巴结是否与贴膏药有关,应该如何办好,中药还可吃否?你的小册子已读,深为你对事业的探索精神所钦佩。亟须得到你的指导。"

10月21日　星期二　晴

龙教授认为:"医学是一门经验学科,他是一门内容丰富而又深奥的综合性学科。有人说,名医是从死人堆上站起来的。再高明的医生误诊误治都是不可避免的。"他说得十分坦诚。"在国外,要求病理的诊断准确率达到99%以上,称为'金标准'。""当医生就会有失误,一名好医生就是要尽可能减少失误。在每天的医疗实践中,随时都会发生各种各样的诊治失误,从大量的失误病例中将最易失误的教训总结分析,警钟长鸣,以期把失误减少到最低程度。""我国医院的总体误诊率约27.8%,与国际水平的30%基本相当。有研究显示,恶性肿瘤中鼻炎癌、白血病、恶性淋巴瘤、胰腺癌、结肠癌等的平均误诊率在40%以上。""中国目前病理诊断的准确率平均约为80%,只有少数医院达到98%左右。军医学院的疾病病理诊断准确率已达到98%。"对龙教授的观点坚信不疑,对他的信任,英说我已到了顶礼膜拜的程度。

10月22日　星期三　晴

淋巴瘤是血液病中的一种可怕病症,两类淋巴瘤又分为系列亚类。非何杰金氏淋巴瘤分10个亚型,又归为低度恶性、中度恶性和高度恶性三类;何杰金氏淋巴瘤又分淋巴细胞为主、结节硬化、混合细胞、淋巴细胞衰减四种类型。现代医学的发展,疾病分类也越来越细化,这对于对症下药是十分重要的。淋巴瘤和各种血液病在威胁着人类,人类只是在可怜地抗争着。在逐步认识的几百种、几千种或者上万种疾病中战战兢兢地生活着。

给龙教授的邮件还未见回复,今在邮局给他发出信件。

10月23日　星期四　晴

孩子大了,最担心的一是身体,二是学业。我曾给阳阳写过一封信说:自己在校,切实要注意身体,早春保暖防寒,锻炼身体,增强免疫和抵抗能力减少疾病，否则病了耽误学习。

孩子大了，又怕他早恋，我说：初入大学门，年方十八九岁，如涉入什么恋爱之场、感情之境，实属无聊。既是一种戏耍，又是过早的失败之举，如人生棋局中的一步失着。

大学是人生中最重要的学习时期，人的一生的智慧、一生的追求、一生的成就、一生的荣光都起始于此，如此大好的时光岂能丢弃，岂能戏说人生。学生，顾名思义就是学习者。父母一生的希望可能维系于一个学生。如果儿子或女儿在校不务正业（学习），而坠入什么情网，最终耽误学业、不能毕业或草草毕业、匆匆在社会上混碗饭吃。对他们不啻是一种痛苦、失望和终身的折磨。大学初期谈恋爱是极为不妥的，这是纨绔子弟之举、无能之辈之举、不肖子孙之举。

10月24日　星期五　霜降　晴

对阳阳还说过：现阶段，学业是第一位的，是最重要的，任何事情不能动摇和干扰的，除非重大自然灾害和战争、重病。每一个有志气的青年都应珍视学业。

大学里，你肩负了父辈的寄托，肩负了对社会、对人生的责任，切不可游戏人生。对你交往的女同学，可以当作要好的同学对待，在学习上互相帮助，取长补短，共同进取。至于恋爱问题不要考虑。

这些话，不知孩子能不能很好理解。

10月25日　星期六　晴

黄骅的几个朋友来看大洼，兴致勃勃。老成持重的太龙，南方人，报社主编，我描写大洼的散文大多先发表在他主编的这份报上，拥有了相当一批读者。欧阳北方，教师，写过一部描写沿海的中篇，哀婉动人，在沧州女作家中崭露头角，今日和女儿同来。围绕这个大洼，确实需要一批作家形成创作的阵容，才能竖起"大洼文学"的铭牌。洼里已开始蓄水，将天价的河水抽进大洼，还它一个生命的绿洲。"文革"刚刚开始那年，我从学校毕业回家无所事事，跟着生产队的农工们下洼割蒲。8月的大洼苇蒲绿得深沉，满洼的水每日都在下降。蹚着膝盖深的有些浑浊的水走向苇洼深处。"喊喊嚓嚓"割蒲声响起，大片一房高的蒲草在倒伏。很快又被捆起码在了稍高的地方。约莫中午时，队长一声喊"啃干粮了"，人们拿出饼子、咸菜坐在蒲捆子上大嚼。随后各自散去，钻进苇丛，那些稍大的鱼儿露着背鳍仓皇地穿行。夕阳西下，人们三三两两蹚水回走，肩上的布袋鼓鼓囊囊，鱼儿还在布袋中委屈地蠕动。当年冬，大洼的水终于干涸。6年后，大洼又蓄满水，不过像病后的老人，身躯缩小了。

10月26日　星期日　晴

周日，难得的闲暇，正好起草一篇文："秋凉了，洼里的芦苇在浅水中摇曳，苇叶已褪去了绿色，换上一副似黄似红的艳妆。芦花披散开来，逆光看去，一片片的银白，在风的轻柔里，远远地，像草原上漫开的羊群。"

"小鳝鱼太小了，细小得像小学生随意扔掉的一根皮筋。它轻快地滑动着，顺着指缝像水一样流出。当另一掌心接应着它，它又轻柔地顺指缝而下。有时，它停下游动，抬头看着我贴得很近的眼，似乎在问：你要做什么？它的眼小得勉强能看清，头上的斑点更小，那是它漂亮的头饰，我想象着金钱豹那身美丽的斑点。"

"小鳝鱼在大洼边似乎是跳进碧绿的水的，大苇洼浩浩荡荡，一望无际。野鸭、大雁、鸥鸟，在苇荡中起起伏伏。它轻盈得像一条金线，在金黄苇茎的庇护下很快隐没了。小鳝，但愿你能变成一条龙。"一条小鳝鱼卑微的生命也应该得到人类的珍惜。大洼确实美得很，这种美，又重在它的内涵，重在你的发现。

10月27日　星期一　晴

表侄王力用山窝窝的公用电话打来电话："坟地已经找好，就在自家的山林里，何时把表婆送回来，即可安葬。爸已老了，走不动了，打电话要到石梯坡，他已没法走到。"

转龙塝是我幼年的家，时刻总对那里的山水、那里表哥一家牵肠挂肚。我曾在一篇文章里倾注了我的依恋：

"盘家河，即习水河，像川南众多小河一样，除夏季泛红，秋、冬、春三季都如眉清目秀的女子那么迷人，逶逶迤迤、万种风姿，在如诗如画的山峦的褶皱间穿行，直至嵯峨的娄山原始森林的腹地。因小河的秀美，两岸的地名也色彩动人：凤鸣、龙潭、甘雨、花桂、海棠、双凤。由河口上行十几里，岸左可见突兀的真武山。转龙塆，像万千个散落山林间的农家一样，深深地隐在山窝之中。

"荔枝开花的时候，你站在巨伞般的树下，异香沁人肺腑，不敢迈步，生怕踩脏遍地落英，细小洁白的花蕊不多时挂满头顶、双肩，如霜如雪，但霜雪却没有这般的清香，你也全然不再畏惧那蜂的环绕与欢歌，因为蜂的眼里，你与树已融为一体。荔枝树上也是我们常去的好玩的地方，灰褐的树干或如臂横斜旁伸，或如龙盘转上出，虬枝奇干，怪异有加。盛夏，荔枝红透，满塆荔枝树压得沉甸甸的，在我们眼里是'红多绿少'，莫不垂涎欲滴。

"我的第一笔工资只够买一件羊皮袄筒，那毛密若麦穗，白如瑞雪，皮软像人的肌肤，我把它寄给了远在几千里外的家婆。她已七十有四，表哥来信说：外婆落泪了，她说，我幺儿人性好，娃儿时说长大了要买皮衫给我，今天我幺儿真给我买来啰。人人都说外婆好福气。

"表婶结束了为儿女们看孩子的历史，回家安度晚年，她毕竟太老了。她一生看了多少个孩子，屈指算来，自己的儿女、儿女的儿女、孙子的、亲属的，足足18个。

"再去转龙塆，又过了转瞬即逝的8年，表婶依然健在，住在大孙新居，棋盘山下一片平坦葱茏的山地如一条状半岛，新房就建在半岛的尽头，土墙瓦屋溪流环绕，举目望去，对山竹林间房舍二三掩映其中，鸡鸣牛哞。这里清清淡淡、自自然然，又何不益寿。

"入夜，月光如水，倾泻在转龙塆的屋脊、院坝、鱼塘、水田，山静静地、树静静地、水静静地，远远地只见山峦间星星灯火闪闪烁烁。没有城里灯红酒绿的喧嚣，没有城里车水马龙的嘈杂，偶听墙边蟋蟀的鸣叫和田头此起彼伏的蛙声。在这里，我的心已如婴儿般澄澈，真希望这转龙塆的静谧能久远、久远。"

从1961年离开故乡，42年过去，我回转龙塆也仅仅四次，每回一次，那种依恋总在心中割舍不去。今年春节后，92岁高龄的表婶去世了，临死还一声声地唤着"幺儿，幺儿"我的乳名。

10月28日　星期二　晴

朋友杨博来电话，老中医赵大夫，原医院主任医师，退休后开一中医诊所。杨的儿子几年前颈部淋巴结肿大，赵大夫出一奇方，用蜈蚣填到鸡蛋中煮熟吃鸡蛋，连吃七个果然消解，现在一切良好。杨博讲可带阳阳来沧州看赵大夫。有此良方，真可以一试。民间灵验偏方确实可以治疗大病，记得表哥给我讲过，队上一农民赤脚下田被毒蛇咬伤，生命难保，表哥去十里外请会医蛇伤的亲戚。那亲戚是一个大队的书记，急急忙忙随表哥走来，空手未带任何医疗器械和药品。沿途走来，随手在田坎边、山路旁采下一些草棵。见到病人后，将这些草棵用钵捣烂，敷在病人头顶，不到半个时辰，病人脚上伤口处黄水流淌，流尽后数日即愈。俗话说"头痛医头，脚痛医脚"，这书记却反其道而行之。偏方藏于民间，关键要看准病。过些天孩子回来一定带他去看。

10月29日　星期三　晴

今天打开电子信箱，龙教授终于回信了："如果淋巴结小于2厘米，观察即可。如果大于2厘米，就得来复查。中药可以不吃了。"

两个多月了，阳阳颈部肿大淋巴结不能消除，萦绕多日的忧虑今天终于又冰释了。阳阳淋巴结不足2厘米，观察即可，它会慢慢消失的。龙教授的答复是有医学根据的，我坚定不移地信任他。

10月30日　星期四　晴

大哥由河间来电，因丈人病危，要和大嫂同回老家。并和我一起办理母亲骨灰安葬。大哥岳父，已八十有八，7年前，我到合江，顺便到四哥家看看。老人听说我到，从四五里外翻山越岭过来看我。那时他八十有一，身体还壮实，银发白髯，飘飘欲仙。大女婿孝敬老人，每月打上十余斤散酒送去，老人也只有喝酒这一爱好，每日自斟自酌。虽血压高但不予理会。晚上，与我对饮至很晚，一斤"玉蝉酒"喝尽，还余兴未尽。老人一生豁达、乐观，待人真诚实在，晚年也得儿女孝敬。

10月31日　星期五　晴

市督查办朋友王靖来查看风暴潮后沿海村民救助情况。我陪他去二十九队，王靖30多岁，精明能干。

二十九队还像4年前那样荒凉、破败。那年农场第二轮承包分地，农工中阻力很大，我任分场工作队长，经常到二十九队督导。"文革"后这个队在荒碱地里进行大面积旱稻种植获得成功。"文革"的第二年，我随生产队农工来这里挖渠，体验了大洼地里最苦最累的劳作。

那贫困户还住在几十年前生产队的职工公房里。房子土坯垒成，沉陷得伸手可及房顶。墙坯裸露着，仿佛回到了上个世纪。风暴潮时，潮水离东墙只有十几厘米。王靖代表市里给这家贫困户留下了200元钱，那妇人刚在做饭，用满是面粉的手接过钱，千恩万谢，就差磕下头去。村庄后半部分是几年来新盖的砖瓦民房，宽檐大屋，瓷砖贴面。贫富反差很大，但贫富的由来又因人而异。

11月1日　星期六　晴

上午，我和英在沧州汽车站接到阳阳，见他面色有些发黄，精神还好。赵大夫约莫60开外，腰板挺直，谈话爽朗，身体十分强健。他望闻问切仔细做了诊视，认为阳阳的病非猛药不可攻坚，随后开出药方也较之以往的大夫要猛。回到家，晚上我在阳台厨房上打开一包中药，倒进药锅，加水用文火慢慢地熬。熬中药，人不能离开，否则容易溢出或熬干。我坐在凳子上，边看着药边看书，阳台上的灯光不太明亮，但能看清书上文字，这样也能充分利用时间。看看药煎得差不多了，滗出药水在饭盆里，再添水煎第二遍。六大包药一锅锅地熬好，已是午夜一时。药汤凉了，两个大塑料瓶没有装满。赵大夫的药比马大夫的药颜色要深，疗效如何，只有一试。阳阳明天又要回校，我和英期盼着这次的中药能出现奇效。

11月2日　星期日　晴

立冬将至，大平原上仍是一派暮秋景色。芦花怒放，衰草已黄，麦田已是苍翠如茵，棉田里摘花正忙。风刮得紧，扬起路上浮尘。骨灰堂前，我和大哥大嫂、英对母亲做祭奠，母亲即将离开居住43年的农场。黄纸在火焰中由黄变红，由红变黑，又随着风的伴和扬起在空中，如蝶在舞，在我们的头上、身前、身后。

40多年前，母亲一脚踏进这片荒凉的大草洼，从此就再也没有离开这里。大海边，这刚刚建立不久的国营农场以洼蓄水，垦荒植稻。母亲做起了财会工作，一直到退休。洼里的雁群来了又去，去了又来；地里的庄稼种了又收，收了又种。人的面容却由青春焕发到衰老，却不能一次次地轮回。母亲终于把她的一切寄托留给了后人。

车过大桥，点燃鞭炮，默念："母亲，你就要离开这里。跟着我们回老家吧。"英一再嘱咐，每过桥、过河、上下车都要喊啊，喊不出来心里也要喊啊。

晚上，我们乘上火车，在隆隆轮声中，我们在母亲身边一齐沉睡。

出行之前，英说入土为安啊，安葬好母亲她老人家会保佑阳阳的。

11月3日　星期一　阴晴交替

火车上度日是枯燥不堪的，夜里睡眠不好，白日只好再睡，但又很难入睡。于是起来走走看看窗外，天气的阴晴交替，窗外景色并无多少新意。

母亲40多年间，仅仅回过一次老家，那已经是退休之后。20世纪末，长期的高血压终于酿成小脑萎缩，她得了老年性痴呆症。所幸的是她已经写下了一万余字的自传，把自己的一生做了一个总结。还记下她学生时期唱过的40多首歌词，还能一一唱诵。母亲是在摔了一跤后坦然辞世的，她没有什么痛苦，人生的来去本该如此。

11月4日　星期二　晴

走出重庆车站，四顾茫然。终于坐上一辆公共汽车，颠颠簸簸驶出市区。车至塘河，大哥与大嫂下车，早有彭家人在接站。大哥岳父病危，已数日不能吃喝，但想见远方女儿女婿，看来今日能如愿。

车继续前行，沿途进入石子路，雨后泥泞不堪。至白鹿场，公路正在修建，山峦开膛破肚，车摇晃着艰难地行驶。

母亲就是白鹿场下鱼塘湾人，姥爷死得早，姥姥带着她和舅舅做用人维生。20世纪30年代的合江，开办新学，无钱上学的母亲，执意要上学。一个11岁还没穿上鞋的小女孩走进了学校，从此由学校和干娘帮助，读完小学，考入县女中。走出了这小小的山乡，走进了县城，走进重庆师范。四叔在泥泞的路边等着我，我们把母亲的骨灰暂存在了小洋洞殡仪馆。

11月5日　星期三　晴

和朋友吴大哥由合一井（油田井号）下车，步行去五里外的转龙塆。

这条路是山脊，我第一次走。居高临下，远远地可见山峦起伏，盘家河烟云缭绕。偶见农人驾牛翻犁冬田。石板路顺坡而下，竹林间现出一二处农居，旧房土墙瓦顶，新房瓷砖耀眼。

表哥表嫂已都到古稀之年。表哥因年轻时的劳累，腰椎增生，已不能直腰，每日在家看屋，做点轻微劳动。表嫂还能干点农活，但已满头白发。

表婶的坟坐落在一处石坡上，据说石坡是凤翅一支，风水甚好。石块堆垒的坟前，我放响了一挂鞭炮。我的幼年是她老人家和外婆带着我从艰难中走过。在苍翠如画的故土上一个平凡的母亲安详地辞世。

那年，带阳阳来到转龙垹，阳阳高兴地爬上山头，爬上荔枝树，钻进麦垄里追着小蝴蝶，像我儿时的样子。

11月6日　星期四　晴

大哥的岳父见到大哥他们后，于当夜安静地辞世了，他很满意地终结了一生。今天大哥来到小洋洞，吴大哥夫妇、表侄女婿赖先生也由县城来到这里。冯先生，一米五的个子，又瘦又小，一副机灵的样子。他的儿子叫四叔是干爹，他是这一方的百事通。领着我们爬上山坡，又从山坡向下穿过荒芜的水田、茂密的竹林、柴山。他像一只山猫，敏捷得行走如飞。我们跟不上他，他时常停下等我们，大气不喘一口，而我们早已是气喘吁吁了。

终于我们一行人停在了一条小河边的山林里，初步选定母亲的安葬地。

11月7日　星期五　小雨

川南的冬季总是阴雨连绵，潮湿的山林蒙上一层薄纱。远远由山坡上看过去，那片山林如一个浑圆的馒头，周围的山峦环护。近前看去，小洋洞山前弯成弧形，前不见来水，后不见去流，流水缓缓。葱郁的竹笼、林木倒映在清澈水中。水前一座小山形如马，由山坳处望去可见一座远山。山林里只闻莺雀鸣唱，空气清新散发着芬芳。母亲能在这里安然地歇息，总算是一种福分吧。

今天阳阳情况怎样？我站在四叔家的小阁楼阳台上打手机，室内是不能接到手机信息的。山区，有了手机还是方便了许多。英说，阳阳服了中药，还没有大的效果。心里的惆怅和着这阴郁的天气，陡然拌和在了一起。

四、青山有情

11月8日　星期六　小雨转阴　立冬

故乡的初冬并无寒意，只不过比秋日稍加凉爽。走在窄窄的田坎，青草会给你拂鞋；走过浓阴的荔枝树下，巨大的树冠会为你撑伞；急行山坡，苍松伸臂迎客；缓步鱼塘，凤尾竹舒袖送情。秀水由远处来，明澈得像山里少女的清纯；青山向身边拢，浓酽得如湾里小伙的敦厚。

再去转龙塆，我是沿着公路在中途两河口下车，又从一处拦坝处步行去乡下。山路黄泥拖脚，荔林下时有家犬狂吠。好在拾一根竹竿在手，家犬不敢上前。其实家犬是在行使自己的职责，其恐吓状并不真要与人为敌。终于翻过那座我熟悉的棋盘山，转龙塆又出现在眼前。

表嫂在一块红苕地上挖红苕。两个儿子在外打工，一个儿子忙全家的田地。地边两只背篼装满了红苕和藤子。表嫂见了我，一脸高兴又一脸的无奈。"王三忙，帮不了我，自己挖。"周边人家红苕地早已挖完，他家这一块反倒显得稀罕。我背起一试，背索沉得勒进肩骨。70岁的表嫂又怎能背得动？走过山坡，从人家猪圈后走过，顺田坎又爬上小山，这几百米的路远得像走了几十里。

转龙塆的老队长前日去世，山塆里悠扬地放着哀悼的录音。我和他的儿子一齐向那具摆在大厅堂的棺木鞠躬，哀悼亡灵。他的一个儿子今天要从广东回来，曾经在我们农场打过工，而今已是饭店老板，是转龙塆最成功的打工仔。"想起爹爹泪水涟涟，膝下儿女哭断肠。……"哀乐里的专业哭手连唱带哭，哀哀婉婉，萦绕山塆。老队长"络耳胡"的面容我还历历在目。

11月9日　星期日　小雨

小雨时落时停，川南阴冷潮湿的日子，我在故乡的街巷踽踽独行。英电话打来，说阳阳服赵大夫药后淋巴结自我感觉缩小，但在石家庄做血象化验"嗜酸细胞"值较高。今天英又去沧州，由杨先生领着去见赵大夫，赵大夫也认为有效，但攻坚尚需猛药。于是调整中药处方，嘱继续服用一段以观疗效。英的心情还是那么郁闷，无论我怎样劝说也不管用。

11月10日　星期一　小雨

连日的小雨，不见阳光，人的心情也增添了几多抑郁。合江小城，高楼林立。几条主街焕然一新。沿昔日的旧街步行，寻觅那些尚未遗忘的店铺、小巷，却多已不见。下河街已面目全非，新的住宅楼已占据了那条小街。那年曾领着阳阳来到小街，指看过我曾经生活过的房屋。一条滨江大道沿河修建，往来穿梭的是出租车。街边的新楼更替了原来的古朴的夹壁青瓦房舍，趴在石栏上，可看江景。

时间能够改变一切，包括人和建筑，而唯独山河依旧。

11月11日　星期二　阴

榕山镇故居的地方正在建筑一座公寓。川南大镇因天然气化工厂而繁荣，镇区楼房密布，商铺相连。在这父亲生活过的地方，在这祖辈生活过的地方，我沿着红桂湾、水巷子寻觅着石板路上先人的足迹。但足迹如果能重叠，那将高过这街边的楼房。

镇上的居民和那些原本是农民的居民在这繁荣兀现的世界里，享受着现代文明。宾馆掩映在花团锦簇中，门前广场退休老人起舞、弄扇、击剑、挥拳。看久了你会像他们一样陶醉。大河边的重镇半个世纪后又会怎样呢。

11月12日　星期三　晴

和大哥去30里外的羊石镇，二表哥老两口已在镇上大儿子家居住。儿子、女儿都在贵阳打工。富裕了，大儿首先在镇上买了商住楼。农村的房无人居住年久失修已倒塌。两人都已70还能坐摩托。山区公路坐摩托，两元钱会送你很远。摩托小伙开得飞快，由公路转大路，又进山坡土路。在看起来没有路的田坎间猛冲一气，终于把我们送到不能再走的田间。

三表嫂还固守着她的田宅，那栋小楼盖了不多年，石块垒砌，屋子里简陋得不能再简陋了。表侄木水承包了几亩鱼塘，有时也外出打工挣点钱。媳妇高高大大、大脚大手。晚餐说起来简单，从鱼塘打上来两条鲤鱼、宰上一只母鸡、灶门上割下一块腊肉，几大碗菜端上来已是掌灯时分。乡下人待客往往是倾其所有。几年前，木水当上队长，像他父亲、叔叔一样干起了村干部，料理着这一方水土上的事。三表哥十几年前患病身亡，葬在了不远的一座小山包尾。木水说，那风水好得很。

三表嫂说："还记得那年你们来，阳阳满坡上跑来跑去，好玩得很。"一晃十多年过去，山水依然，田园如昨，人却经不起岁月的流逝。

11月13日　星期四　晴

由洋石镇乘车到榕山转车，再到望城大队，见到表哥时已近中午。昔日的土屋翻盖成了二层红砖楼房，虽也简陋，建筑面积却十分可观。站在楼上，由荔枝树梢上望出，左边前后山峦浓绿得使人沉醉，梯田、鱼塘水光潋滟。二山缺合处，梯田渐次跌落，有路远远可通白鹿场。"还有红豆树吗？"我问表哥。"还有，在后山。"那是国家一级保护树木，是植物中的大熊猫，30多年前，来表哥这里看见过。"这些草都是啥？""这是紫苏、这是……"房前房后都是表哥叫得上名的草药，这个精明的老中医的儿子虽没能继承父亲的衣钵，农村的常见病却也能治疗。

山雀在荔枝树上一个劲地鸣唱，一只小白鹭由鱼塘边悠悠地飞来，落在水田里。冬田里枯黄的稻茬上稀稀落落长出的新谷还无人捡割。表哥腿病初愈，儿子外出打工了，孙子上中学由他两口照管。表哥说："山后面重庆通贵州的高速公路快修了，路越来越好走了。"表哥记得阳阳的样子，问："阳阳都长成小伙儿了吧？"入夜，表哥打发孙子快去楼上睡，明早还要赶15里路上学。

11月14日　星期五　阴

三表哥的叔伯兄弟声扬，高中毕业后在镇上供销社干过，前些年回乡干起了农业。头脑聪明，点子多。从家里拿来几本书，说是已承包邻队的几十亩土地，准备种植名优水果。用不了多少年，他会赚大钱。邻居鞠家表侄是乡村自学成才的医生，村民足不出户就可以请他诊病。33年前，他和我都还小，在表哥家，我俩睡在一床冰凉的篾席上，他叫我表叔。那时我答应给他在北方买一部《医宗金鉴》。谁知几十年过去，他的夙愿我没能完成，并不是不给他买，只是没有买到。几天后他要去福建儿子打工的镇上当厂医，兼看孙子，一住又要一年。

11月15日　星期六　晴

回到合江，我和大哥分走两处，他去杨家老大家吃饭，我去了表外甥女建平家，表外甥女婿培东正在厨房里操厨，看来平时这个家的伙食问题都由他一手操办。表侄女王敏和丈夫由乡下来，丈夫老实得不爱说什么，坐在椅子上只看电视。王敏倒是爽快，爱说爱笑。她是大队上的妇女队长，管计划生育什么的，每年镇上给点补贴。泼辣能干的她，几年前丈夫病逝，带着孩子侍候公婆。孩子参了军，她再找了这个做石工的丈夫，二人很投脾气。命运之手把你抛在哪里，你又总会走出一条路来。

11月16日　星期日　小雨转阴

冬日的川南，很少有几个晴日，小雨点又纷纷扬扬地落下。塘河的朱四哥、大嫂及弟弟来四叔家，商量明日母亲下葬的事。叔伯妹华富和段家娘娘也来了。华富姐妹嫁到了几十里外的山里，山里天冷，庄稼不如山下这边。姐妹苦守着山乡，勤巴苦做，生儿育女，为人妇，为人母。虽一说起就埋怨老爹，几十年过去又奈若何。"命，就是命，谁也没法改变。"华富说，伴着一脸苦笑。手里还是一个劲地往铡草机上填红苕藤子，铡碎的藤段由一边簌簌落下。

11月17日　星期一　小雨转阴

早晨，仍然小雨霏霏，越下越密。9时，我在殡仪馆取出母亲骨灰盒，人们已聚集在公路边。队上帮忙的吴家兄弟十余人早已等在路边竹林旁。母亲的骨灰盒装进了一具小石棺，数人帮扎抬架，一声喊悠然抬起，踏着泥泞的石板路沿小洋河向小山处慢慢行进。近80岁的叔父也赶来了，他是扛着一个很大的花圈步行十几里来的。大姑、二姑、五姑众多亲属也坐车赶来，给母亲送葬。虽是个骨灰安葬，农家却不能过于简略。

安葬前，小雨忽地停止，纸钱有些雨湿，四叔荣生把大家带来的纸钱一沓沓地码成了一个方形的小龛，打火机嚓的一声冒出火苗，纸钱点燃后烧得欢快异常。游走四千里外的山乡的女儿回来了，一去43年的山乡的女儿回来了。有这青山绿水做伴，母亲总可以安息了。

母亲，天堂之上你可要保佑你的孙儿。

11月18日　星期二　阴

昨天，在乡民门前摆开桌子喝酒吃饭时，我擦净裤脚、皮鞋的黄泥，离开了四叔家。由合江乘车东去，到达北碚已是晚上十点钟了。阔别45年的三姐在小区大街边接我。她瘦小的身材已经没有年轻时的一点痕迹，只是乡音未改。已近花甲之年的她由新疆回来已感到满足。姐夫向阳60出头，身材很高，看得出年轻时是个潇洒英俊的男子。他们一直等我要一起吃晚饭。40余年有如一瞬，还是一见如故。谁让有割不断的亲情相联系呢。三姐的女儿向平回来了，模样像爹，说话做事泼泼辣辣有些像妈。二十六七岁了，还未定终身，个人倒不着急，爹妈却已急得不行。

心中挂念着阳阳，北碚是个好地方，但不能久留。上午告别了三姐一家乘上中午去京的火车。

11月19日　星期三　雨转阴

卧铺的邻座有信佛的居士老太，常翻读经文，手捻佛珠；有办刊的年轻夫妇，去京学习肝胆病期刊的创办；有健谈的企业干部，与老居士谈起佛经居然头头是道，似乎也志同道合；还有年轻的胃病黑白药片推销员。有这些人一路倒不会寂寞。

中午抵达石家庄，去经贸大学看阳阳。我在校园的空场边等着他，不一会儿阳阳骑一辆自行车匆匆而来。半个月不见，看起来有些消瘦。问起服药后的反应，他说："还那样，没什么。"让他坚持服药，注意别感冒，我又嘱咐再三。留下点带回的水果、糕点和几百元钱，离开大学时回过头，孩子颀长的背影渐渐远去。

11月20日　星期四　阴

半个月的时间，报纸塞了一大摞，够我看一阵子的。积压的公务也不少，抓紧处理，个人的事还得个人解决，无法偷懒。与在家的亲属、朋友通电话，告诉我已平安归来。问起孩子，我说很好。省农垦局已于17日宣布撤销，省属九大农牧场已归属地方。"天下大事，分久必合，合久必分"。三国中的一句至理名言又一次得到印证。国营农场是计划经济时代的产物，除边疆兵团外，属地管理融入地方经济有利发展。

11月21日　星期五　晴

翻看给孩子的信，那是阳阳上大学后，我跟他谈过勤俭：

勤俭，治国齐家之道。五代谭峭曰："奢者富不足，俭者贫有余；奢者心常贫，俭者心常富。"奢侈者虽富有，但仍不知足，节俭者虽贫却总觉有余。清代清官于成龙，官至两江总督，相当于今日的省部级干部，却心系百姓，勤奋为民，节衣缩食，清贫廉洁至极，就连皇帝都敬他三分，誉为"天下第一廉吏"，令后世官吏愧之不如。

勤俭，是激励奋进的媒介。一个人在顺境中，勤俭会使自己俭约生活，激励奋斗不止，去获得成功；在逆境中更是有志者的警醒剂，使之鞭策不已，克服艰难险阻，向既定目标前进。你知道卧薪尝胆的故事吗？春秋时，越王勾践被吴王击败后，睡谷草、悬苦胆，每日尝胆，牢记亡国之辱，发愤图强，最终灭掉吴国。

勤俭，又是家国永不衰败的基石。正如唐李商隐诗曰"历览前贤国与家，成由勤俭败由奢"，确实概括精当。

11月22日　星期六　晴

我写给阳阳说：切不可养成纨绔子弟的作风。那些讲穿、讲用、爱打扮、爱花钱、吃饭偏食、不爱惜物品的恶习；那些肩不能担担，手不能提篮，一副挥金如土的大少爷做派实不可取。大学生中甚至讲穿名牌、频换手机、请吃请喝，把社会上一些庸俗作风带进了学校。四体不勤，无谷不分，勤奋上进不足，骄奢颓废有余。长此以往，必将意志衰退，不求进取，自甘落后，每况愈下。有愧于父母，有愧于亲友，有愧于人生。自甘沉沦，忘记了自己的职责。令做父母的深感有愧（没有很好地教育）和不安。

我希望他能记住大仲马的一句名言："节约——穷人的财富，富人的智慧。"

11月23日　星期日　晴　小雪节

天气出奇的好,到黄骅购书。新华书店在北环路新设一个分店,大厅宽敞明亮,只可惜陈书较少。想给荣生叔购一些农业种植养殖的书籍,如种橘、养鱼、养鸡等,有的以往已给他买过,没有合适的。《医宗金鉴》一般书店不进,黄骅无处可寻。买上一本按摩用书,闲时学来,也许对阳阳防治感冒等简单疾病有用。记得"文革"时对学医感了兴趣,也是在书店买回赤脚医生手册、针灸之类的书自学,但医学是一门严谨的学科,来不得半点的虚假。学了半年仍不得要领。倒是工友送我的一本小册子《濒湖十八脉》学了个深入浅出,不过也从来没有给别人号过脉。

11月24日　星期一　晴

大哥大嫂从老家回来了,经过20多天的奔波,总算完成了两个老人的安葬。重担卸肩,老人后事办妥,入土为安,我们自己也就要老了。在自然规律面前,人是不可抗拒和逆转的。几千年来,人们幻想着时间倒转,返老还童。也许,几百年上千年后,上帝会把这一奢望变为现实,赐给善良的人们。但是,战争、杀戮、剥削、压迫、贪婪、腐败、污染、挥霍,上帝又能容忍吗?还是让自然的生生息息更久远些吧。

11月25日　星期二　阴

晚上抽时间看带回的光盘。朋友吴大哥的长篇小说,可谓洋洋大观。基本上是一部自传体小说,以主人公奋斗历程为线索,反映普通人生存环境的忧患意识;政治、经济、社会对人生存命运的影响。折射了半个世纪以来中国丰富多彩的历史、社会制度进程中的缺陷,给人以总结、回味历史的余地。小说规模大,时间跨度长,内容繁复,读之即是读一部《百科全书》,又如步入了川南半个多世纪的历史长廊。最精彩部分是其选入的小说、随笔。老吴的创作态度和奋进精神令人钦佩。

那年,带英和阳阳回老家,到吴家玩。从窗户望出去可见悠悠赤水、青青山峦,古旧的民房挨挤着顺坡而下直至河边。那天还和吴家合影留念。

11月26日　星期三　晴

电话里与吴大哥谈了对小说的评价，他赞同。又将写序言的任务托付于我。他说："知我，了解我、爱我者，唯你。"受此托付，难以推托。只好先应下，详读全篇后再作思考。我已为他两部书作过序言。他作为市作协主席，已有六部文集问世。最早以杂文在川南文坛立足，敢想、敢说，纵横捭阖，淋漓酣畅，文坛中一大旗帜、一大奇人。十余年来，创作颇丰，文思如泉，已有300多万字的作品问世。可谓捷才、奇才。

11月27日　星期四　晴

沧州师专的孟教授与记者贾先生来湿地考察鸟类。贾是南大港人，其父正好在湿地看洼，是农业公司职工。大洼里，苇荡万顷，芦花多已放尽。但苇穗仍在苇尖上摇曳。苇叶已落，茎干由黄熟转为略带灰白的颜色。洼里，远远地飞起一群鸟，是野鸭，如一片片乌云呼地漫过又隐没在芦荡里。车在洼边走过，槐树上有鸟伫立，体大黄羽，分明是一只鹰。"是大鵟，鹰的一种。"孟教授说。他用望远镜看看不远处树上的一只小鸟，指着说，那是一只啄木鸟。孟教授是研究鸟类的专家，海兴、北大港、白洋淀等地的鸟类他都考察过，爱鸟渐成时尚，专家的研究和宣传功不可没。

11月28日　星期五　晴

乘车路过尚庄子，茫茫草洼里，昔日新建队已成残垣断壁。1966年，"文革"开始，我和全国的学生一样失学，走进新建队劳动，"接受贫下中农的再教育"。但对青少年来说，最痛苦的还不是劳动，是失学。后来，为了学外语，每周回家两次，在唯一的一台收音机边听讲座，次日晨再骑车回十里外的队里赶上早出勤的劳动（每日早、上午、下午三出勤）。一次，没有回家，为了不耽误听课，竟在伸手不见五指的夜晚去几里外的大车队养马场听收音机，路旁坟茔座座，阴风惨惨，了无寸光。以后到工厂后学习英语课，每周三次去有公用电视的医院在走廊上听课，苦学两年取得结业。学习中文课程更是艰苦异常，3年后获得毕业证，论文选入省毕业论文集。此后的工作能力，可以说完全得益于那些年的自学。

11月29日　星期六　晴

　　黄骅已今非昔比，宽阔的街道、高耸的楼房、往来的车辆和熙熙攘攘的人流构成了现代的城市景象。20世纪60年代初，黄骅只有一条小街、一栋三层商店。40多年过去，已找不到旧时的影子。耀华商厦以物美价廉取胜，信誉楼则以质优守信赢得顾客。转了几个大商场，给孩子买点东西，以后带给他。自己想买件风衣，没有喜爱的灰色。售货员讲：今年流行黑色风衣。黑色是什么，我不予认可，穿上如传教士。穿衣戴帽，各人所好。无奈选不到合适的只好回家。旧风衣穿了5年，仔细点还能穿两年。教育孩子节俭，那么自己先做个表率吧。

11月30日　星期日　晴

　　有朋友来买冬枣，我带他们去刘老师家。刘老师家住三分场，他爱人在廖家洼河畔承包了几亩地，种上冬枣，又养了几百只鸡，真是鸡、枣双得。我们好不容易找到他，刘老师从家里的小冷库里捧出最好的冬枣，让我们品尝。个个如乒乓球大小，紫红闪亮，脆甜如蜜。盐碱地上居然能种出这样的枣中珍品，黄骅冬枣历史悠久，最早的冬枣树在娘娘河畔的一个叫聚馆的村子。那一片枣林委实太古老了，不为人们的惊愕与多情的相拥所动。六百年阳光和风雨下已是一副坦然的神态。黝黑的枝干如臂膀或斜生或下俯，或横出或扭转，油润的碧叶下硕果累累如珠玉簇拥。昔日皇家贡品，今日进了寻常百姓家。

　　这片曾经临海的大洼如今是丰收的稻田，秋来那些宽宽窄窄的沟渠里也是我常光顾的地方。当双手掐住了水中的鲫鱼，从水边的深洞里抓出了张牙舞爪的大蟹，笑声伴着我在这片盐碱地上度过快乐的时光。

　　在刘老师家我还买了两盒冬枣带回，给阳阳留着回来吃。

12月1日　星期一　晴

　　勤奋对一个有志者何其重要，勤奋能成就事业，反之则一事无成。我曾在给阳阳的信中写道：

　　勤奋，是学业、事业成功的先决条件。在学业上，古代有许多勤奋好学的故事，凿壁偷光、囊萤夜读、头悬梁、锥刺股的故事，历史上是家喻户晓的，古代启蒙读本《三字经》中即有记载，儿童从小就读，朗朗上口，终生不忘。

现代勤奋好学者更不乏其人。如身边几个学生就是典型：小郑，尚庄子人，沧州师专大专毕业，回农场中学教书，苦学不止，考上研究生，现已是博士后，曾去日本讲学；中学卞主任之女，师专毕业，考入本科，后入中国政法大学任教；教师王老师之妻妹，师专毕业，发奋学习，现已是博士后。像这些成功者，在社会上更是比比皆是。他们都以自己的事迹证明了成功的背后，必须以勤奋为代价。

勤奋，又是人生应具备的优良品质。人类社会，从原始到现代，就是依靠了不懈的奋斗，认识自然、适应自然、利用自然；依靠奋斗，研究科学，发展人类社会；依靠奋斗，使一个个优秀人物不断涌现，用他们的智慧改造社会，推进了人类的进步。人，没有勤奋精神，则只能是一个庸庸碌碌无所作为的人。

12月2日　星期二　雾转晴

今日雾很大，大街上几十米外不能见物，直到下午晚些时候才有些消散。给阳阳的那封信，下面部分是这样写的：

勤奋，就必须锲而不舍，不达目的，决不停止。居里夫人，在艰难的条件下，数年如一日，从沥青中提炼出镭，为人类做出了巨大贡献；陈景润，一介寒士，"文革"中闭门陋室，（在一间小厕所改成的宿舍里）任他人的嘲弄，研究哥德巴赫猜想，最终取得了重大成果。我们常说"绳锯木断，水滴石穿"，只有具有这种坚韧的精神才能成功。

勤奋的最大敌人是懒惰。它们的关系如战场上眼露凶光你死我活的敌人，互以对方的灭亡为存在。唐韩愈说得好："业精于勤，荒于嬉；行成于思，毁于随。"

12月3日　星期三　晴

朋友秉玉昨日来小坐，谈起小女，今年15岁，中学生。爱好写作，今年已出诗集，倒也清新隽永。不妨录一首小诗《长不大的日子》："厚实的双翼载着理想和欢乐交织的彩霞高飞／飞向长不大的日子一颗长不大的心／一个长不大的我沉浸在潺潺的溪水和幽幽的青山中／徘徊在崎岖而狭长的小路上聆听紫胡同中优美的小曲/想回到那长不大的我。"

小女今年令人吃惊的是，参加《美文》杂志举办的全国少年美文比赛获评委奖。秉玉是儒商，对孩子的教育格外投入心思。能有这样一个父亲的鼓励和支持，肯定会使理想变为现实。

12月4日　星期四　小雨

车一离开南大港，天就下起了小雨。到报社用了不到一个小时。报社举办"俊泉老师历史题材作品研讨会"。俊泉老师，原文联专业作家，退休后，创作热情愈高，厚积薄发。之前，他有几部作品出版。回忆十几年前，他曾来过南大港，与我早已是老朋友了。他是沧州老一代作家，曾在沧州文坛颇有影响。而今新人辈出，老一代仍能笔耕不辍，难能可贵。

12月5日　星期五　阴

对散文创作的态度，不能掺杂过多的功利在里面。首先是自娱，然后才是娱人。这样的心态著文当有佳作。散文短小，但写好很难，古往今来，又有多少好文长留人间被人传诵？我尊崇散文三真：真人真事，不无中生有；真情实感，不矫情造作；真美文辞，不粗制滥造。也可以说：散文中有自我的存在，无时不在倾泻如瀑；散文中有自我的存在，我难以游离文外；散文中有自我的雕刻之美，是现实与文采的吻合。

12月6日　星期六　晴

管理区即将挂牌成立。45年的历史不算短，在这弹丸之地，在中国地图上没有标注的一块并不起眼的地方，几十年居然风风雨雨、轰轰烈烈。它如苍蝇的复眼，全息了几乎整个全国，是几千个县市区域的缩影。父辈在这片土地上完成了他们的使命，坦然地离去，儿女们继续追求着他们的愿望。阳阳作为第三代农垦人，或许肩上的担子更重，心中的热望也更虔诚。

五、心忧子恙

12月7日　星期日　晴　大雪节

冬日的寒流如不速之客匆匆而来，街树上的最后一片黄叶与枝条告别，飘落在枯黄的草丛，与先前降下的伙伴们相互慰藉着。国外有人研究说，秋日树叶的变黄、变红是自我保护，以威吓昆虫、禽兽的摧残。如变色龙遇险时的五颜六色。而那几片树叶并非如此，它们在秋深时迎接过黄鹂的纵情歌唱，也接受过几只螳螂和金龟子的温情抚摩。一片黄叶是一棵树的全息，也带着树木的情感与大地亲近。

气温连日下降，冬季已真正来临。英感觉头晕，用电子血压器量量，血压偏高，只好休息在床。她可不能倒下，孩子需要她，全家需要她。好在属一过性高血压，慢慢平稳了，不过需要注意，还得注意情绪影响。

12月8日　星期一　晴

气温骤降七八摄氏度，寒气逼人。大街上，多有裹上棉大衣匆匆而行者，亦有仅穿毛绒衣骑车风行者。温饱之后，人们惰性顿生；富足之后，懒意更甚，这可能是人类的本性使然。我曾给阳阳的一封信中专题谈到克服惰性问题。

惰性，即懒惰、懈怠所形成的难以改正的思想和行为。其实，惰性在生活中随处可见，最有代表性的是寒号鸟的故事。据查资料，确有其鸟，亦称寒号，如蝙蝠大，夏日毛盛，冬月裸体，昼夜鸣叫。鸟的懒惰向来不及人类，人的惰性与勤奋相生相伴，共生共存，往往又聚于一身，只不过是此长彼消或彼长此消而已。

懒惰是亡国的渊薮。太平军初起，群情激昂，大军所向披靡。而一旦夺得了江宁，领导层则腐败滋生，贪图享乐，争名夺利，内讧骤起，军心瓦解，最终导致败亡。追根寻源，腐败是由贪图享乐引起；贪图享乐又是人的劣根性；贪图享乐又是因懒惰、懈怠而起，不愿为国为民为事业付出过多。"文革"中一句时髦的总结：懒馋贪占修。是说修正主义（当时指不坚持社会主义，滑向腐朽的资本主义的代名词）的起因是由懒惰开始的。今天看来，懒惰确实是诸多恶行的起端，由此亡国的史例更是比比皆是。

懒惰也是败家的根源。人懒了，又要吃喝玩乐，吃喝玩乐需要金钱，获得金钱又不靠个人勤奋劳作所得。那么必然会有两条路，一是把家底糟净，由富变穷；二是偷抢他人、坑蒙拐骗。最终的结果也只有败家一条路。有个腊八粥的故事，说一财主之子懒惰成性，把家产都用于吃喝玩乐，最后家徒四壁。寒风呼啸，大雪纷飞，年关将至，与妻扫出一些五谷杂粮熬粥充饥，然后双双冻饿而亡。这个历来妇孺皆知的故事虽对人有所劝诫，但世间此类事情还是时有发生、重蹈覆辙。

懒惰又是学习的大敌。许多人的家境条件优越，个人如不受管束，则会懒惰成性，不愿苦学成才，要继承老子的财产来度此一生。西方国家的遗产税是很聪明的税种，西方人不愿自己的子女坐吃山空、碌碌无为，许多富豪的子女都自食其力，甘作平民，由个人的奋斗开始起步。我国百姓中即有"寒门出贵子"之说，寒门，即平民百姓之家、贫穷之户。现今许多工农子弟都能靠勤奋学习，登上优秀大学殿堂，成为硕士、博士、教授、科学家、高层干部等，改变了自己的命运，体现了人生的价值。"玩物丧志"，即由懒惰开始，贪玩厌学，最终丧失志气，荒疏学业，正如明代吕坤所说"奋始怠终，修业之贼也"。

12月9日　星期二　晴

在惰与勤两个截然不同的态度方面，我曾写道：

懒惰与勤奋是背道而驰的。在惰与勤上，人往往不如动物。人在原始时期是和动物一样的，需要和自然斗争始得生存。现代，人们丰衣足食，倦怠之意顿生，骄奢淫逸陡长；而动物还要为自己的生存而奔忙，还要和天敌周旋，还要为达尔文的一句"物竞天择"去忧心忡忡，不敢有丝毫的懈怠和疏懒。《旧约全书》中说："懒惰的人哪！你去看看蚂蚁的动作，就可得到智慧。"那些蚂蚁、蜜蜂、鸟雀、鸣虫，凡大自然自生自灭的动物都在为自己的生存奋斗不已。人难道从中不该得到些许教益吗？

惰性是很难纠正的。日本松下幸之助有言："如果所养成的是不良或者懒惰的习性，那么将来想改变，就困难了。"演讲家刘吉也说："最困难的莫过于战胜自己的惰性。"总之，惰性是人生的大患，切不可掉以轻心。应警觉起来，努力摈弃懒惰和懒散，张扬勤奋和严谨。以一种新的姿态，去追求人生的最大价值。

12月10日　星期三　小雪转晴

凌晨，小雪花终于飘飘洒洒而来，梦被窗上雪花轻轻的击打声唤醒。这是今冬的第一场雪，人们从心里盼着它的到来。小区大院洁白一片，不忍心地踏上去，软软的，一种柔和的暖意传上脚来。街旁的树枝上、院落的草坪上，以及还挺着绿叶的冬青丛上，全都撒上了一层银白。雪花，想把世界的一切都变成纯洁的外表，这确实是一个善意的想法。

12月11日　星期四　晴

农场改管理区挂牌的时间已定在月底。报社副总编寿明、广告部韩主任来场，洽谈制作画册事宜。韩主任，武术世家子弟，排行老九，人称韩老九。其兄老六曾参加电影拍摄，在其中任主角。武术之乡，民间武术家甚众，多藏而不露。沧州历史上是荒僻的苦海沿边，多流放的军人，林冲发配沧州即是一个典型。久之，其后人习武蔚然成风，自然成为民间一大气候。韩讲：他一家均习武，但讲武德。真可谓艺高德韶。

12月12日　星期五　晴

松林老师陪三个朋友来看初冬的大洼。大苇洼一派赭黄，苇穗绽放完白絮留下一束束深褐的穗头。登高望去，静谧的苇洼仍然像一块绒毯，只不过由春激情的绿到冬沉着的黄，如一季季变换着衣着的色彩。在洼民看来，大洼是他们生存的依托，"春种秋收"已成定式；在文人、画师看来，由春绿到冬黄，平添了几多诗情画意。洼民要以洼赖以生存，文人却只是闲暇的欣赏而已。

12月13日　星期六　雾转晴

由黄骅去石家庄，雾锁公路。还好，车过沧州进入高速，薄雾已无碍车行。至石家庄已10时许，转公交到经贸大学已是中午时分。阳阳近期仍在低热，淋巴结未见消散，中药疗效并不明显。长期服中药对人的肠胃也有影响。阳阳接到我的电话，从校内骑车到大门见我，我领他到附近的一个饭店午餐。他表情上若无其事，脸显得比以往消瘦，颈部淋巴结看起来也比以往大些。几天来，他在电话里总是说很好。我要了两个菜，一个汤。两人正吃着，朋友秋城赶来了，他来见见阳阳，并答应就近照顾。秋城在省教委工作，原在农场，几年前调来石家庄。昨天我给他打过电话，中午前电话问我来没，然后赶来，难得他一片热心。快期末考试了，阳阳讲身体还好，让我放心回去。嘱咐了他几句，他又匆匆骑车回校了。感谢秋城的关心，送他上了车回市里。

12月14日　星期日　雾转晴

早晨，大雾又起，由五七路口乘公交车至白佛长途车站，车开得很慢，到车站等候午后返程汽车。大厅里偌大的空间已被超市众多的货架占据，人们漫不经心地在里面挑选着商品。多数旅客或坐、或走，或在巨大的玻璃窗前伫立、等待。中午，大雾渐渐散去，瞬间已晴空万里。汽车飞快地在高速路上行驶，心情仍不能踏实，阳阳的面容令我的忧愁不能像大雾随路消散。

12月15日　星期一　晴

每日上班，总要见到一群麻雀，常在草坪里觅食，或在花坛的迎春花枝条上歇息、鸣叫。这里是它们的家，我不经意间已成为它们的朋友。我曾在一篇文章中写道："树叶黄了，小风吹过，树下一夜的积叶翻卷着缓缓落下路坡，落下水渠，在闪动着晨光的水波里飘荡，如悠悠的船队渐渐远去。晨风有些寒意，但早起的麻雀家族的成员们纷纷钻出了看注人的土屋檐，三三两两落在树杈上，叽叽喳喳地唱着只有它们听得懂的歌，赶走一夜的慵懒；时而梳理一下有些杂乱的羽翅，换一个精神百倍的精灵迎接一个新的晨。"如今，麻雀已经少见了，这种看起来最低微的小鸟也快成了濒危野生鸟类。

12月16日　星期二　晴

1958年底，在这渤海岸边的荒凉土地上，建起了国营农场。周边几十个村庄的农民牵着牛马、扛着犁耙走进农场这个大家庭。农场，顾名思义，以农为主，人们开垦这片土地建成了国家的粮仓。几十年弹指一挥间。农场将改制建立管理区，各项准备工作紧锣密鼓进行着。今天，市委召集农场领导班子谈话，就建立管理区后的工作安排谈意见。管理区刻制公章，准备宣传活动等。今日修订宣传部起草的宣传文章，拟在管理区成立之日刊载省报、市报。这类官样文章做过不少，但这篇又非同一般，需要字斟句酌，不能有一丝的含糊。

12月17日　星期三　晴

南皮的国中来电话，办了一年的《沧州日报·南皮版》，至年底将要结束。国家整顿报刊，南皮将不再办报。河北减掉数十种报刊，全国报号的《黄骅报》改为内部交流报。一年间在南皮版上我刊载散文七八篇，今日用电子邮件发去一文，以示对该报的留恋。

12月18日　星期四　晴

渤海湾经济带的形成，成为沧州发展的热点。农场改制融入地方经济环境中，是一个农垦和地方双赢的决策。喧喧嚷嚷一年多时间，管理区成立总算指日可待，万事皆备，只欠东风。人们希望在改制后发展更快些，生活水平提高得更快些，这是实质的内容，翻牌式改头换面并不是目的。体制是上层建筑，由不适应经济基础到适应是一次重大的变更。人们盼望着给各个方面带来实实在在的好处。

12月19日　星期五　晴

阳阳来了电话，今天去省二院做了血象检查，白细胞由上月的正常值降至2600，原来在京检查时文大夫说过：看骨髓已经有坏细胞侵害迹象。虽说血象还正常，但一旦侵犯骨髓厉害了，血象会哗哗地往下掉。几个月来，阳阳血象总不能振作，白细胞量呈下降趋势，难免让人担忧，英更担忧可能就是这个病了。相隔数百公里，阳阳怎么办呢，他不会同意停下学习。我们做父母的又怎么办，只好嘱他好好地调剂生活，增强体质，同时注意防止感冒。不管怎样，待放假后一定要带他去北京检查治疗。

12月20日　星期六　晴

还是放心不下，电话打给了潘大夫，潘大夫讲：血常规检查是血液基本检查，其值的高低反映血液变化。主要指标，男性正常值是：白细胞4000—10000/立方毫米、血红蛋白12—16克/立方毫米、血小板10万—30万/立方毫米。阳阳白细胞低，还不能证明是什么疾病，听他自己说最近感冒用过药，用药会降低白细胞，感冒好后就会恢复。这样又好像给我们打了强心剂，盼着是这样。放假后要带阳阳做骨穿检查，并做淋巴结活检以确诊，不能再耽搁。

12月21日　星期日　晴

查资料得知：血液病是以血液、造血器官以及出、凝血机制的病理变化为主要表现的疾病。在人们印象中，极少见而又可怕，距离人们似乎遥远。事实上并非如此。如缺铁性贫血，是各年龄组发病率很高的血液病。儿童急性淋巴细胞白血病，在儿童恶性肿瘤中占了首位，儿童急性白血病全国年新发病率相当高。好在医学科学的发展，许多血液病已能预防、早期发现和治疗，甚至彻底治愈。

12月22日　星期一　晴　冬至

市经济工作会议召开了，会上，为南大港农场、中捷农场举行授牌仪式。至此，南大港正式易名为管理区，中捷易名为临港经济技术开发区。明天的日报、晚报都将刊登消息。参会的人带回了管理区铜牌，机关人员纷纷到办公室观看，抚摩一下这金光闪闪的牌子。农场易名，意味着从此省管改属地方管理，经济、社会的发展脚步会更加快捷。

12月23日　星期二　晴

晚上去参加晚报成立十周年庆祝晚会。晚会在文化艺术中心举行，邀请总政歌舞团来沧州演出。马玉涛仍以百唱不厌的"马儿啊，你慢些走"献给观众，宝刀不老，气韵十足。只是容颜已显苍老，银发飘飘，一身军装仍然为之增色。晚会不长，却十分精彩。晚报质量较好，订户较多。

12月24日　星期三　晴

　　吴大哥的小说集读了一个多月才粗略读完，其中许多篇章是中篇小说已读过。为此大作写篇序不是易事，我这样开篇："两千二百多年前，屈原踏着汨罗江边的泥水，长吟着一首注定要传世千古的诗，'路漫漫其修远兮，吾将上下而求索'。在内政腐败，外患堪忧，奸佞当道，庸君误国，良臣被逐的日子，一个弃臣将他60多年的路程一一审视，在心中长久地思索，寻求救国救民、拯救君主的良剂验方。虽然，这位先哲在劝君无门、救国无路的忧愤中蹈江而去。但是，这个坚强的诗人留给后人的已不仅仅是龙舟竞渡的演练。

　　"两千二百多年后，蜀南的一个自称夜郎更夫的平民文人，借用屈原的'路漫漫'为'路曼曼'，取其路途曲折艰远之意，以一支酣畅淋漓的笔铺陈了洋洋160余万言。此长篇巨著'没有精雕细琢的肤浅，没有奴颜婢膝的通俗，没有风花雪月的雅致'，而仅仅'力图把混沌的世界理出一个头绪，把苦难的人生作一个诠释'。千百年来，历代堪称卓越、有胆识的文人无不在梳理世界的头绪、诠释苦难的人生。屈原'长太息以掩涕兮，哀民生之多艰''乘骐骥以驰骋兮，来吾导夫先路'，忧国忧民，九死而不悔；司马迁遭宫刑而奋笔疾书，忘却自身的苦痛，梳理盘古开天辟地后泱泱大国万千年之史，臧否尽在文中；罗贯中以如椽大笔描绘魏蜀吴三国之争，风云诡谲，金戈铁马，可谓出神入化；曹雪芹妙笔生花，声情并茂，佳人汇聚，富极而衰，试图以一个家族的盛衰透视一个社会。夜郎更夫肩负着历代正直文人的重任，他试图超越他们，但任凭他做出多大的努力，纵然有移山遣河、摘星攀月之志，也像他们那样难以理清世界的头绪，难以诠释完人生的苦难。"

　　老吴大作，大气耐读，他计划先于网站发出，以后伺机出版。

12月25日　星期四　晴

　　血液病又有哪些疾病呢？我查了相关资料，了解到：血液病是指原发于造血系统的疾病，或影响造血系统伴发血液异常改变，以贫血、出血、发热为特征的疾病，临床分为四大类型：红细胞疾病、白细胞疾病、出血和血栓性疾病以及骨髓增生性疾病。

红细胞疾病包括：缺铁性贫血、巨幼细胞性贫血、再生障碍性贫血、溶血性贫血、地中海贫血、自身免疫性溶血性贫血、药物性溶血性贫血、阵发性睡眠性血红蛋白尿、急性失血性贫血、慢性病贫血、血色病等。

白细胞疾病包括：白细胞减少症、粒细胞缺乏症、嗜酸性粒细胞增多症、急性白血病、慢性白血病、骨髓增生异常综合症、恶性淋巴瘤（霍奇金淋巴瘤、非霍奇金淋巴瘤）、传染性单核细胞增多症、恶性组织细胞病、多发性骨髓瘤等。

出血和血栓性疾病包括：单纯性紫癜、过敏性紫癜、特发性血小板减少性紫癜、血栓性血小板减少性紫癜、血小板无力症、血友病、获得性凝血机制障碍性疾病等。

骨髓增生性疾病包括：真性红细胞增多症、原发性血小板增多症、原发性骨髓纤维化症等。

血液病竟达几十种之多。如今，科学进步，血液病分类也更加明晰，对症下药也就更为直接和科学

12月26日　星期五　晴

血液病严重威胁人们的健康和生命，如我国白血病发病率高达十万分之二点六二，在恶性肿瘤的死亡率中白血病占第六。儿童恶性肿瘤中白血病占首位。搞清血液病发病原因及发病机理，又是医学研究者的一大课题。目前认为有六种发病因素：环境、感染、遗传、药物、饮食、精神等。一般讲，发病并非由一种因素起作用，往往是多种因素影响的结果。

12月27日　星期六　晴

明天管理区将要挂牌宣告正式工作。宾馆大楼悬上了十几幅祝贺条幅，大厅里会场布置停当，办公楼上彩旗飘扬。机关人员从窗户向南望出去，看那些布置人员在宾馆进进出出。老百姓路过宾馆，也要停下脚步看上一阵。宾馆大院很快拥进了周边的许多小孩。毕竟是全农场人们的一件大事，方方面面的关注是必然的。其实，群众对农场的更名，并没有多少

热情，关键看今后会给他们带来多大的好处。

12月28日　星期日　晴

　　管理区揭牌庆典上午举行，机关全体干部、各单位干部200人参加，各地90多家单位来人祝贺。金狮在舞、鞭炮在响。在这岁末之时庆典，预示着旧的已经过去，新的面貌、新的机制来临。农场从1958年12月成立已45年，"明天会更好"，也是人们想得最多、说得最多的一句话。

12月29日　星期一　晴

　　俗话说"腊七腊八，冻死俩仨"，数九寒天，该冷时应冷，如今的数九已不是几十年前的概念。20世纪60年代，气温常到零下20℃，冰冻可达一尺，大雪往往一尺以上，时有封门。记得去渠上挑水，须由砸开的冰窟中提水。连年的暖冬，人们已感受不到昔日的奇寒。天已冷，阳阳怎样，我心里总是不安。

12月30日　星期二　晴

　　阳阳来电话说患了感冒，让人担心的事终于出现了，不敢乱服药。我与潘大夫联系上，潘说，可以适当用药。因一般药都有降低白细胞的副作用。感冒初起并不严重，用药得当感冒能很快消除。通知阳阳可用板蓝根等普通的感冒药控制。感冒了免疫力降低能引发多种疾病，我和英还是提着心。

12月31日　星期三　晴

　　英终是放心不下，早晨乘车去了石家庄。阳阳打来电话说已经服药，但症状仍然不能控制。我说："妈今天去看你，中午会到学校。""不要来，我们要考试，时间很紧张，最好不要打搅我，我会照顾好自己的。"他很不愿意让妈去，我只好通知石家庄孩子的五姨，中午去学校门口截住英，让英先不去学校看阳阳。阳阳当晚还有考试科目，另有三门主科，计划在一周考完，不愿家人去干扰他。但他的感冒怎样，自己真的能照顾好自己吗？

1月1日　星期四　阴转晴

　　新年第一天放假，上午天阴沉沉的，下午天放晴。集日又逢元旦，人流如潮，虽离旧历年关尚有20日，人们已在为过年做准备。英来电话，中午还是到大学看了阳阳，阳阳服板蓝根药后感冒有所好转。阳阳让妈回去，说能照顾好自己的。英给他留下几百元钱，乘下午返程车晚上回到家里，心里还是放不下。

1月2日　星期五　晴

　　人由呱呱坠地到长大成人，除家庭的养育外，还要有社会的养育。对自我来说，人生的修养又尤为重要。我曾经给阳阳的信中谈到修养问题。

　　我认为，修养是贯穿人生的一件重要之事。修身养性，指逐渐养成的，在政治思想、道德品质及知识技能方面达到的水平。也指在待人处世方面的正确态度。我们常说某人很有修养，一般是说此人思想品质优良、处世为人良好。一个人做到了这些方面，则是一个合格意义上的人，否则是一个有缺陷者。

　　修养，是我国历史上重要的教育内容。两千五百年前，著名的教育家孔丘即开创了学子必备的修养教育，培养了三千弟子、七十二贤人，他的言论成为此后学子立身做人的圭臬。此后的孟子、朱子等卓越的思想家、教育家，继承与发展了他的教育体系，古代的那些教学书籍，大部分是古代思想的精华，也是中华民族文化教育的重要遗产。

　　修养，在现代社会尤为重要。人们并没有抛弃古代思想教育经典，而是继承和发展了思想教育的体系。从幼儿教育到小学教育，再到中学、大学教育，思想品德的教育更是无处不在。但在青少年思想品德教育方面显得还是薄弱，亟待加强。东西方许多国家都有自己的一套思想道德标准和教育体系，在人的品质教育上往往有胜过我国的地方。

1月3日　星期六　晴

　　在古代从平民百姓到文人学士均注重修养，现代修养的内涵扩充了，我给阳阳的信里写道：言行一致。即言必行，行必果，取信于人。说了就要做，做就要有效果。古语有"君子一言，驷马难追"，即指言与行的确定性。

　　自检自省。指对自己的言行检查和反省，看哪些是对的，哪些是错的，以图改进，不断进取。古人有"日三省吾身"之说，即指每日要多次地反省自己。

胸怀宽广。凡事要大度，不与人计较区区小事，不计较个人得失，这当中充满了忍耐、兼容、原谅。当然违反法律、法规和原则的除外。雨果描述得好："世界上最宽阔的东西是海洋，比海洋更宽阔的是天空，比天空更宽阔的是人的胸怀。"

谦虚谨慎。人们常说"谦虚使人进步，骄傲使人落后"，在成绩或优势面前能正确认识自己的不足，这才是最正确的。反之，沾沾自喜、炫耀自我，则会停步不前或落后。蒙古谚语说"宽广的河流平静，有教养的人谦逊"，确实如此。

诚实正派。诚实守信，坦荡胸怀，不虚不诈，以诚待人，会赢得别人的敬仰，别人也会以诚相见。"与人以实，虽疏必密。与人以虚，虽戚必疏"，即是此理。

1月4日　星期日　晴

黄骅市一年一度的人大会、政协会召开，南大港、长芦盐场、大港油田三区、港骅代表18人为二团，住进财税干部培训中心。上午集合大会，由黄骅市委书记、人大常委会主任等讲话。我们代表团均属驻黄骅企业、管理区参加黄骅市会议，下午到影剧院听报告，由市长等做报告，年年如此，有千篇一律之感。明日讨论，历时三日会议。

阳阳怎么样了，有些挂念，会议间隙打去电话，阳阳说："每天考完试就去输液，有些发烧，还不见好转。"

1月5日　星期一　晴

今日讨论间隙，我们一行十余人受邀到法院视察。院长是我团代表。法院坐落在渤海路上，门前八根大红柱支撑着大楼的顶檐，台阶较高，显出几分威严。作为县级市，法院已是省级先进法院。各审判庭的颜色精心设计，象征意义很强。几个审判庭正在开庭审理案件，有犯罪嫌疑人被押在室外等候。法制社会需要强有力的法院作支撑。法院大门口，有几个年轻人走过，朝气十足，说笑之间已去好远。他们像阳阳那么大，令人羡慕的年龄。

六、奔病京津

1月6日　星期二　晴　小寒

少有的蔚蓝出现在天空，其实天的蓝并不是想象中的那么平均。地平线上朦朦胧胧的浑浊，向上愈加被淡淡的蓝取代，顶空的蔚蓝也就更加纯正。好的天气似乎也能影响人的心情。人是自然界的杰作，又如何不会呢。

阳阳来电，几日来仍在发热，口腔有溃烂。坚持上课复习，他说复习很紧张，准备考试。一个学期的考试就这么关键几天，他说一定要坚持考完，考完后再去治病。我无法，只能让他与潘大夫联系治疗方法。下午他电话说已联系了潘大夫，让抓紧输液。他说只能利用晚上时间到校医院输液，一边输液一边看书。夜深了，不知他到底病情如何，想象中病情已很严重，英有些焦急不安。

1月7日　星期三　晴

阳阳来电话讲，输液后病情好转，需连续输液三天。今明日考试，不愿放弃。我只能嘱咐他要按医生的诊断，抓紧用药。学校医院只能治疗一般疾病，检验设备、医疗条件不是太好，能行吗？在学习上，孩子看得很重，但是身体又怎不更重要呢。但何时还孩子一个健康的、让家长放心的身体，祈盼他能马上好起来。一个学期末的考试就这么几天，孩子也是处于两难中。

1月8日　星期四　晴

下午，阳阳在电话中声音有些沙哑："爸，我今天有所好转，但耳朵有些失听，医生检查和内耳炎症有关，但没有穿孔，是由重感冒造成。今日还要去输液。你明天来接我吗？""要去的，不要紧，回来后我们好好地去看病。""我们各门课程都考完了，感觉考得都不错。""那好啊。"孩子的病情加重，无论怎样说，我心里忧心忡忡，一股伤心的感受充斥全身。我没有尽到一个父亲的责任，感觉对不起孩子。

1月9日　星期五　晴

车在高速路上飞驰，恨不能立即飞到石家庄。阳阳电话说早上已整理了简单行装，自己已赶到省二院做血常规。当我们赶到医院，他已经拿出了检验单。他的脸有些发白，显得那么疲倦。今天是潘大夫门诊，满屋子的病人等候着。她抬头看见我们进门，点点头，示意稍等。几个病人走后，潘大夫接过检验单看了结果，白细胞较低，已降至1500。他给阳阳做了牙龈刮片，做口腔溃疡真菌检查，检验排除了真菌感染。潘大夫建议，回去后要速去北京做全面检查，不要再耽误。

车行到市区边，已是中午时分。在一个小饭店坐下，每人要了一碗面条，匆匆吃完继续赶路。阳阳一路在睡，几天的考试，加上病的折磨，人已是无精打采。

下午返家后，感到阳阳白细胞太低，怕在看病过程中再感染加重，先不去京看病。抓紧联系直接住院进隔离室，减少危险。这样，先在家停用了克林霉素、甲硝唑，改用阿奇霉素。前面两种药品都有降低白细胞的副作用。

1月10日　星期六　晴

昨晚的输液有什么效果，上午带阳阳到南大港医院做血常规，白细胞又降低了。医生说，孩子白细胞很低，容易感染。要严格隔离治疗，建议用提升白细胞针剂。外科刘大夫说，这种药剂沧州二院有，但药很贵的。孩子病到这个份上，花多少钱也不能心疼。我驱车飞一样赶到沧州，买回增白（白细胞）针剂吉姆欣已是下午两点，请来诊所大夫给阳阳打了一支，还继续输阿奇霉素。阳阳发热了，忽地烧到了39℃，电话咨询医生，医生说，那是用针剂的反应。

1月11日　星期日　晴

　　为防感染，去医院请来了检验员，到家给阳阳抽血样做检验。检验员是阳阳小时候的同学，阳阳躺在床上，有气无力地跟同学打招呼。同学问："感觉怎么样，不要紧吧？"阳阳回答："还好，不要紧的。"同学在他的左胳膊弯上绑上一根止血胶管，针头轻快地扎进，吸出了几毫升血液，麻利地收拾完回医院去了。阳阳白细胞降到了900，病情不见好转，再打吉姆欣，停输阿奇霉素，牙龈溃烂，阳阳用口泰一遍遍漱口消炎，似乎并不奏效。怎么才能控制住病情，在当地已经感到是那么无能为力。

　　下午阳阳再做血常规，白细胞降至600。我和英感到情况不好，一起到副院长闫大夫家寻求办法。闫大夫说："看来血象不好，与原来病症有关，要立即去京复查。"再也不能耽误了，我立即和李先生联系，李讲到军医学院不一定能住进院去，来了我再想办法。和孩子二舅联系，他立即与文大夫联系上，很快回电说可以来复查，住院也有床位。

1月12日　星期一　晴

　　早晨，和英带阳阳去京，至北大医院已10时半。二舅找到文大夫，她还是四个月前那么瘦瘦的，才40多岁已显得那么老相。她让我们在大厅等她，大厅里人来人往，一片嘈杂。不久她从人群中走出来，微笑着领阳阳去做透视、血象，又做骨穿，等待检验结果。

　　中午，二舅领着到医院对面的面馆吃饭，面馆被午餐的人挤得满满的，等了一会儿轮上了一张桌子。每人一碗牛肉面，英没有要，她说一点不饿。二舅脸很阴沉，这种脸色显然会影响阳阳。阳阳显得任人摆布般的无奈，但还是坚持吃完了面。午后，在医院里候诊的椅子上休息等待，二舅自我感觉情绪不好走到外面台阶上坐下，脸色如阴云笼罩的夜晚。

　　结果出来了，主任医生认为是淋巴瘤，不能再耽误，建议住院治疗。立即开出住院单递给我。文大夫送出我们，说你们去吧，我马上给那里去个电话，让他们安排住院，那里条件还是不错的。北大医院住院部爆满，这个住院部设在北方医院，是北大医院血液科新设住院部。院内有工人还在楼道整修，浓烈的油漆味充斥楼道。护士并不是想象中的温柔，接诊的医生说话也显得生硬。因有文大夫介绍，总算安排进了隔离病房。隔离病房约莫五平方米，室内嗡嗡作响，是空气过滤机保持着室内的洁净。室内不允许家属陪护，英找大夫交涉后才得到允许。下午医院又做了几项检查，包括让实习医生又做一次骨穿。

1月13日　星期二　晴

当天上午，血象检查出来，阳阳白细胞增至2600，是这几天用增白针的效果。一名高大的男大夫开单，让B超检查颈部、腋下、腹股沟淋巴结和肝肾脾、腹部。B超员认为检验单不规范，拿回再改。连续改了两次才合格。做完后，英感到这个大夫不值得信赖。大夫安排打增白针，当护士去打增白针时阳阳正在解手，过后再叫护士来打时，英发现和原来拿的药瓶已不一样，感觉他们治疗不甚严谨，孩子在这里治病有些让人担心。

1月14日　星期三　晴

滴水成冰的季节，多年不戴帽子的我，走出车来第一次感到了头部的寒冷。上午将阳阳骨髓检验结果带去武警医院找龙教授。病理科的医生说，龙教授去了南楼病房。我在南楼的通道里等候，半个小时过去，保安见我过来盘问，问找谁，我说找龙教授看检验结果，他说在里面。我径直上了二楼。在楼道里等他。又半个小时过去，龙教授终于走了出来。多次见面他已经对我不再陌生。龙教授认为骨髓片仍不能确诊，可再做淋巴切片检验。回到北大医院，英说医院主治刘大夫已通知要和家长谈话，介绍阳阳病情和治疗方案。男大夫拿着检验单对英说，阳阳白细胞又下降到1700、血小板降至17万，要开病重通知书给英。英不签字，说等孩子爸爸来签。

因为我执意要再找龙教授，我有意回避了。下午二舅和我再去找龙教授，教授已经外出办事去了。看来我们已经无路可走，心已在流血。

1月15日　星期四　晴

在医院是回避不了的。上午，主治医生刘大夫找我谈话，她讲阳阳患的是淋巴瘤白血病，先可用小化疗方案，如能奏效再用大的方案。此时，新的化验结果送来，医生看后就说白细胞又下降至900了，血象这么低，做腰穿也不能了，小化疗也不能上了。并将病重通知书给了我。这是一份生死判决书，这是半年来我们四处奔波换来的结果，这是半年来我们提心吊胆换来的结果。我不信，不能接受这个现实。心里质疑这里医生的医疗水平。离过年已经不远，医生们已似乎无心接收重病员，同时我们也觉得孩子在这里治疗无望，只是延缓时间罢了。我和二舅议决不下，二舅一筹莫展。我想起李龙昌先生，立即给他打去电话："阳阳病重，医生认为是淋巴瘤白血病。我们怎么办？在北京没有多的亲人，你来吧，和我们商量怎么办吧。"

李龙昌很快开车来到，他一副沉着镇定的目光看着我："孩子病越重，越要找好的专业医院。在北京治疗血液病最好的是部队307医院，但天津血研所是全国最好的，离家也近，不行就去天津吧。""天津我们也无熟人。"他说："有熟人没熟人不重要，孩子这么重的病就是通行证。"英也愿意孩子去天津最好，离家近，往坏处想即便孩子不行了回家也方便。此时，情急之中，我打电话联系了天津肿瘤医院的如鹏大夫，如鹏大夫答应联系该院。我又打电话给北京荣汉表叔，表叔也认为去天津好。答应联系天津的朋友。当机立断，事不迟疑。我将转院意见告诉了刘大夫，医院病人很多，我们转院她也不再阻拦。中午办好出院手续，简单吃点饭后离京返津。路上，荣汉表叔电话告之：天津的朋友联系了血研所，让直接去门诊挂号住院即可。如鹏大夫同事之父原是该院血液科主任，已经退休，老人打车匆匆赶到医院等候，见到我们立即领我们到门诊，并和五科主任联系上，病房已经全部住满，明日才能腾出床位住进病房。晚上，门诊安排阳阳住在急救室，连夜输液消炎，英陪伴着阳阳，我住进了招待所。

1月16日　星期五　晴

急诊室一夜，消炎药液输至半夜。英在一张椅子上和衣而睡。虽然旁边还有一张病床，医生说那是为急诊病人准备的，不让占用。早晨，阳阳精神显得好些，牙龈溃烂也没那么疼痛。我从食堂打来饭，看着他慢慢吃了一个馒头，喝了一碗稀饭。阳阳漱漱口戴上口罩，默默地躺下，看我们进进出出焦急地去找医生。

上午急诊室主任来上班，她与邱主任联系后，我去血五科找到他，请他去看孩子的病情。邱主任简单看了阳阳颈部淋巴结、牙龈，询问基本情况后回三楼，问我："孩子有兄弟姐妹吗？""没。""需要骨髓移植。"他让先办住院手续，等待病床。他没有说孩子病情的严重，而是像收治一个普通病人一样，这给了英一种安慰。他让主管医生陈大夫给阳阳做体检和血象等检查。

孩子牙龈大部溃烂，低烧不退，血象检验白细胞涨到了2000。办好住院手续，也不能在门诊急救室了。住进招待所，等候病床。房间很简陋，又怕阳阳感冒、感染，孩子一直戴着口罩，一声不吭，拥被而卧，似乎是一个听之任之的幼儿。二舅中午赶来，仍然是一脸的忧虑和沉闷，当然这种情况下谁的心情也不会好。入夜，医院12层大楼灯火通明，和南京路上光怪陆离的彩灯相辉映。陡然间，我觉得似乎有一双大手在摆布着孩子的命运，惆怅涌在胸口。

1月17日　星期六　晴

午后的太阳悬挂在医院那个红色院徽上，在推开住院大楼厅门时，风仍在头顶和脚下呼啸着，带着嘶哑和呜咽。下午3时，阳阳住进了五科25床。我好奇地问临床孩子的父亲，一个身材瘦小满脸焦虑唯独眼睛颇大的男子："怎么没有24床？""这科没有带4的号，图个吉利吧。"他的孩子叫唐吉，24岁，脾脏淋巴瘤，大学医学专科毕业，还未及参加工作，父亲是农村医生。唐吉正在实习期间，给病人做复明眼科手术。每晚睡觉后浑身出汗，自己没在意，仍然每天早上跑步锻炼。后来感觉不好才去检查，诊断为非急淋白血病。来这里诊断为淋巴性白血病。唐吉睁开眼和气地打声招呼："你们好。"临窗的22床，病人叫张爽，25岁，白血病，中南大学机械工程系毕业，已获得了中国地质大学保送研究生通知书，尚未入学。湖南湘潭人，由湖南转院来此，父母和女友陪同来津。他的父亲也像唐吉父亲一样，那么瘦小，一副憔悴不堪的脸，与儿子虚胖白皙的脸形成鲜明的对照。张爽正在床上发着高烧，无力地睁开眼看看新来的病友，又合上了眼。他们两家都是湖南人。我对他们说："我的孩子阳阳，大二了。"一室三个大学生，三人由20岁到25岁，很巧。"三个大学生同住一室"，我心中倏然划过这句话，心中顿生一种无奈的感受。我和英情不自禁地一声苦笑。三个父亲相视而笑，显得惨然。为什么病魔爱光顾这些优秀的孩子呢？

血液病医院里，因死亡率高，人们对床位号是很忌讳的。社会上人们视8为发，是发财致富的好号，在这里则不然，"8"是"快复发"的谐音。"22"是吉祥指"儿还是儿"，"23"指"儿散"，"25"即是"儿无"。其实，医院安排病床并不会考虑这么多，号的好与不好病人已没有选择权。一个病人经常变换床位，长了也就习以为常，碰上啥算啥，也就无所谓了。有16、17两个床位，人们认为号很好，却在两天里"走"了两人。听大厅里病人家属议论，一个40多岁的男子，个子很高，前一天精神很好，在大厅里坐着休息来，没想到第二天死去了，推出病房。一天后另一个半夜死去，家人收拾完东西离开了病房。

1月18日　星期日　晴

天津朋友家骥来看阳阳。他原是农场下乡知青，曾与我要好。他在文工团当演员、画布景，多才多艺，如今已满头掺杂白发，只语音和性格未变。天津市委李先生来电，答应与邱主任联系，让他能给安排检查以彻底确诊治疗。朋友金瑞、增华由农场来看阳阳。中午领他们在食堂草草就餐，饭菜已不热。阳阳今日做血检，白细胞又降至1700，感冒已愈，牙龈开始好转。

1月19日　星期一　晴

大哥和二女婿玉锦来看阳阳，管理区书记、主任也来电话询问病情。我找到门诊护士长祁女士，祁女士是二舅朋友小钟的父亲联系的，祁女士热情地说，有事可尽管找她。随即打电话给三楼护士长，三楼护士组是天津市青年文明号获得者，我心中也踏实起来。今天是星期一，医生安排阳阳做了全血化验、胸腹部B超、耳血化验和骨穿检查等。晚上，张爽的母亲和女朋友刘羡送饭来了，母亲也是那么瘦小，却那么精干，一副娇好的面容。我们很快熟悉了。刘羡胖胖的，有说有笑，屋里立时扫去了沉闷。她在床上支起了一张小简易桌，四口围在一起吃晚饭。使我想起北方农家的热炕头。张爽母亲给阳阳拨了一点菜，炒的瓜片，很好吃。张母对我说，孩子半年前在湖南医治，不见好转，转天津两个月，已缓解。刘羡从湖南农业大学外语系毕业，放弃了找工作的机会，毅然来陪张爽。家里已认可了两人的关系，寄来了13万元支持治病。张爽家为治病已倾其所有，花去了20多万元。孩子病情严重，尚需30多万元又如何筹集。张母说着，强忍着眼泪没有掉下来。

1月20日　星期二　晴

今日大风。我和英陪阳阳到10楼排队做B超检查。各层护士推着药车到药房领药，孩子进了B超室，护士们推着一车车药从我们身边走过。听说，这些药有的昂贵得惊人。孩子回到病房，陈大夫来叫做骨穿。半小时后孩子从骨穿室出来，脸有些疲倦，只说："医生不熟练，扎在神经上，腿有些麻。"

明天就是除夕。下午，血液五科召开病人家属会议，30多人被召集在东门厅，据说是每年一度的会议。邱主任、赵副主任以及护士长给家属们讲话。内容涉及本院、本科的特色、国内外血液病治疗研究最新成果、科室护理情况及有关规定。

赶在过年的前夕，带阳阳去做淋巴结病理手术，心里很不是滋味。这已经是第三次做摘除淋巴结手术，也为了搞清病情，孩子一声不吭，默默地配合。回来后听张爽妈万群详细复述会议内容。天津血液病医院是中国医学科学院下的一所专科医院，技术力量雄厚，与世界先进国家技术协作，科室齐全，能进行骨髓移植手术，也是国内著名专科医院。血液五科以博士生导师邱教授为主任，近40张病床、7个层流隔离室，但病房还不能达到每位病人一室的条件。目前国内血液病发病率较高，该院治疗效果在国内属一流。同时本科按照医院的规定，严格医风医德，绝不收病人的红包。病人家属的心情可以理解，病人出院时可买点水果之类表示谢意即可。血液病人医疗费用较高，主要是药品的费用高，医院也尽量给一些经济困难病人提供免费药品等。春节将至，五科医生护士祝病人和家属节日好。会议效果很好，人们从中了解了医院情况和医生们的态度，对增强治病信心大有好处。傍晚，我坐在门厅的椅子上，看见门上"青年文明号"的金色标牌，心情感觉好些。

1月21日　星期三　晴　大寒

昨日大风凛冽地刮了一天。今天风的肆虐已收敛，但老天又匆匆地变得寒气逼人。除夕到了，家骅骑车20多里，又气喘吁吁登上三楼来。他提着的饭盒里是四个菜,两个凉菜、两个热菜。"过年了,给送几个菜来,你们吃吧。"打开饭盒,菜还热着呢。病房里有了几个空铺,那是几个天津或郊区的病友回家过年去了。除几名值班医生、护士,其他人员都回家团圆。夜幕降临,从阳台看去,城里时有燃放小礼花的,楼群间忽地一束束五颜六色的彩光冲上空中,年味渲染也浓。楼道里,病人和家属都从房里出来看电视,春节联欢晚会演得正酣。电视中的欢声笑语也感染着病友们。时有几声欢笑在楼道响起。

金瑞、荣达、荣青等六七人来电话问候。我和英、阳阳依偎在床头,看小电视直至午夜。这是我们一家第二次在外过年。1989年春节前,我带着英和阳阳回老家,去陪表姊过年。成都上车后,阳阳发起烧来,浑身很热,我和英抱着他,一路不知怎样才好。长途车颠颠簸簸走了六七个小时,到泸州汽车站附近住下,第二天阳阳降烧,感冒也奇迹般好了。除夕,我们三口回到故乡合江,陪表姊过了一个年。表姊那年已78岁,晚上她早早做了顿简单的饭一起吃了,说了声你们也早点睡吧,自己上床睡了。屋里没有电视看,也无话可谈,也只好早早入睡。翌日晨迎来了新的一年。今年我们三口也在外,有家难回。午夜,医院送给病人的饺子用餐车推来了,每个病人三两,薄薄的水饺,馅淡淡的。我和英每人吃了一个,看着阳阳把那些饺子吃完。

1月22日 星期四 晴

大年初一,世界仿佛焕然一新,在电梯里,王护士长见了我打声招呼"过年好!"我也回敬"过年好!"人们脸上有了笑意,似乎病人都已痊愈,病房只是暂住的旅馆。时间久了,医护和病人及家属们都很熟悉,也形成友好的默契关系。阳阳仍有炎症,昨日输液用药,今日停用,身体状况较好。青县文友相宽及太龙、兰英、怀洲等先生来信息或电话问候。大年初一,他们没有忘记在外过年的我。我一律用"谢谢!在春节之际,亦祝佳节愉快,身体康健,阖家欢乐!"作回谢。

1月23日 星期五 晴

大年初二,英在天津的表姈子及儿子、儿媳、女婿4人来医院看阳阳,老太太已六十四五,过年了打扮得很入时,头上虽有不多的白发,将发烫起，撒上金粉，十分的精神。她说："你表舅今天来不了，心脏不太好。"早上，阳阳又输消炎药液，直到中午，体温基本正常。初二，是女儿回娘家、女婿看岳父母的日子，可以想见，家家户户喜气洋洋。香久等朋友来电话问候。

1月24日　星期六　晴

侄女小蓉执意从上海回来看阳阳，乘了一夜火车，8时半就到了医院。忠香母子由南大港来津看阳阳，其子小斌由津乘车去北京二舅家。小蓉和忠香随后返南大港。几天后小蓉又要回沪，只有几天的假日，他的孩子也很小，不能久住。

阳阳今日改口服药，做血常规显示，白细胞仍然较低，其他两大项都接近正常值。诸多文友来电话问候，华孝大哥也由阳朔来电话问候孩子。

1月25日　星期日　晴

招待所里一间大屋住满了人，都是病人家属，有二人住得长了，备下锅具在屋里做饭。夜里有敏感者听不得别人出声响，我只好似睡非睡，尽量不出声音，怕妨碍别人，只是苦了自己。下午多睡上一个小时方能支撑一天，心里的痛楚无人交谈。振平发信息来讲要面对现实之类，我感到她并不理解我此时的心情，我发去数条信息："人能够承受任何苦难，但不能享受任何幸福。""苦难只有三个人来承受，当事人和父母，其他人都是间接的，不管表现得多么关心。""坦然面对一切，实际是一种无奈。勇敢面对一切，实际是一种自嘲。""平民面对苦难，更多的是无助；富人面对苦难，更多的是遗憾。""世界并不是平等的，平等只是人们的一种幻想。也许一千年三千年或者上万年，幻想能变成现实，如同人类上了月球。""命运是会捉弄人的，不管你是赤贫还是巨富。""命运具有不可预见性、不可捉摸性。因此人在命运面前是弱者。""当人无力与命运抗争时，人是孱弱的。因此宿命论得以在人类生存。"

1月26日　星期一　晴

正月初五，天气晴朗。医院放假期间，一切检验结果都要在假期后做出。阳阳仍口服消炎药，不做其他检查。小蓉又来医院看阳阳，并就此告别,由津乘火车返沪。初五乘车,乘客少不会拥挤,大哥送她来津。

中医学院一附属医院在鞍山西道上,乘车三站地。其血液科门前挂有介绍牌,可治疗:各类贫血、骨髓增殖性疾病、继发高粘脂血症、各种原因引起的白细胞减少、出血性疾病。主任医师两个都姓杨,二人今日均不出诊。总医院亦设有血液内科,有专家六七人。邱主任讲,中医对恶性血液病难治愈,要治愈还需西医。我对中医还是情有独钟,能否中西医结合治疗,还需进一步咨询。脱离西医,完全去依靠中医,谁又敢去冒险呢。

1月27日　星期二　晴

主治医师董大夫通知说:阳阳的检查结果能在初八全部做出,目前看已不能排除淋巴瘤。心情再次紧锁。家骓夫妇和孩子来看阳阳,其女儿十四五岁,活泼可爱。家骓很晚才再婚,夫人是部队专业人员,从事日语书面翻译工作,内退后返聘回单位工作。家骓无甚固定工作,在外给人打工做装修设计,全家主要靠夫人工资维持。

阳阳颈部手术的药线拆除了,伤口愈合很好。体温正常,他心情很好。

二舅由北京来,带来其内弟肿瘤切片,到肿瘤医院找专家看片,确诊是胃癌,安排在沧州手术。张爽已经退烧,经检验是金黄色葡萄球菌引起,一周多的用药很见效。

1月28日　星期三　晴

朋友秉玉辗转找到天津作协陈老师,陈老师之友徐先生在血研所工作,他在11楼办公室办公,身材高大,一脸憨厚。听了我的介绍,即与病理科主任陈教授联系,并答应今后有什么事要帮助的尽可找他。又嘱咐,本院的医风医德良好,不需要为送红包等费心。韩所长已出国交流,尚未回来,只好以后再见。

病理科在楼房西的平房里,陈教授,一个干练、和蔼的专家,约50多岁,头发已谢顶。看了阳阳去年的切片和各处专家看片的意见,认为应做基因检验等项再作确诊。

天津的朋友宝忠先生来医院看望阳阳,黄骅秉玉、管理区领导云庄等5人相继来电话问候。人在困难时候确实需要朋友们的慰藉。

1月29日　星期四　晴

阳阳住院已近半个月，憋闷得慌。基因检测等还需一周时间，很想回家几日。一开始，赵主任同意准假，但需在血常规结果出来后再走。

11时，血常规通知单送来，阳阳白细胞仅990，出外是有风险的，赵主任不再同意病人回家。拜托万群关照一下阳阳，我和英回家。今天是春节后第一天上班，下午向管理区书记、主任汇报孩子情况，并与办公室人员见面，处理一些搁置的公务。

1月30日　星期五　晴

半月不在家，家里已经很脏，到处浮一层灰尘，很让英擦洗了半日，又恢复了以往的洁净。孩子的病机关人员都已传遍，人们纷纷到办公室来问候，我只能强作镇静。平静地简单介绍孩子病情，感谢他们的关心。

不放心阳阳，英下午到黄骅乘车返回天津。

工会刘主席知道我回来，当即批准从总工会支付一笔救助金，孩子确诊后的治疗费用将是一个天文数字，我简直不敢想下去。晚上，朋友金瑞、金刚等4人来家问候，我即一一道谢。

1月31日　星期六　阴

天有些阴沉，元宵节临近，人们无心在工作上投入过多的时间。我抓紧时间到机关处理一些事，安排各下属人员做好工作，孩子患病我还要兼顾工作。尽管领导们表态，让我只管去照顾孩子，工作上交给副职们，但我的责任不能推别人。孩子的医疗费如何筹集，一个工薪家庭少有储蓄，几乎两手空空。我又将如何面对这个现实。朋友们见了我，我真一脸茫然。

2月1日　星期日　小雪转晴

凌晨小雪，街道屋顶、树丛、草地铺上一层薄薄的雪。早晨，阳光透过来，整个雪的世界洁白宁静，似乎小雪的覆盖，压住了往日的喧嚣，寒透的空气也显得洁净了几分。小雪后的公路上，车不敢快行，总是跟在人家的车后亦步亦趋。车过小王庄，路上已无一丝积雪，车骤然加速快行，至天津比平时慢了半个多小时。阳阳血象做出来了，白细胞已降至690，是入院以来的最低点。在尤主任家，他帮助联系邱主任。今天是星期天，邱主任与家人在外买家具，也不同意我们去家里找他，只好作罢，等待明日检验后的结果。

2月2日　星期一　晴

邱主任通知，将病理片送肿瘤医院，找张教授看。医生小董同我们去医科大学取病理片，昨日病理科已送医科大学，大学的教授认为是淋巴瘤。在肿瘤医院张教授的工作室，张教授正和几名助手在显微镜前看片。一边讲解所看情况。张教授身材魁梧，嗓音也很洪亮。看了阳阳今年的新片后，肯定地说是淋巴瘤。又拿去年的切片看，也做出相同的认定。张教授记性很好，问身边一名大夫，是否这个片去年看过。那个大夫说，是的，看过。张教授很自信地说，是淋巴瘤。他的工作室内挂了一些病人赠送的锦旗之类，他工作的严谨是很著名的。从他的工作室出来，如鹏大夫说：张教授的能力是几十年看出来的，有的教授是自己吹出来的。

我仍然抱着一线希望还要去一次北京。对北京方面的信任仍然固执地支撑着我的心。中午，草草吃点饭，和司机出发。二舅已在医院大厅等候我，我们一起去找龙教授。龙教授正好在医院，多次找他，已不生疏。反复看过新片，认为是肿瘤征象，可以进行治疗，需再做5个切片分型。

半年来，我已疲惫到崩溃的边缘，国内顶级的知名专家都已接触，不能再犹豫，也不容再耽误孩子的治疗。回到天津血液病医院，病理科陈教授已经做出了病理报告、免疫组合结果，让我交给五科医生。

2月3日　星期二　晴

今天，医务室里六七个医生都在，各自面无表情地低头忙碌。邱主任跟我谈话，我和二舅一起去见他，半个多月的时间，医院稳定住孩子病情，进行全面检查慎重确诊，这是他第一次正式谈孩子的病情和治疗方案。邱主任总是以严肃的脸对待每一个病人和家属，我们等于听他对病人生死的宣判。我坐在旁边一张椅子上，他说："已确诊为'外周T细胞型非何杰金氏淋巴瘤B型'，属中期稍晚，要通过化疗才能缓解，并要进行干细胞移植。治愈率50%—60%。""那么，缓解后不移植行吗？"我心中幻想着能否减少孩子的痛苦。"那样容易复发。"邱主任淡淡地说。住院十八天，我们等来的是这个严酷的结果。应该说，这个确诊结果我的心理已经有所准备。邱主任谈话很简捷，每一句话都不容置疑。回到病房，阳阳问："我到底确诊是什么病？"我如实告诉他，他默然。相信他能承受，因为半年来他承受的已经够多了，像背负的石块层层叠加。对孩子来说，他又能怎么办呢？

当天午前，医生给孩子做第一次腰穿。腰穿，是在腰椎上抽取脑脊液检验有无病变，同时注入药物防止侵害脑脊液。身体横卧蜷起，如一只横陈的大虾。这是病人们最怕的检验。陈大夫不太顺手，腰穿做了一个多小时。孩子感觉很痛苦，他看见医生用很粗的针抽取的透明液体。他静静地平躺了六个小时，身体一动不动，不能喝水吃东西。不然会造成不良后遗症。

确诊病症后，转入治疗。要解决孩子的吃饭问题，食堂的饭不太适合病人。还要解决家属的长期住宿。我和二舅去问出租房。下午，请来家骅一同去找中介所。奔波半日，仍没有合适的出租房，不是太远就是价格太贵。

七、亲朋慰藉

2月4日　星期三　晴　立春

　　阳光由楼宇的夹缝中投过来，很温暖地击打一下脸颊，又吝啬地游开去。寒意已从睡梦里醒来，像幽灵般跟随着大街小巷里的人们。它留在我裸露的脸上，在它戏弄下和淌出的泪结伴缓缓而下；它留在我半蜷的手背上，用针刺的感觉挑逗着隐去的有些僵硬的青灰色静脉。

　　推开万全道香园里三号一间出租房，潮气扑鼻而来，阳光不能直射入屋。室内的光线只能从房门和后窗玻璃投入。一张大床、一个衣橱、一个旧柜、一把椅子，有水管头和其他简单的家具。外面走廊门边有煤气灶带着锁，上面糊满黝黑的油垢。

　　住房对门竟然是家骁小学时的同学，同学热情地叫到家里坐坐。并说如租下来他可以帮助安个炉子和烟囱生火。中介人答应和主家联系后再定。阳阳要做化疗了，英很害怕，不知化疗对孩子到底会怎样，心里没底。要照顾阳阳，也希望有个家人在身边。下午，我与二舅回南大港，大哥留下继续联系租房。

　　阳阳今天开始用化疗药，是第一个疗程的开始。

　　20多天过去，病房里病人进来出来，生生死死已让病友们熟视无睹。想起阳阳几天前想回家，留恋家，也是生怕病重化疗后回不了家。家属们的情绪影响着这里孩子们敏感的神经。

2月5日　星期四　晴

　　正月十五，元宵节。

回到家中，空荡荡的，准备一些在天津生活的用品。入夜家家户户鞭炮骤响，小礼花四处绽放。大街上早已扎上了放花架，男女老幼纷纷上街游玩，等待放花。往年，我们也像家家户户那样一家出去看花，在火树银花中享受着民间的愉悦。今年一人在家，感觉脚步很沉重，不愿再出去。

9时半，街上的焰火点燃了，我从窗户向外望去，远处的楼顶上，五彩斑斓的焰火冲上天际，满街映照得闪烁着一层神秘的光芒。

发给阳阳一条信息："阳阳，街上放花了，满街的璀璨，皓月当空。祝你们元宵节愉快！"回信是简短的五个字："也祝爸愉快！"

2月6日　星期五　晴

昨天和阳阳的大伯、二舅去周围中介所找房。奔波了一天，有两处价格合适，但一在天津大学西、一在家乐福超市后，太远。当筋疲力尽之时，在栏杆上小歇，又见医院门前的杨树上有小广告。按电话打去，回答是一居室每月1100元，令人咋舌。"谢谢，我们商量再定。"我客气地关上手机。今天早饭后，我们又开始奔波起来。离医院要近、价格要低，令中介人直摇头。房屋中介的史大姐打来电话，香园里的房子主家不愿出租了，原因是嫌是病人家属住，怕沾了病气。其实听说主家有些神经质。

太阳偏西，三人还没有吃上午饭，腿像灌满了铅。傍晚，中介的史大姐高兴地介绍另一处房，我们立即去看。这是长安东里一个大杂院，一间低层房屋出租，租金每月280元，约12平方米，还有小阁楼。黢黑的走廊边有做饭的煤气灶，进屋打开灯能看清屋里一切，一股潮湿的霉味扑面而来。有床、橱、桌等简单陈旧的家具，沾满污垢还算齐全，用水在大院内，各户共用。离医院1公里远，十几分钟能走到，也还方便。虽狭窄些，但总算可以安家了。病人家属理应吃苦，不是来享福的。

孩子的大伯、二舅分别回家了，阳阳昨晚输液至半夜，今日精神尚好。中铺的唐吉要回湖南，原因是父亲借来的5万元全部花光。准备回去到县医院治疗，那里医院院长是他家亲戚。我送他一本书，扉页写下："唐吉，书中有艰辛，有苦难，也有欢欣。希望你能从中汲取力量，以顽强的意志去战胜病魔！"唐吉将眼凑在书上，仔细看着，连说几声"谢谢"。他的眼是血小板减少后眼底出血，血块不吸收，视力减弱。孩子学医，心里明白，即便病好已很难恢复视力，今后怎能给人看病呢。

2月7日　星期六　晴

　　唐吉是个苦命的孩子。早晨，唐吉不慎碰破鼻腔，血流不止，床边一个浅绿的塑料盆很快滴满了盆底，鲜血溅在床边和地板上。唐父慌得求助医生。双休日，五官科大夫很快从家里赶来，为可怜的唐吉填塞，塞堵了很多纱条才止住出血。唐吉平躺在床上，脸显得煞白。止血后，唐父去血站取回血小板。点滴袋挂上了床头，血小板金黄色，一滴滴地输入唐吉手臂血管。他脸色又变得蜡黄，消瘦的脸上还是那么平静。父亲去两公里外的小屋做饭去了，他对父亲所做的一切都默默观看着。父亲是农村医生，为治唐吉的病向山村的乡邻借钱，几乎借了个遍，然而山村又是那么的偏僻和贫穷。他的最大愿望是像父亲一样为乡亲们治病，但如今这个愿望又如何能实现，他很茫然。唐父很是焦虑，唐吉的病花费很大，一个疗程下来就花去9万多元，也没有缓解。再继续治疗已经没有费用了。唐吉家庭条件差，为省钱在学校连医疗保险也没交上。爸爸没有给他买较贵的水果，买来比较便宜的提子给他吃，他说病人们都说吃提子好。

　　老邻居孙家的妻子听说租房困难，几天来联系了天津的亲戚帮助找房，都因距医院远没有租用。今天孙家伯父孙健来医院看阳阳，买来一盆鲜花，护士说不能放病房。只好放在走廊的暖气箱上，成为病人们共同欣赏的鲜花了。老人已快60岁，身体健朗，还在上班，家离这里有几站地，骑车过来，嘱咐有事尽管找他。

　　同事金生的叔伯哥哥答应给一间房住，地点在拉萨道口，却也不远。遗憾的是一间空屋里，无一件家具，也无电源，一切物件都要重新配置。我谢过金生的好意，讲已租好民房。金生执意说，何时想住都行，东西可以想法借用。

2月8日　星期日　晴

　　赵主任和陈大夫查房，摸了阳阳的颈部，都讲淋巴结在缩小，腰穿脑脊髓检验正常。基因检测已出了结果，阴阳性各半。陈大夫是个很认真的年轻大夫，明天就要轮换到十楼手术病房。没什么送她，送给她一本我的书，她显得很勉强也不好推辞。事后我觉得为什么要送她书，人家可能不喜欢看文学书，何况不是全国著名的作家的书。但既然已经送了，也不便再拿回来，其实我送书的宗旨是：谁愿意看我才给。玉德的妈妈来了，领她到住处，又到附近大荣超市熟悉情况购买些蔬菜。她就要住下给阳阳做饭，有她帮助，我也就放心了。

2月9日　星期一　晴

　　我回单位上班了，阳阳的朋友晓彦、小楠到天津看望阳阳。两个稚气的孩子执意给阳阳留下200元。阳阳其实很愿意同学、朋友们常来看他，他可以忘掉病痛，排遣孤寂。同学小黄从石家庄来天津看他，虽没有一句鼓励的话，阳阳却心情很好。今后的残酷式治疗是否能够坦然面对，对他来说将是一场生死考验。

2月10日　星期二　晴

　　农历正月二十，阳阳的生日。人生只有一个20岁生日，我20岁生日那天是在表哥家里度过的。那是在"文革"中，苦闷的我回到家乡，在表哥家参加队上的劳动。秋天的风雨打折了门外的翠竹，檐下滴着泪水涟涟般的雨帘。20岁，是人生最美好的年华，但没有学习的机会，没有工作，只有无休止的农田粗笨的劳动，那是我最苦闷的一年。阳阳20岁生日，在离家二百里外的病床上度过。不能在课堂上听教授讲课，不能在篮球场上扔上几个球，不能和同学们在树丛间散步。

　　我给他发去信息："阳阳，今天是你的生日，祝你生日快乐！"他回复我："爸，有妈妈和陈姨在医院为我过生日，我很快乐，大姐也给我发来信息祝贺生日。"孩子高兴，我心中一阵宽慰。

2月11日　星期三　阴

　　大学快开学了，给信息技术学院副书记汇报了阳阳病情，寄去了诊断书和有关检验资料，请求校方准予病假，在医疗费上给予支持。我写给校方一封信，大意是：

　　我的孩子阳阳是贵校学生，1月16日进天津血液研究所医院住院检查，确诊为：外周T细胞非何杰金氏淋巴瘤。治疗方案是：化疗，缓解后进行自体干细胞移植或骨髓移植。医生说治疗时间在5—6个月，医疗费用约40多万元。

孩子重病，对我们三口之家来说，无异于是一个灭顶之灾，我们心情无比沉痛。阳阳是一个优秀的孩子，品学兼优，学习勤奋，属本专业尖子生、三好学生，是一个德智体均优的学生。阳阳患病，我们家长面对承受这个现实，难以承受这个打击。但冷静下来，又不能埋怨命运的冷酷和无情，而必须面对现实，积极为孩子治病。为此，需办理休学，由于病情十分严重，治疗花费巨大。我是机关工作人员，他母亲是教师，工资较低，多年来无多少积蓄。遇此大事，我们更是一筹莫展。亟须依靠学校帮助，解决医疗费用，希望校方给予极大的支持。

独生子女家庭，孩子的命运维系着我们的一切。我们恳切希望校领导理解我们，给予最大的支持，我们将感激终生。

2月12日　星期四　晴

上班后接到报社副总编田先生的来电，问候阳阳。科室同事于女士来了，在玻璃板上放下了一沓钱就要离开，我推辞。她说，这是我们的心意，给孩子看病要紧。感激之余，收到花城出版社寄来的《中国散文年选》，这是由中国散文学会主编的选本，为年度高层次的选本。选入我刊发在《美文》杂志上的一篇散文。本来紧锁的心有了些许欣慰。

2月13日　星期五　晴

下午，我去天津医院，一周坚持上班，总不放心阳阳的病。当夕阳缓缓滑进了地平线时，我走进了血液病医院大门。阳阳还好，今天血常规结果，白细胞没有下降，面色坦然，看起来心情平缓，也适应了医院的生活。

玉德妈妈一周来还不能适应这里的生活，她是个很洁净的女人。出租房黑暗、潮闷的环境使她很难坚持下去，加上不熟悉做病人的饭菜。英觉得还是让她回去要好，反正英也能照顾孩子。英送她到车站乘车回家，她答应先回去看看，随时可以再来。

2月14日　星期六　晴

阳阳下疗已第四天，医生将停止用化疗药后的第一天称下疗。改用口服药，体温总在37.1℃，属低热，颈部淋巴结看起来有缩小。一个疗程要20多天时间。这个化疗方案是轻剂量的，属试探性，能否对症还是未知数。血液五科里，住满了病人。每天用药、吃饭、看电视、看书、解手、由楼道的西头走到东头、打手机、坐浴、睡觉。病人们规律性的生活，看起来悠闲自在，其实平静下面隐藏着巨大的风险。如同一场大地震即将来临，但谁也不知道具体时间。化疗后体内黏膜受伤最易感染，尤其嗓子、肛门处。每日晚要用药进行坐浴，嗓子痛，就买"喉友"使用。

2月15日　星期日　晴

早晨，风沙又起，沙尘天气让人心烦和郁闷。办公室4个副主任和金生等来看阳阳，孩子的四姨也来了，他们利用这个星期日，一上班又没有时间。

张爽进隔离室打大化疗，为移植做准备。医生已确定给他做异体移植，已经找到匹配的骨髓供体，是湖南农村一个40多岁的妇女。张爽的母亲在走廊里见到我说："你送给张爽的书他在隔离室每天都看，说你写得好。我想求你写篇东西送湖南发表。张爽治病没钱啊，我要想法募捐。"她从书包里拿出了一沓资料给我。刘羡也将她写的一篇和张爽相爱的文章给我，求我给她修改。她要找湖南电视台，要为张爽的治疗费用募捐。看着她们真诚期盼的目光，我已不好推托。我一定要写好，才能安慰他们拼命挽救张爽的痛苦心情。下午我跟车回家，明天好上班。

2月16日　星期一　晴

病人化疗最初的痛苦就是掉发，阳阳也不能例外。阳阳掉头发了，一绺绺地掉，枕头上已掉了不少。一头乌黑的头发已所剩无几，但还是有一些稀疏的头发倔强地不愿掉落，阳阳有些心疼。一些病友掉发前剃成光头，阳阳还是舍不得，他想也许掉不完。"阳光女孩"刘羡来看阳阳："阳阳，把头发全剪掉吧。""不，长着吧。"阳阳笑了。

今天，赵主任查房，摸阳阳颈部肿大的淋巴结，认为有些缩小，但做骨穿检查病情并未缓解。午饭英没有吃，我悄悄对她说，千万不能情绪低落，不能影响孩子。

2月17日　星期二　晴

小街上树多，高大的洋槐与楼房比试着高低，两侧的枝丫在空中交叉，力图造就一种遮天蔽日的气势。槐身露着古怪的疙瘩形树皮，一副苍老的黝黑色。

由租住房到医院有一公里，十几分钟能走到。

阳阳血象降到了低点，白细胞仅790，需严防感染。病房里设有紫外线灯，早、晚都要消毒半小时，消毒时病人和家属全部离开病房。人们也都很自觉，防感染的意识很强。

阳阳第一期化疗已下疗一周，赵主任上午查房后，把我叫到医生办公室说：阳阳颈部肿大淋巴结有缩小，但骨穿显示不良细胞仍然很高，下期将采用较强烈的化疗方案。这第一期化疗可以说是试探性，化疗没起作用。阳阳要进隔离室做大化疗，又将经受新的考验，健康细胞和不良细胞同时被残酷地杀死，他能承受得了吗？

2月18日　星期三　晴

夜很深了，我终于在电脑上草毕《一个亲情维系的生命》，四千多字。文章未发出，已把我自己感动，我写道：

湘江，蜿蜒近两千里，滋润着古老的湘鄂腹地，千转百回汇入浩浩洞庭。湘潭，这座美丽的城市，是富饶的湘江流域中的一颗闪烁的明珠，它承载着历史的厚重和现代的繁荣。人杰地灵的湘潭，在淳朴的湘潭人的创造下，不断演绎着动人的故事。

人们常把大学生比为天之骄子，张爽更是这骄子中的佼佼者。他是一个令人羡慕的家庭中的一员，父母都是一家大型企业——江南集团公司的职工，出生在改革开放之初的独生子更是他们的骄傲，他们是双职工家庭，收入虽然不高但家庭仍然是美满的。从小学到高中，张爽一直当班长，成绩又一直在全年级名列前茅。英俊的少年，已被校三好学生、湘潭市三好学生、学习标兵、优秀学生干部的头衔所笼罩，在学校和社会各种公益活动中随处都可以看到这个优秀少年的身影。1999年，张爽以569分的高分成绩敲开了中南大学机电工程学院的大门。从此，他不仅成绩优异，更俨然成了一个社会活动家。他是班长、院学生会外联部部长、院年级管理委员会主席、中南大学军训先进个人、文艺积极分子、校级优秀干部。大三时，又以优异成绩保送至中国地质大学攻读硕士研究生。学校的坦途为他描绘了一个光明的前景。

就在张爽一边接到中南大学的本科毕业证、学士学位证，一边接到中国地质大学研究生的录取通知书时，一场持续的高烧击垮了他。6月24日，张爽突然感觉扁桃体疼痛，次日厂医院诊断为扁桃体炎，几天的输液，扁桃体不痛了。7月14日，张爽牙痛，医院里一个普通的血常规把家人惊呆了，白细胞竟达13万之多，正常人是4千—1万，超出了正常值的12倍。张爽发了高烧，随后的骨髓穿刺更使家人震惊，医生认为十之八九是白血病。7月15日，对张爽和家人来说是一个黑色的日子，长沙湘雅医院确诊张爽是急性淋巴细胞白血病。这无异于晴天霹雳，给了他们一个毁灭性的打击。又无异于一张死亡判决书，贴了原本温馨幸福的家庭的大门。

人们不能承受一切幸福，却能够承受一切苦难。苦难的直接承受者是本人，但心灵的创痛又莫过于双亲。张爽的病，给父母带来的又何止是心中的痛。治疗白血病，一个面临的实际问题是巨额的医疗费用，由化疗到骨髓移植，需要40多万元。这对于张爽的父母来说，简直就是不可思议的天文数字。这对在江南集团公司老老实实干了半辈子的优秀工人，面对着这一难题心如刀绞，欲哭无泪。国企改革，职工下岗分流，由于身体有病，丈夫下岗待业，每月仅靠120元的最低生活保障金生活。体弱多病的万群，虽未下岗，但她所在的今汇公司，是江南集团公司出了名的困难企业，从1996年至今，每月收入不足100元，两人的微薄工资难以维持全家的生活。更何况几年来还要支付孩子的大学费用，他们的所有积蓄已花费殆尽。看着孩子期待的目光，他们心中的痛苦化作苦涩的泪水在心中默默流淌：孩子，你为什么不生在一个有钱人的家里啊！

父母向所有的亲戚朋友伸出了求助的手，但是，如同他们这对夫妇一样，亲朋好友即便倾囊相助也难以满足高昂的医疗费用。举债累累的双亲在无奈中向公司求助，12月15日，一封《救救我们的孩子》的求救信赫然刊登在厂区《江南报》头版。公司领导齐振伟果断地批示："我真诚地希望公司员工、家属能伸出援助之手，去帮助他这样一个品学兼优但又无奈患有绝症的江南厂的优秀子弟。"这一声呼唤，如水中投下了一块巨石，激起了全厂职工的救助热情。一个"献爱心捐款救助"活动立即展开。集团公司领导、公司机关各部室、各下属公司、工厂、学校、驻公司军代室全体官兵和社会各界，50多个单位近万名职工、家属、官兵，踊跃捐助。在募捐箱前，总经理齐振伟掏尽了身上的800元钱，书记黄怀德在投进500

元时大声说:"这是江南(厂)送出去的优秀学生,江南人伸出援助的手来!"一个青年工人走到募捐箱前说:"这个月工资600元,我再加66元,让张爽六六大顺,把病治好。"一位老李师傅,家中有患病的老母需要钱治疗,但他毫不犹豫地拿出了800元钱。募捐箱连着人们的心,和着张爽父母的心一起跳动。白发苍苍的老人走来了,蹒跚学步的儿童走来了,退休的老师走来了,下班的工人走来了,干部、经理、外地的客商、个体老板,他们走来了。张爽曾经就读过的江南小学、中学没有忘记他,在"伸出你我手,奉献一份爱"的号召下,师生们竭尽所能,向募捐箱投下了一颗颗滚烫的心。募捐箱前,母亲万群激动地向每一个捐助者鞠躬致谢,她代表全家感谢每一位捐助者,感谢每一位用爱心为张爽链接生命之桥的人。捧着这近8万元的捐助,万群感到了沉甸甸的重量。

人的生命只有一次,更何况张爽是一个仅仅23岁的青年。当病魔无情地纠缠住他时,他第一次感到了生命的可贵。在长沙湘雅医院,看着父母忧心忡忡的面容,他感到了病情的严重。他忍受着病痛对父母说:"我还要学习,还要让你们过好日子,我会跟病魔抗争到底的!"对生的眷恋和对知识的渴望带给他无穷的自信心。数不清的打针、服药、血检,化疗一期接一期,毕业时的照片是他最为得意的一瞬间,那时他戴着学士帽,意气风发,踌躇满志。而今被化疗折磨的他与那时已判若两人。他呕吐、发烧、体重大幅度下降,他的精神和身体承受着炼狱般的折磨。多少亲人、朋友和同学来到他面前,不仅给予资金的援助,也给予精神上的鼓励。勇气和希望也在那一次次的炼狱中得到强化,如同铁在炉中渐渐成了钢。长期的化疗,张爽身上满是青紫的痕迹,他没有哼出一声,他的痛苦咽在了心里。同病室的两个同龄人都叫他保尔·柯察金。病魔和病人的关系,是强者与弱者的关系。同病相怜的三个年轻人结成了一个统一战线,在病魔面前他们互相鼓励,谈生活、谈人生、谈理想,也笑谈生与死。他们说,如果我们当中谁走了,剩下的那个人就是我们的希望,先走的人把剩下的钱留给幸存者。两个病友果然相继而去,其中一个男孩叫童麟,她的母亲手捧孩子留下的两万元钱交给张爽的母亲,张爽的母亲激动地推辞:"不行,不行,你们自己的儿子都不在了,我都不知道怎么安慰你们,我真的不能接受。"童麟的母亲哭着说:"你就收下吧,儿子临终对我说,妈妈,看来我的病是治不好了,张爽哥哥比我勇敢些,比我坚强些,他一定会战胜病魔,出现奇迹的,你一定要帮他。"两万块钱真的留给了张爽，两万块钱在这里已不仅仅是货币，而是一个年轻人无价的承诺。

经湘雅医院的治疗，张爽病情仍难以缓解。为了孩子，父母四处奔波，四处求救。中科院天津血液研究所接纳了病重的张爽。骨髓移植是治愈张爽疾病的根本出路，在中华骨髓库，一个和张爽相符的配型找到了，张爽的父母高兴异常。但是这令人振奋的信息哪天才能变成现实，医院的技术能力给了他们新的希望，张爽又面临着一场新的考验。父母为日渐衰弱的儿子担忧。

应该说，张爽是幸运的。在他被宣布患上白血病之日，一个比他还年轻的女孩主动把命运和他结合在了一起。她叫刘羡，一个天真烂漫的姑娘，湖南农业大学外国语学院英语专业毕业生。也许是儿时同窗的缘故，也许都是出生在江南机器厂的缘故，都是工人的子弟，从小了解得这么多，从小关心得又那么多。在大学里他们相爱了，他们憧憬今后事业的辉煌，憧憬着今后生活的幸福。编织着一幅又一幅鲜花烂漫的图景。然而，爱恋的幸福又是那么的短暂，张爽的病给了她一个近乎致命般的痛击。她的眼泪静静地流淌，在张爽面前，她又擦干眼泪，强作欢笑，而心中充斥着痛彻肺腑的悲伤。当独自回到空荡荡的家，又忍不住歇斯底里地大哭一场，泪伴着她直到天明。一场痛哭也使她把心彻底地交给了张爽。如果说，他们以往的爱恋只是人生中的正常值，而此时，他们的爱情在即将到来的残酷考验面前走向了升华。刘羡要用她的爱陪伴张爽和病魔斗争到底，要用她的爱陪伴张爽还一个健康的男儿。在刘羡的心目中，张爽是一只雄鹰，是被折断了翅膀的雄鹰。她相信不久的一天，他会重回蓝天，他们将并肩翱翔，直到永远。

在刘羡22岁生日的那天，张爽在湘雅医院进行第一次化疗。五六天后，化疗药开始起作用，张爽难受起来。早晨，看见枕巾上的黑头发，刘羡心痛得要掉泪。张爽反而安慰她，化疗当然要掉头发的。几天后，张爽干脆剃掉了头发。连续的化疗，张爽原本健壮的身体已十分衰弱，白细胞低时还会引起全身各处的感染，经常高烧不退。一次，张爽口腔溃烂，扁桃体发炎挤得食道几乎都要闭合。高烧不退，连口水都难以喝下，但是不吃东西又没有一点营养。爸爸妈妈把粥熬成了米汤，张爽痛苦地一点点地咽，刘羡的心也像刀子在一下一下地割。张爽作为病人是要人照顾的，但是，因为有了爱，他却时时关心着刘羡。夜晚，他要给怕热乱蹬毛毯的刘羡盖好；稍稍舒服一点时，他就要陪刘羡说话、下棋；天凉了，怕刘羡手皲裂，趁着能走动偷偷去给她买来护手霜。刘羡日夜守候在张爽床前，在家是小公主的她，如今心甘情愿地每晚在三条板凳上和衣而卧。她放弃了找工作的机会，决心为张爽付出。刘羡的父母是通情达理的，他们和张家原本是一个厂的职工，下岗后夫妇远去新疆打工谋生。对女儿的抉择十分赞同，同时这也是他们本身的一次重大抉择。他们给张爽父母寄上了7万元给张爽治病，并且，每月要给女儿寄来1000元生活费用，实际是支持张家照顾好张爽的生活。两家的关系虽然还没有最后确定，但内定的亲家已是不争的事实。每天，张爽父母在天津的一间出租的小屋里做来可口的饭菜，刘羡在病床上展开一张小桌，一家人吃得高高兴兴。晚饭后收拾停当，刘羡常常要去超市、报亭，给张爽买来一袋巧克力、几个水果，或是一份晚报。病房里，她是一个天真烂漫的阳光女孩，是快乐的天使，是希望的女神，她是张爽的精神支柱，而受感染的已不仅仅是张爽一人。张爽的父亲说，现在找不到这样的女孩，她真是有一颗金子般的心。如果说，刘羡的付出是自私的，那就是她把爱献给了张爽；如果说，刘羡的付出是无私的，那就是她把真情献给了一个时代。

　　一个哲人曾说：我不下地狱谁下地狱。白血病在人群中发病率只有万分之一，但是当病魔向你扑来时你又能说这是命运的不公吗？孩子的病，完全搅乱了张爽一家的生活，给一个家庭的重创又是那么无情。白血病，是白细胞及其幼稚细胞在造血组织中异常增生，是正常白细胞生成减少的一种造血系统的恶性肿瘤。在治疗上，它必须以高额的费用为代价，张爽的病需要骨髓移植，父母的收入和巨额费用相比只能是杯水车薪。为人父母，他们深深地祈盼着全社会对孩子的援助。从某种意义来说，能支付治疗费用孩子就有了生命。在医疗保障还未能覆盖全社会的情况下，我们不能不为张爽的生命担忧。像他的父母一样，在人们的周围，有这样一批弱势家庭，他们倾家荡产，为孩子的病焦头烂额。看起来，他们是为了孩子，但仅仅是为了孩子吗？谁家没有孩子，可怜天下父母心，他们真诚地呼吁社会的关注，真诚地期盼给孩子一个希望的明天。

2月19日　星期四　晴　雨水

　　电话得知：阳阳血象由低谷开始回升，白细胞上升至1460，血色素、血小板也趋于正常。医院的病人都在医生的"创意"下变幻着血象的指标，高高低低，升升降降。医生又是魔术师，病人们莫不俯首帖耳。

早晨，家门敲响。打开门，进来的是东庄吴家大哥。他脸晒得黑红，平头的黑发长得好长，衣裤上沾着土。他从贴身口袋里掏出了一沓百元钞票来，放在茶几上说："这是2000元，给孩子看病用吧。"连续6年的干旱，庄稼地里没有多少收入。去年棉花丰收，这2000元，是他辛辛苦苦从地里刨来的血汗钱。他一副长满硬茧的大手和我紧紧握了一下，就匆匆离去。这时，我的推让已显得多余。中午，刚下班回到家，电话响起："喂，老张吗，我是海峰。你不用做饭，我一会儿就送过去。""别，别送。"对方已放下电话。海峰是英的同事，他送来了一保温瓶水饺，鸡蛋韭菜馅，我吃了两顿没吃完。傍晚，老邻居正德和老伴来了，执意放下了1000元。二人都已下岗多年，没固定工作。老伴去年患了乳腺癌动了手术，引起淋巴管堵塞，右胳膊肿得像腿一样粗。我无话可说，从四楼送他们下到一楼，正德用自行车带着老伴慢慢拐过楼角。

给刘羡的稿子也改好了，明天去天津可以给他们带去，也许会起到预期的作用。

2月20日 星期五 晴

傍晚，我赶到天津医院时，阳阳还没有吃午饭。他在床上显得很安详和沉静。头发掉了一半，剩下的已很稀疏。阳阳坚持着想让剩下的头发不掉下来。第二病室传出了女人的哭声，声音虽不大，那是压抑的哭声，整个几十米长的走廊都已传遍。死去的是一个30多岁的年轻人，医生们从早上就开始抢救，刚刚撤掉了呼吸机，放弃了抢救。那是个天津市区的小伙子。病友们在窃窃私语：出院不久，医生不让过夫妻生活，那女人还是没听医生的话，结果病情反复了。真实情况是否是这样，谁也不得而知。小伙子被盖上了白布用小平车推走了。女人把屋里的东西拾掇出来，鼻子里还嘤嘤地哭着。家属们说。死人的事是经常都有的，平常得很。

2月21日 星期六 小雨

上午，小雨纷纷扬扬地下起来，打在窗户玻璃上，密密麻麻的许多小点，又慢慢地汇成小水流。北京军旅作家锁荣老师发来信息："祈盼你公子早日康复。望你保重！"

阳阳的舅姥姥打来电话："阳阳，今天想吃点什么？"阳阳回答："什么都行，舅姥姥做的都好吃。"中午，老人提着一个菜篮，里面有保温瓶、饭盒，她拿着一把雨伞，爬上三楼来。每个星期六，她都要给阳阳炖点瘦肉、熬条鱼，或炒个豆角、芹菜，还要做个鸡蛋汤，都是阳阳爱吃的。她家很远，坐车十四五站，要四五十分钟。她把雨伞放在墙边，把篮子放在窗台上。打开饭盒，饭菜还是热气腾腾的。"今天下雨，我打个车过来，方便得很。你看，饭还热着呢。"老人家说得很轻松，我却感受到了她和舅姥爷二人的一片心。

2月22日　星期日　晴

大学已经开学，我今天到了信息技术学院，见到江书记和班主任林老师。听了我的汇报，书记很同情。毕竟是学校的学生，学校决不能袖手旁观。他答应要向学生处汇报，想办法为阳阳解决一些医疗费用，对阳阳坚持不休学也基本同意。林老师说，阳阳很优秀，病了很不幸，学校一定会帮助想办法的。

2月23日　星期一　晴

李良淑大姐到天津看阳阳，他和大女儿早晨乘火车，中午才到医院。老人善良，阳阳病后，经常电话问候。下午他们回到沧州，已经是晚上六点，这是我通过电话才知道的。其实老人家里也有病人，二女儿患精神失常已经30年，她每天要照顾女儿，又要承受多大痛苦。但他给人的面孔永远都是乐观的。这也是令人敬佩之处。阳阳因掉头发，病情没见好转，心情黯淡下来，给妈妈使起小性子。妈妈躲出去了，随便在商场买一顶帽子，以便给他遮住头。没有跟阳阳说，阳阳以为妈妈离他而去不再管他了，非常恐慌。英回来后，将帽子给他，他才安下心来。

2月24日　星期二　晴

管委会联席会议，讨论全区下岗职工出下岗中心问题。2200名下岗职工将分离出下岗中心，采取解除劳动关系等方式全部清理。他们中许多人生活困难，遇到大病也无力支付医疗费用。这些弱势群体理应得到社会的关注。

英电话中说，阳阳昨天做骨穿，今天又做B超，又去总医院做CT。血液病医院因大型检验设备利用率不高，没有配备，一些检查都要到附近的大医院做。下午医生又安排阳阳做腰穿，虽然痛苦，阳阳还是忍住了。CT检验的结果下午拿回了，阳阳中隔和腹腔还可见淋巴结。英还说，我心里又像长了草，脸上立即就带出了愁容。阳阳探询地问他的检查怎么样，我只好说，还好，检验情况很好，但还要继续做化疗。孩子露出一丝苦笑，他很敏感，似乎洞察了一切。

2月25日　星期三　晴

一期化疗失败了，药物不敏感。二期化疗要把二线的药七八种混合使用，需要在隔离室4周。早上查房，邱主任、赵主任看了阳阳，邱主任讲孩子耐药。英不懂，主任走后，问张爽母，张母说："是耐受力还是耐药？耐药不好。白细胞不降低不是好事，药没起作用呐。"英担心，私下问赵主任："孩子能治好吗？"赵主任平淡地回答："白细胞没降还涨了，不好。""就没有办法了吗？""这不换药吗，二线的药都用，能不能治好不能说，看新方案敏感不。如果还不能缓解，预后就不好了。必须上隔离室。"英当场吓得哭起来，哀求似的说："他爸爸没在这，要不等他来了再用药吧。"下午5时，我赶到了天津。邱主任、赵主任跟我谈话，CT结果，淋巴结没有明显缩小，第二期化疗要换强烈的方案。陈大夫告诉英，孩子血象低，必须进隔离室做化疗，马上准备东西。我们去家乐福采购，心事重重，不同于平时，而是被动地去买东西。8条大毛巾、12条小毛巾、两条内裤、两件背心，还有秋衣、秋裤、洗漱等用品，送进隔离室进行消毒。还买回一个中型的不锈钢高压锅，英仿着别人的样子用布做了一个高压锅布套，便于手提。阳阳知道要进隔离室，顾虑重重，情绪也一落千丈。孩子沉闷地躺在床上，用帽子盖上了眼，有两顿没有很好吃饭了。他对妈说："我不进去。我不想治了。要不你一起进去陪我。""你还小啊？你都是大人了。"赵主任笑了，阳阳随即不再吭声。我好奇地到阳台上隔着三层玻璃看了看隔离室。那是长约2.5米、宽约2米的小屋，一张床、一张活动式用于吃饭的小桌、一个床头柜，还有吊在墙上的电视和对讲电话。孩子要在里面独自生活三周多。晚饭孩子吃了几口又躺下了，张爽和刘羡又来劝他，陈大夫也来劝他。张爽昨天从隔离室出来，精神很好，鼓励阳阳，不要怕孤独。前天，有两个病人从隔离室出来了。一个是山西一女矿主，前后花了300万，隔离了几个月，推出来已死去，直接送进太平间。人们纷纷关门，怕病人看见后恐惧；另一个30多岁的女子，因淋巴瘤做了移植，几个月后复发进了隔离室，没能缓解。医生让她回家治疗，言外之意是宣判了死刑。她被用轮椅推出来了，虚胖的脸挂了一副惨淡的笑容，与几个老病友点头示意，倒像战场英雄归来。丈夫曾经带着几岁的孩子来看过她，而今孩子也许很想妈妈的。她的哥哥找到赵主任，声音从医办室传出来，听得是在喊：花了这么多钱，要早知道这样，还不该治呢！医生在小声地劝说。

阳阳顾虑很多，知道先前的病人进隔离室没有达到治疗效果，出来后只能回家等死。一种生离死别的感觉萦绕着他，一夜没有睡好。

2月26日　星期四　晴

次日早晨，孩子醒来，对妈妈说："我进隔离吧。"他的眼眶看起来有些发暗。

他终于想通了。在这里治病就是受难，什么苦都要受下去。医生很快通知阳阳下午进隔离室，时间好紧，我去超市再给他买些用品。阳阳说他同年级的女同学小黄要来看他，阳阳苦苦等待同学来了能见一面，但那个同学是乘火车，下午4时才能到天津。上午，阳阳白细胞降至400，下午又直线下降至320，病况紧急必须抓紧进隔离室，不能再耽误。2时半，医生最后催促了，阳阳坦然走进隔离室的小门，进行药浴。护士把一包脱下的衣服从小窗递了出来。孩子的五姨从石家庄赶来看他，见到我，我给了她一个笑容，我知道那是一个苦笑。阳阳穿着病号服从药浴室走进隔离室，回头看了五姨一眼，举起手打了一个"你好"的招呼，小窗户半开，五姨的脸只是半张。下午4时输液开始，要连续输16个小时。5时，阳阳发来信息："爸，我心脏很难受，五六分钟过去了，医生说是正常反应，不要紧。"在阳台上贴着三层玻璃看进去，可以看见阳阳。他像一只孤独的米老鼠（阳阳属鼠）困在了里面。女同学还没来到，阳阳隔着窗户用对讲机和妈妈说话："看来关系散了，人家不来了吧。"妈安慰："是你的就是你的，准能来，不能强求。"5点多钟，女同学小黄终于急急地来到医院，立即到了阳台上给阳阳用电话机通话，一个劲说笑，阳台上风很冷。晚饭时英叫她吃了点饭，她又去阳台陪阳阳说话。夜幕降临，不知不觉中阳阳已经睡着了，英在东边阳台拐角，看见女同学在阳台边抹泪，是冷风吹的还是伤心？英又是一阵心酸。

下午阳阳进隔离室后，25床立即来了新病人小麻，这是个只有24岁的小伙子。五短身材，一脸满不在乎，已确诊为白血病M3型。父亲比他还要矮小，在楼道里急得几进几出，寻找医生。他只交了几千元押金，医生一声苦笑："别着急了，抓紧筹集费用吧。"这个退休的货车司机两眼有些发直，老伴也退休了。"企业破产了，我去找谁？"父亲愤愤地说。儿子在车管所做临时工，这也是他唯一能找能"赖"的单位了。他说："儿子检验汽车尾气，一干就是4年，肯定是尾气造的病。"到晚上，父亲回了山海关，甩下老伴和孩子，他们还不知道去哪里买饭吃。

2月27日　星期五　晴

二期化疗从昨天下午开始，输液一直到今天上午10点多结束。

昨天，阳阳的白细胞降到320。是近来的最低点。医生说，没关系。见医生如此沉着，我也镇定下来。输液过后，阳阳才能很好地休息，阳台上寒风吹面，从窗帘的缝隙看进去，孩子已沉沉睡去。

病友小黄的母亲有40多岁，在洗刷池边很快与英熟识攀谈起来。她矮小瘦弱的身材，简朴的壮族衣装，操一口广西普通话。她说："女儿是上海交大毕业的学生，参加工作3个月后突然患病，白血病已5个月，但不知能不能治好，几十万元治疗费又怎么办呢。"她声音有些沙哑，有些悲戚。英安慰她："能治好的。"傍晚，病房紫外线消毒，她女儿坐在走廊上看电视。女儿个头不高，白白净净，戴了一个大口罩遮住了半张脸，要不是已知她是个大学生，还真以为是个小姑娘。她个人的医疗保险还不到能支付这大额医疗费的规定时间。哥哥姐姐都工作，妹妹患病，哥哥推迟了婚期，姐姐也来陪伴她，移植基因配型，姐姐和她完全吻合。

她是个倔强的孩子，和妈妈闹别扭了。食堂的饭不好，她爱吃辣椒，加上辣椒能吃下饭去，否则就不吃饭。对血液病病人医生是极端反对吃辣椒的，小黄不听，任性和母亲赌气。

她已打了不少个疗了，完全达到缓解，应该是移植的最佳时候。但是姐姐身体很瘦,一副弱不禁风的样子,又怎能提干细胞啊。妈妈只好让姐姐回家养一段再来,小黄苦苦地等待,血象低时肺感染了。对体质弱的病人,肺感染无异于致命的杀手。小黄进了半隔离室。从门口过,门半敞着,她倚着被。一脸平淡的神色。她已不能躺,喘息着上不来气。母亲哭着对英说:"孩子病不好啊。"医生们让记食、记便量,这已是医生无力回天的程式了。邹大夫是小黄家的老乡,老乡毕竟还是有相怜的情怀,他已给小黄联系了胸科医院,几天后就要转院治疗。

2月28日　星期六　晴

隔离室里,阳阳今天白细胞由昨天的320升至400,但血色素、血小板又在降低,低烧37.3℃,咽部有感染,又输消炎药和抗生素。我在阳台给阳阳打电话,阳阳说:"爸,不要紧的。带进来的书,书皮全皱了,里面有个光盘已卷曲,没法看了。"进隔离,一切东西都要高温消毒,又如何完整得了。风沙又扬起来,似乎弥漫了城里的每一个角落。天色灰蒙蒙的,街上行人匆匆,往日车水马龙的大街,今日有些冷落。

我送阳阳的女同学去西客站,她乘车回石家庄。阳阳病了确实需要精神鼓励。独生子女的孤僻和任性是一大通病,心理的调养也很重要。那同学上了一辆高客,在玻璃窗里跟我摆摆手,长途车驶出了车站渐渐远去。她给我发来一组信息:"伯伯,您回去吧,您放心,我一定会鼓励阳阳,我们一起来渡过难关。您别太着急了,保重身体。"

英提着高压锅给阳阳送饭,拉开护办室小窗把锅递进去,对护士说一声:"是阳阳的。"护士捂得严实的脸上眼睛很和蔼,点点头。英转到阳台上,阳阳在隔离室跟妈妈对话:"我怎么这么倒霉,得上这病?"妈安慰他:"你这病不算重的,是能够治的。有的倒霉的像赶上一场车祸就什么也没有了。""世界上60亿人口,倒霉的能占多少?我不想成为最幸福的,也不想成为最后倒霉蛋就行。""从小学到中学,同学们都健健康康,能跑能跳在操场玩。我即便好了还能像人家那样,能运动就运动、能喝酒就喝酒、能抽烟就抽烟,还能那样吗?"英劝他:"治好病就会健康生活的。"阳阳还说:"你们得想想你们的后路了。"妈问:"有吗后路不后路,后路不就是你嘛。""我也不说不治了,要积极治疗,但你们也要有精神准备啊。""阳阳,你不要考虑太多,你现在要安心治病。"寒风嗖嗖地在英脸上刮过，应尽量多陪孩子说话，有时她一站就是一个小时。什么都谈，谈张爽、唐吉还有小麻，还有涨工资，还有学校。

2月29日　星期日　晴

　　昔日母亲的同事志英夫妇来看阳阳，同来的还有一鸣夫妇。志英曾是下乡知青，在农场工作很长时间，和母亲是要好的朋友。如今他们夫妇都退休了在家看孙子。一鸣二人还不到退休年龄，已提前办了手续，一个儿子已工作只是还没有成家立业。阳阳低热，有感染，又输消炎药、抗生素，白细胞有了回升。陈大夫认为外部淋巴结有明显缩小，看来化疗起了作用。侄女小平夫妇带孩子到儿童医院检查，孩子扁桃体肥大。看完病来血液病医院看阳阳，大哥也由北京来天津。大姨执意来津，要和英一起照看阳阳。下午，我和大哥一行五人回家。明天是星期一了，我要上班。

3月1日　星期一　晴

　　一个大学生走进大学，大学即承担着学生的许多责任。我给学校打去电话，信息技术学院贾书记讲，近期学校拟安排人去天津看阳阳，学校的医保有上限，最高不超过两万元，出院后赔付，学校可安排几千元的救济。总的看，学校解决不了太多的医疗费用，要支付阳阳30万—40万元的高额费用，还需要多方想办法。为孩子筹集最大限度的医疗费用，是作为一个父亲此时最大的愿望，也是最崇高的责任，我能够做到吗？

3月2日　星期二　晴

　　英在公用电话里讲，今天赵大夫查房，认为阳阳外淋巴结已缩小一半多，如血象回升正常，第三期化疗可以提前，这样可以缩短疗程。阳阳血象今天已回升，白细胞570、血色素9.3克、血小板14.1万，饮食也正常，心情很好，他把情况打电话告诉了同学。一般情况下，病症缓解后，需要经过5—6期化疗，才能进行干细胞移植。时间还很长，要有打持久战的决心。

3月3日　星期三　晴

　　中学王老师打来电话："大哥，我们许多老教师都想组织给阳阳捐款,学校要不组织我们就自己组织。多好的孩子,我们多心痛啊。"我说:"王老师,你们的好意我都领了,工资都不高,7年没涨工资了,就不要捐了,我们想别的办法。""不,这是我们的心意,要不我们的心里都过意不去的。"我只好让她转达我的谢意,等一段时间再说。

机关同事小石、老吕等拿来了一些捐款,这是他们处室自发的捐款。已退休的世华大哥闻讯来到机关,留下了100元钱,他是我进机关时一起在计统科工作的老同事。销售图书的朋友小吕从沧州赶来执意留下200元。对他们的好意和资助,我十分感谢。

3月4日　星期四　晴

新的化疗方案比较强烈,采取第一、第八、第十五天用药方案。今天是第二次用药。英来电话:阳阳血象缓慢回升,11点开始用化疗药,阳阳能适应不用担心。孩子的大姨因有会议,径直由天津去了沧州,说过几天再回来照顾阳阳。反正人多了也用不上,有英一人也就可以了。一人有病,往往牵动众多的亲戚朋友。

八、初现转机

3月5日　星期五　晴　惊蛰

　　河里的冰在不声不响中消融，在河的中心让开了一条窄窄的清冽的水道。冰上浮着些许残雪，在阳光下跳动着点点星光。河槽坡沿的残雪虽不及半月前从天而降时的洁白，却也在灰暗的河床里那么耀眼。宽宽窄窄，厚厚薄薄，在衰草的簇拥下如一条飘带一直向东向西消逝在灭点。

　　惊蛰，刮起了寒风。英电话说，阳阳又做腰穿检查，每期化疗前都要做。对病人来说只能忍耐，别无选择。忍是意志和毅力的象征，是外在表现。在这所医院里，所有的病人都将把意志和毅力锤炼得像钢铁一样。与阳阳的班主任林老师通了电话，通报阳阳近期治疗情况，并请她向其他任课老师通报。她答应着，声音颤颤的，她是个身材弱小但心地善良的女子。

3月6日　星期六　晴

　　周六，没有休息，机关召开党政联席会议，讨论一些重要问题。我没能去天津。

　　英来电话，阳阳今天血象很低，白细胞仅400、血色素8.6克、血小板7.3万，是用药的因素，也应该这么低。医生开始用增白针提升白细胞。四堰村王书记的父亲去世，晚间我去吊唁。王家是回族，丧事简朴。对回族来说，死称无常，生与死是人生的轮回。生之于土，复归于大地，人应该坦然地面对生死。

3月7日　星期日　晴

　　上午，我由羊三木十字路口乘上去津的公共汽车，车从无棣开来，15座的中巴坐满近20人。在过道上打开一张小马扎坐下。车开得快，沿路有人上上下下。过小王庄终于坐上正座，到医院也只有九点半。从阳台上看到阳阳，用对讲机说几句话。还好，他心态正常，体重增加了3斤，和服激素有关，体温还高有些感染。隔离室很热，他总穿一件单衣。邱主任在走廊上看见我，口气很和气："韩所长对你孩子很关心的，孩子二期化疗有效，治着看，要做移植。"他说得还是很简短。赵主任对我讲："张阳外淋巴结已缩小三分之二，二期化疗后再调整方案。"学院贾书记打来电话，讲学生处已批准救济3000元，准备派人来看阳阳，或将钱寄来。中学刘校长也打来电话，他说学校一些老师要求组织捐款活动，学校准备组织一下。我表示还是过一段再说，并谢谢校长的好意。

　　解决巨额医疗费的根本途径几乎没有，只能靠多方筹集，但如此巨额费用的筹集，也将是一大难题。我已陷入茫然境地。

3月8日　星期一　晴

　　三楼大厅东墙上，贴出了一张白纸打印的告示："为解决电梯拥挤状况，决定新建电梯一部。施工给病人家属带来不便，务请谅解。"告示说得硬邦邦的。

　　当天民工上来了，大厅成了他们的工地。拆除了大厅墙角的暖气箱，画好印，用电钻开始在地板上打眼，随后切割地板。11层楼上下要全部打通，工程需三个月。电钻巨大的共振声震动着大厅，传向每一间病房，家属们已无处可去。只好在阳台上、楼梯上或走廊上游走。病人们除了承受用药的苦痛，还新增噪音的骚扰，仅打通楼板至少也要十多天时间。家属们有的十分愤怒，但又有什么办法，既要解决上下楼的便捷，又要保持安静的环境，二者不能统一。

3月9日　星期二　晴

　　早晨由长安东里住房出来，去天环客运站。路过医院，抬头能看见三楼阳台阳阳隔离室部位。给阳阳发去信息："阳阳，我回家上班，你要听医生的。要坚强。"回信息："爸，你放心回去吧，我很好。"昨晚阳阳发热至38℃，并有便血，医生认为是受凉有感染。血象很低，白细胞仅有400、血小板低至2万。下午英来电话说阳阳输血小板了。

办公室全体人员21人自发地组织了捐款，打字员小刘一人拿了1000元。

3月10日　星期三　晴

大风呼啸。

今天，沧州文联魏主席来电话，准备为阳阳在全市作协范围内搞募捐活动。文人圈内多为寒士，不一定能筹集多少资金，但毕竟是一条途径。

作协主席香久也来电话讲，可将我的散文集再版筹集一些资金。对他们的好意，我一一表示感谢。金钱对病人来说是重要的，这是维系生命的一条重要纽带。在关键时候，友情、同情又是可以转换为金钱的。

3月11日　星期四　晴

英电话通报情况，阳阳今天血象刚刚有所回升，第十五天的化疗药开始用上，似乎不给病人一点喘息的时间。医院里，实际也是医生和病魔作战，病人只是载体，医生们的心理压力也是很大的。医生心要狠、手段要毒，否则心慈手软又怎能当医生，对他们的残酷还是能理解的。病人们承受着医生的残酷，家属们承受着心中的折磨。病人们体现着医生的价值，医生和病人维持着微妙的医患平衡。中捷农场办公室主任、副主任4人一起来看我，问候阳阳。

3月12日　星期五　晴

化疗后的病人身体最脆弱，也最易感染。嗓子、肛门黏膜处是薄弱的地方。每天需要用硼酸坐浴。嗓子痛得吃不了东西，给阳阳买了"喉友"送到隔离窗口。护士将外包装消毒后再给阳阳。

阳阳今天下疗，不再用化疗药，如释重负。但头部有些隐痛，大便有些稀。医生认为与感冒和用药有关。血象两天做一次，有时每天都做。白细胞还低，其他指标缓慢回升。

停用化疗药，阳阳盼着出隔离室，但血象达不到正常是不能出来的。光着急又怎么能行。血液病的治疗是一个缓慢的过程，耗钱、耗时、耗掉家人的精力，脾性在时间和金钱的流逝中都会变得越来越平和。

3月13日　星期六　晴

沧州的朋友忠勋打来电话，告诉好友寿明的儿子患病去了北京。怀疑腿部有肿瘤。晚上我给寿明打去电话，他在电话里哽咽着说："孩子还没确诊，可能是良性的。"我说："你一定要挺住，孩子不会有事的。""不知为什么，我们都这么不幸。""好人一生平安只是良好的祝愿。事实上，好人并不一生平安。""我们都坚强些吧，做父亲不容易，我们不能倒下。"他儿子也是个独生子，大学毕业在北京工作。灾难落在谁的头上都是不幸的事。我一个劲地安慰他，不要着急，孩子会好的。

3月14日　星期日　晴

住院大楼内装修电梯的电钻声轰轰隆隆，三楼大厅一角的地板已切割，用木板盖上了窟窿，大厅堆得有砖和水泥，施工工地，完全没有了医院病房的特征，只是门玻璃上的"血液五科"四个大字给大家一个提示。

看看进门处的墙上挂的交费通知单，阳阳的住院费已达36000元。陈大夫讲：阳阳血象开始上升，白细胞要达到1000以上，才能出隔离室进普通病房。阳阳还要耐心等待。

3月15日　星期一　阴

已经好几次找到院办公室，想见一见所长韩先生，但他不是出国，就是去京或在外开会，总也不能见面道谢。上午，我去找他，张秘书说：你留下姓名我转达，回来后与你联系吧。我给他留下了一张名片，离开医院，到天环车站坐车回家。临走，在阳台见阳阳，让他不要心急，既来之，则安之。他答应着。在隔离室这个狭窄的空间里，他已经孤身一人度过了15天。

3月16日　星期二　晴

有关自立，我想起日本电影《狐狸的故事》，母狐把已长大的小狐一个个追逐着咬出很远，不再让它们回窝。孩子大了应该自立，如今的孩子，20岁是很难自立的，我曾给阳阳写信谈这个问题：

你理解自强自立的含义吗？这是一个有志者处世的人生态度，具有奋斗、自立、自信等内涵。也是一个人由少年走向青年、走向成熟的正确态度。古人是很重视自强自立的，在由幼儿成为儿童时要束发为髻，可以进学堂启蒙；20岁时称"弱"，举行冠礼，从此戴帽以标志成人。孔夫子在总结人生的感受时说："吾十有五而志于学，三十而立，四十而不惑，五十而知天命，六十而耳顺，七十而从心所欲，不逾矩。"这当中有他对人生各阶段自强自立的要求，可以说，这是孔夫子经典之论。

自强，包括了不怕困难、不怕挫折、不甘落后的精神；自立，包含了有自信心、有独立性、有坚定意志等内容。从某种意义来说，自强自立的人生才是完美的人生。自强自立者的典范大有人在。最使我受到感染的故乡人有三个：邓小平、郭沫若还有我母亲，即你的奶奶。你的奶奶幼年家境贫寒，缺衣少食。11岁始入小学，3年学完6年小学课程，考入县立女中。从此独立在外，经人帮助，学完中师，走上社会，实现了由贫苦孩子到知识女性的转变。

在自强自立上，我也有很深的感触。"文革"开始，失学到生产队劳动，那时不足17周岁。失学的痛苦，迫使我不甘沉沦，从此开始了一条自学成才的道路。那时农业劳动是艰苦繁重的，和壮劳力一起干各种农活，工分只能评7分（壮劳力10分），打草、挖沟、割麦、盖房，甚或参加外出修河。工余时凡能找到的书都想法借来读，充实自己的知识。以致十年后恢复高考时，能勇于参加第一年的高考，虽然没能成功，但也显示了自己的实力。其后的刻苦自学，不断进取，由工厂走进机关，也体现了自己的人生价值。

3月17日　星期三　晴

现代社会中国的孩子们令人担忧。

现代青少年普遍缺乏自强自立的精神。20世纪80年代以来出生的青少年，是在安定的环境出生的一代，而且有相当一批独生子女，从小娇生惯养，好逸恶劳。他们自立能力差，似乎是"营养不良"；缺少上进心，没有宏图大志，更无奋进精神；道德修养差，信仰危机，缺乏精神力量；依赖性强，事事需要父母来办理。他们似乎是长不大的一代，缺"钙"的一代。究其原因，一是社会教育薄弱，形不成一种促其奋进自强不息的氛围；二是家庭教育薄弱无力，过于放任。社会与家庭的教育往往不如古人。清王朝在北京建都后，八旗子弟逐步沉沦，安于不劳而获、不务正业。朝廷忧心忡忡，乾隆帝下令遣送了3000子弟，远赴东北偏僻山林安家落户，自食其力。当时，兄弟二人以上只可留一人在京。连和珅等王公大臣的儿子也不例外。两百多年过去了，这批人的后代在东北扎下了根。这是清代成功的一次青年改造运动。

作为当代青年，应该怎样去追求自强自立？我曾写信给阳阳：在精神上，要追求先进青年的气魄，重视自我修养，积极上进，不断进取；在学习上要不甘人后，严格要求，善于知不足，追求最优；在生活上要达到勤于管理、自我管理，从洗衣、缝补到整洁、朴素等方面一一做起。不贪图享受、不与人攀比奢侈，凡事自己做，既严谨又节俭；在处事上，要有独立精神，因为将来是要面对社会的。日本哲人福泽谕吉说得好："没有独立精神的人，一定依赖别人。"能做的事，就要尝试着去做。要有自信心，自信自己的才智和力量。凡事不怵头、不气馁。如梁启超所说："人之能有自信力者，必其气象阔大。其胆识雄远，既注定一目的地，则必求贯达之而后已。"

3月18日　星期四　晴

英来电话，阳阳血象还很低是化疗后的下降期。陈大夫已调走，新来的女大夫也姓陈，替换了她。医院的大夫除主任外定期调换，有利于医生的培养和技术水平的提高。今天，我去英的中学和校领导见面，通报了阳阳病情，刘校长再次提出组织捐款，我没再阻止，十分感谢他们。阳阳面临着巨额医疗费支付的困难。多方想办法，汇集起来就能起大用。

3月19日　星期五　晴

招待所解散了，宾馆建起两年后，入不敷出的招待所走到了尽头。大龄职工调物业局，其他人员解除劳动关系，发给经济补偿金。市场经济规律是无情的，优胜劣汰，职工们要去市场上闯荡求生。人的生存和发展还是要靠自己，一切的依靠总不能长久。人类社会和自然界动植物的物竞天择又何其相似。一棵野草、一只小雀，无论多么弱小，总要渴望着生存。人类社会，对于弱者，社会的责任是给他们以扶助，而不是任其灭亡。

3月20日　星期六　晴　春分

今天周六，永青、爱凤和我去天津，他们在医院阳台上见到英，风吹日晒下20多天里，黑了瘦了，她除了孩子睡着大部时间都在这里陪着孩子。董老师的女儿给妈妈说，她愿意给阳阳哥哥捐骨髓，难得女孩有一片好心。但骨髓的配型成功率是很低的，只是人群中的万分之一，亲兄弟姐妹可达二分之一。

大厅里家属们在闲谈，小黄妈妈从骤然开启的电梯门里走出来，手里提着一个陈旧布包，家属们把亲热和探寻的目光投给了她。她眼珠深陷着，眼泪在眼眶里打转，苦笑着对大家说："我回来给女儿办手续了，女儿要回家吃中药了。"人们目送着她，沉默着没有一个人说一句安慰的话。消息灵通的老郝悄声对人们说："她孩子已经没了。"她那孱弱的身躯怎能承受这么重的摧折，她孩子怎样回家，大家已经无法想象。

今天阳阳血象好转，很高兴有人来看他，很快能出隔离室了。南京路两旁的参天大树为呆板的高楼大厦增添了生机，阳光也格外和煦。我步行到六里台路口，遵医嘱在一间小药店里买了两支"双料喉风散"。路过医药书店，不由得迈进门。各种医疗书籍架梁叠屋。西医内科、外科，中医的教材、各种古典医书，以及偏方、验方等，几乎医学的所有书籍都汇集于此。在走出书店前，我还是买了《外周血干细胞移植》《血液病最新成果》两本书。很想从中得到一些治疗血液病的知识。

3月21日　星期日　晴

春分节气到了，气温上升，寒冬我们闯过来了。出租屋没生炉子，只是用了几日电暖气，阴冷、潮湿、昏暗。人家当初几代人不也过来了。李大娘老两口也从女儿家搬了回来，一个走廊上的三家屋子又住满了。李大娘说："这房原来是日本人建的鞋厂仓库。解放后工人没地方住，分给工人当住房，每家一间，工人就像货一样码进了仓库。那些年闹水，底层全让水泡了，经常返潮，地上有时还冒水。"

其实工人们是很聪明的，你看这住房把什么问题都解决了。要做饭，就在院子里用拾来的砖头搭成小厨房，李大娘的小厨房仅一米宽，一米半长，做饭炒菜半个身子在外。走廊的门角上是主家的煤气灶，周大娘在房门边搭起了砖台，里面堆放杂物。过去年月，祖孙三代人在一间屋里，主人用木杆搭起阁楼。底面糊上报纸，上面铺上床垫能睡两三人。屋子里的采光靠窗户，窗外是二楼的楼梯平台，二楼的人走过，屋里一切一览无余。于是，屋里人将窗户下半截用塑纸钉上，上半截亮着，晚上挂上窗帘。窗户每天要开关，就用竹棍推，用绳子拉。怕下雨，就在窗上钉一个窗檐，热了用电扇，冷了生火炉，解手院子里有小公厕，用水院子里有公用水龙头。为防狗防盗加一走廊门，每晚掩上，内设两个挂钩，自己的人可知伸手摘钩进来。如今儿女们大了，都有了自己的楼房，只剩下老人们固守这块阵地，因为这是他们的家产。

老郝也在这栋楼二楼租了一间房，哥哥来给他帮忙。承担了每日的三餐烹调。老郝每日衣冠楚楚地在医院守着孩子，自信的神态让每一个家属得到感染，似乎病情都会减轻三分。

3月22日　星期一　晴

在隔离室封闭了25天后，孩子终于像鸟儿放飞了牢笼，回到了大病房。

阳阳精神很好，一点不像有病。结束了禁闭般的生活，他体会到了失去自由的感受，渴望获得自由的幸福。其实医院里失去自由，还要加上病魔的折磨，而获得的自由，也只是相对的，仍然是病床上的生活。真正的自由是走出医院，回到学校，像同学们那样无拘无束地学习生活。阳阳肯定会想到这些，只是不说罢了。

英说胳膊有些痛，提了快一个月的高压锅（孩子血象低，饮食要高压消毒，以防肠胃感染），从医院到住房来回奔波。傍晚我从家到了医院，孩子高兴地说："我给妈买了一双鞋，38元，这是给她的礼物。"妈笑了，阳阳很疼妈的，知道今天是母亲节。西方的节日我真记不得几个，孩子却很清楚。

阳阳一头黑发终于掉光了，和整个五科的病友没有什么区别。出了隔离室，当然高兴得不知如何是好。病友老娄说："那就是关禁闭，唯一强一点的就是有人伺候。"老娄是个大孩子，四十五六岁了，每天逗阳阳乐，中央台的明星主持人他认识好几个，他说要给阳阳介绍联系王小丫。阳阳戴上帽子，穿上T恤衫、黑皮鞋，在楼道里走来走去，手一扬，几乎可以够着楼顶。他说，真想出去和人打一场篮球呢。

3月23日　星期二　晴

连日用增白针，阳阳血象回升很快，白细胞增到了1.6万，血色素、血小板接近正常。新来的陈大夫中等个，齐耳短发，戴一副眼镜，消瘦的身材，来到病房对阳阳说："今天我给你做腰穿。""好吧。"阳阳顺从地弓起腰，侧身躺在床上。因为和蔼，阳阳对她有些好感。腰穿要用很粗的针在腰上抽出脊液，一般不让家人看。几十分钟过去，陈大夫没有做完。一个小时很快过去，陈大夫额上冒出了细细的汗珠。孩子有些紧张，陈大夫觉得手有些抖。做腰穿、骨穿是血液病大夫必须掌握的基本功。不知是什么原因，是心慌还是不熟练，陈大夫只好放弃了。大学毕业的医生仍不能熟练地做检验，病人痛苦的忍受只能是在正常检验和治疗下，这种情况的忍耐是有限的。阳阳因化疗后发胖，体重已增到140多斤，腰穿不好做是否与发胖也有关。

3月24日　星期三　阴

早晨，阳光慢慢地从阴云中穿透出来，给人一种柔和的温暖。毕竟已到了仲春时节，满世界的绿色占据了主导地位。昨天回到家里，今天上午，报社总编陈先生、黄骅宾馆张先生、马先生等闻讯来机关看我，询问阳阳的治疗情况，每人留下200元。几人都是要好的朋友，阳阳病了住院，自然牵动着他们的心。

3月25日　星期四　晴

英电话里说，新来的陈大夫，前天给阳阳腰穿没能做好，她很抱歉。上午主任查完房，赵主任来了，他要亲自给阳阳做腰穿。虽然，在病人入院时医生就和家长签有医疗事故协议，但医生还是要小心翼翼地做检查，这与体现其科室技术水平有关。赵主任只用了十几分钟就做完腰穿，技术的娴熟非同一般。阳阳要平躺在床上一动不动六个小时。他对赵主任说："下次还请你来做吧。""那是不可能的。"赵主任笑着走了。

3月26日　星期五　晴

英电话讲，阳阳今天情况很好。天气晴朗，一起到街上的联通、电信公司大厦玩，还到家乐福超市里转转，顺便吃点小吃。解决医疗费仍然了无头绪。管理区刘书记、刘主任以及刘先生和我一起去找保险公司。应该说，在社会保障体系尚不完善的今天，利用保险还是一条解决大病治疗的途径。保险事业是朝阳产业，随着市场经济的发展，在人民生活中将会起到至关重要的作用。

3月27日　星期六　晴

星期六，是个晴天，当我们登上水库百里大堤，风沙起来了。好在守着大苇洼，风沙自然要小得许多。水库里去冬今春蓄水已有十多厘米，芦苇萌出了绿色，和残苇败叶一齐铺满了大洼。大洼深处，时有野鸭飞起成阵。自古以来，这里是飞禽水鸟的家乡。这条大堤也是带着阳阳走过的地方。

全区组织绿化港堤，参加植树人员有2800多人，植树要达5万株。机关每人15株，任务很大，挖坑、栽种、浇水，直干到午后1时。大家劳累不堪，似乎一年的体力劳动今天一天就干完了。回到家吃午饭已经是下午3时，洗洗脸、洗洗脚，躺下休息，也痛快得很。

3月28日　星期日　晴

风沙很大，天气有些灰暗，每年的春天总有几天这样糟糕的天气，不管人们对春天发表了多少赞美之词。下午到了经贸大学，见到学院书记。学校已研究，原计划拿救困金3000元，现增加到5000元。我很感谢学校的支持。这是孩子患病以来接受的最大一笔救助款。书记表示还要想办法为孩子筹集些资金。我把救助款装在提兜，抱在怀里。我感觉到它沉甸甸的分量。晚上，我乘车匆匆返回了家。

3月29日　星期一　晴

又是一个沙尘天气，刮得天昏地暗。几年来，环境恶化，常有这样的天气。但科学家也有新说，沙尘天气也有它有利的一面，它能够净化空气。一种事物有弊即有利，利弊相生，符合辩证法的原理。英又打来电话说，阳阳今天在医院做B超，表明肿大的淋巴结基本上都缩小了，有的已经消失，第二期化疗的效果是好的。看来化疗方案对症，这真是好消息。

3月30日　星期二　晴

傍晚我到了天津医院,明日将做血液配型检验,为阳阳干细胞移植做准备。阳阳白细胞等指标已基本正常。

一个小女孩在病室门口探了一下头,然后身子出现在门口。她那一双大眼睛在有些黑红色的圆脸上格外夺目。头上戴了一顶米黄色毛线卷边帽,穿一身花布衣裳。英问:"你叫什么?""我叫黄晶晶。"她很大方,进了屋坐在了椅子上。"天天打针你不痛吗?""不痛,习惯了。"她坐不住又跑走了。人们说黄晶晶是白血病,已住院一年了,去年春节晚会中央台在这里做节目,她还唱过歌。楼道上,她跑来跑去,一点不像有病的孩子。她刚刚11岁,我想起了那些教室里天真烂漫的孩子。

3月31日　星期三　晴

早上,在病房里,检验中心的检验员拿着名单来抽血。一个个验明正身,我、英、阳阳三人抽取血液,送检验中心做配型检验,出结果需要一周时间。父母中如有一人能与阳阳配合,将是阳阳的幸运。但这种概率也是很小的,即便相合,我和英年龄已都偏大,其干细胞不宜移植,医院只是进行常规的检验。午后我又赶回管理区上班。

4月1日　星期四　晴

阳阳今天血象基本正常,第三期的化疗又开始了。大夫说,上期化疗后,病情已达到了缓解,这期的化疗仍然用上次的方案。阳阳又要经受一次折磨了。相信他能够挺得住。

五科一个8岁小男孩已来了一周,确诊为白血病。父亲,一个老实巴交的农民,他卖掉十几只绵羊所得的3000多元转眼就花完了,今天要带着孩子回几百里外的家。不知这个小放羊娃的病能不能治好。他们一走,一些家属在摇头,心里都很清楚这个孩子的命运。

4月2日　星期五　晴

晨光由洁净的玻璃窗透进来,带着一丝暖意。向窗外望去,高大的电信大厦灯光璀璨,在与黎明的天光对接时散发着最后的辉煌。阳阳平静地躺在床上，室内弥散着紫外线灯照射后的特别气味。他看着挂钩上硕大的药液袋，滴管处药液不紧不慢一滴滴下落。昨天下午开始一直输液到今晨，已经快16个小时。化疗每期采用第一、第八和第十五天输液，每次10多斤药液。整个化疗结束，那得输进多少药液，我不愿去想。孩子稚气的脸上没有一丝笑容，他只是说："爸，我困。"

今天，楼道尽头的小黑板上，又挂上了每周一张的住院费清单，白得耀眼。我上去看了一下，阳阳账单栏已赫然打出了57142元，节余2858元。资金告急，英催促我赶快回家抓钱。"如押金不足，医院即行停药。"英焦急地说。我知道，阳阳的病，至少需要准备35万—40万元。我如果有40万元，将是一个不小的富翁。这令人瞠目结舌的天文数字使我陷入了有生以来的绝境。

晚上，朋友景山来医院看阳阳。他是下乡知青，是我在工厂时的工友，回津城后在一家企业干过几年，停薪留职自己在外闯，终因资金不足没能干成大事业。如今企业给点生活费，爱人前几年病故，一个女儿已上大一，父女俩相依为命。好在岳父和舅爷们条件好，有他们做经济后盾。他与我很要好，人很聪明、实在，如今雄心犹在，还想和朋友开办公司，但说起来容易做起来难。

4月3日　星期六　晴

英回家了，明日是清明节，她要给她父亲上坟，所谓上坟，也只是在骨灰堂给他父亲烧烧纸钱，以示祭奠。这也是她来津后第二次回家看看。她走后我在医院照看阳阳。阳阳输了保肝药后精神很好，自己戴上帽子、穿上毛衣和皮鞋去家乐福超市走了走。朋友景山又来医院，给阳阳买来一些水果，他每月只有微薄的生活费，支撑他和女儿的一个家，难得他有这份情谊。

九、温暖环护

4月4日　星期日　晴　清明

　　春日的风终于倦了，停在钻天的杨树上，杨枝鼓胀了花蕾和叶苞；风停在黝黑的白蜡树枝上，枝条露出了叶的鹅黄；风停在花坛，柔长的迎春花枝条上已灿灿金黄；风停在草坪，舒长的草叶欣赏着晨露的晶莹。城中的渠、城中的湖大概是春风最后的家，隐约可见的涟漪是它心的颤动，湛蓝的水是它睡梦里宁静的温床。

　　清明节，又逢星期日，城里、乡村的人们都外出上坟和祭奠亲人，寄托哀思。古诗云："清明时节雨纷纷，路上行人欲断魂……"天气晴朗没有一丝下雨的迹象。人们祭奠亲人也都出于传统，大可不必痛断肝肠了。英午前还是回来了，在家只住了一晚，还是放心不下阳阳。下午，我在租住屋里铺开一张稿纸，在苦闷中写下了一篇散文，文中写道：

　　那头小牛是什么时候才看懂世界的，只有它和它的母亲知道。那是个阳光明媚的早晨，太阳像一个金盘暖烘烘地悬在望不到边的大洼上空，悬在那参差不齐的苇草尖上。小牛左膝上雪白的一块和它母亲的别无二致，它下意识地颤动了几下腿，膝旁苇叶上挂满的露水抖落下来，像十几颗小巧晶亮的珍珠，霎时滑进草丛里。一两只黑蚁敏捷地爬上它那琥珀色般的前蹄，又爬上满是金色绒毛的小腿，小牛心里感到有些痒，它并不讨厌它们。它向草丛深处跳一般地跑去，它喜欢闻那一阵阵飘荡过来的草香。它想爬上那道高高的长堤，有着一排歪歪扭扭榆、槐的长堤。"哞儿"，它听到了母亲的呼唤，只有它能听懂，这是喊它。它折回来，极不情愿地回到这个有着牛驴骡马的大家庭里。哞儿听见母亲它们用牙撸掉草尖的声音，蓦地感到了肚中有些空荡，母亲腿间那硕大的乳房在草丛中时隐时现。哞儿跳过去，用嘴含住了那只喜爱的乳头，它想用牙紧紧地咬住，但牙的萌出还要一些天。两只前腿跪在草上，那块美丽的白色被隐在膝下。温暖的乳汁含在嘴里，再一口口咽下……

文中的牛实际是写人的一生遭际，写人的悲欢离合，那牛已是人性化的牛，从中能看到我或一些苦命人的影子。

4月5日　星期一　晴

环境的污染增加了患血液病的风险。社会似乎在进步，但工业化、城镇化，使人类赖以生存的环境正在受到严重污染，在严重污染的环境中，人类免疫及造血系统受损，增加了患血液病的风险。电离辐射包括高能辐射，对人体损伤很大。遭受原子弹爆炸后的日本长崎、广岛，幸存者的血液病患病率比未受害区高11倍。居里夫人死于白血病，与她长期从事放射物质研究有关。核素治疗和诊断照射后的白血病发病率也明显增多。经常接触放射线的工作者白血病发病率较高。诸多化学物质如苯、铅、砷、杀虫剂等也增加了血液病的发病率。现代社会人们往往防不胜防，科学的双刃剑总是高悬在人们的头上。

4月6日　星期二　阴

在血液病的致病因素中有感染因素，病毒感染是最主要的感染。近年来，病因学证实，B19病毒与再生障碍性贫血、原发性血小板紫癜等有关；肝炎病毒可引起白细胞减少症或重型再生障碍性贫血；EB病毒可引起伯基特淋巴瘤，T—细胞亲淋巴性病毒可引起白血病和淋巴瘤。同时，寄生虫感染，如血吸虫、钩虫等感染，均可引起血液系统的病变。另外，细菌感染也可导致血液病，如伤寒菌、A组溶血性链球菌感染引起血液病。人生活在大自然中，不可能在真空中生存，各种细菌、真菌、寄生虫包围着我们，我们无处躲藏。只有保护环境，讲究卫生，增强体质，才是应对之策。

4月7日　星期三　晴

孩子的二舅从北京来看阳阳，阳阳刚做完腰穿，躺在床上，需要静躺6个小时。二舅夸他说："阳阳的忍耐力惊人，还记得在北京动阑尾手术吗？"那年阳阳上初一，暑假我带他去北京，在天津一上火车他就呕吐起来，肚子也有些痛。到了北京吃了点止吐药和消炎片。第二天好些留他在二舅家，我回了农场。第三天，输了一天液仍不见好转，二舅送他住进了海军总医院。诊断是急性阑尾炎，当晚手术，阳阳一声不吭，从手术台上下来，自己走回病房。转天，当我赶到医院时，他已像正常人一样，他说："爸，没有什么事，你忙就回去吧。"那时，我突然感到没能尽到一个父亲的责任，心里一阵酸楚。

血液基因分型结果出来了，基因分型位点是6个；HLA—B、HLA—DRBI，我和阳阳3个位点相同，英3个位点相同。我们的位点与阳阳系统相同。我们两个人的位点正好各占一半，其准确率为96.4%。一般位点达5个即可进行移植，位点相同越少，排异越严重，很难成功。尤主任曾对我介绍过美国最新研究，以父母的干细胞对子女移植，也获得了成功，国内尚未开展此项手术。我们的配型不行，血液科医生已填表向中华骨髓库申请核查捐髓者资料，需要一段时间才能有结果。阳阳的干细胞移植首选是异体干细胞。

4月8日　星期四　晴

阳阳今天又开始输化疗药，这是第三期化疗的第八天用药。血象基本正常，每两天一次的扎指血检验，阳阳已习以为常。虽然十指连心，但对血液病人来说，扎指血已经是微不足道了。化疗药一袋接一袋地流入病人血液中，常常是十几公斤的药液，人还有什么不能承受的。

平心而论，化疗并不是最佳的治疗方法，许多医生把此称为下毒，患者对它的副作用更是骂声不绝。但作为病人又有什么选择的余地呢。恶性淋巴瘤分何杰金型和非何杰金型，前者分4个亚型、后者分10个亚型。非何杰金型又分作B细胞、T细胞和罕见单核细胞类，治疗也不是轻而易举的。病毒、免疫力低下和环境因素又是致病的相关原因。但对每个患者的患病原因，哪个医生又能说得清楚。在疾病面前，患者只能勇敢地面对，而没有其他的选择。

4月9日　星期五　晴

由租住屋出来，梧桐树由斑驳陈旧的二层楼院里挺出，倚在墙边，将不大的院落尽量留给这里的男女老幼。树皮是黯淡的土黄，主干以最伸张的姿势直上高过了楼顶，横逸的二三侧枝和那些悬生的掌状大叶片组成一个巨大树冠。

查看资料得知，一些血液病是和遗传因素相关的。如血红蛋白病有明显的地区分布和民族特点；先天性再生障碍性贫血是常见的一种染色体隐性遗传性疾病，近亲结婚更易使子女发病；血友病A、B是一种隐性遗传性疾病。看起来，优生、优育、减少血液病的发生、提高人口素质何其重要。

4月10日　星期六　晴

周六，阳阳的二舅和表妹迪来看阳阳，表妹才15岁，个子却长到一米七多。她给阳阳带来小礼品是睡娃娃心形包，二舅带来的则是半个大榴莲。听说榴莲很臭，我们都没吃过，避开病友一齐到大厅里吃。外表很难看，长满尖刺，每人切一块果肉尝尝，真是奇臭无比，却于臭中有一种异香扑鼻。榴莲的核扁而大，是好看的卵形。人说臭豆腐闻起来臭吃起来香，榴莲与臭豆腐有异曲同工之妙，但前者是天生，是大自然的赐予；后者则是人为造作之物。吃榴莲给大家带来了欢悦。

4月11日　星期日　晴

托二舅到北京中华骨髓库查资料，病人家属自己去查可以缩短时间。赵主任讲：阳阳尚需两个以上化疗，然后可进行自体干细胞移植，父母的干细胞已不能考虑。表外甥女伟平夫妇从塘沽来看阳阳，他们自己开一辆微型汽车，他们都在渤海油田工作。那年暑假，我们一家三口到伟平家玩，一起看港湾、在码头上留影，那时他的孩子7岁。二人看过阳阳，临走留下了5000元钱。我推辞，伟平说："幺舅，收下吧，我们条件好些。阳阳正用钱。"这是阳阳患病后接受的最多一笔亲戚资助。傍晚，我乘车回家，明日又要上班。

4月12日　星期一　阴转小雨

终于下起小雨来，春雨贵如油，田园、村庄和大苇洼也一时滋润起来。真正的春天，应该有和风、有煦阳和小雨，有草绿、有树青和鸟鸣。而这些，城市往往不如乡村。城市的繁华，乡村的清新，现代社会被搅乱的正是这种平衡。英电话里说，今天是用药后的第四天，阳阳今天比较平稳，已适应了这种治疗方案。

4月13日　星期二　晴

英电话讲，邱主任说，阳阳移植应找异体移植源，这是最佳选择。异体移植的复发率虽低于自体移植，但成功率却低于自体移植。赵主任认为阳阳体质好，缓解好，适合用自体移植，二人有分歧。当然最后会达成统一意见。平心而论，作为家长，最愿意以最小的风险、最节约的费用达到最好的治疗效果。这种想法也应该是医生所首选。

4月14日　星期三　晴

阳阳总让我给他买《体育周刊报》《知音》《读者》等报刊，病前也不愿去读一些好书。这是否是大学生们的通病，去年，我在给他的一封信中，专门谈读书问题：

读书，是知识分子标志性的活动，古诗有"读书破万卷，下笔如有神"，即表明了读书对于写好文章的重要作用。古代读书主要指文史哲类的书，今天时代不同，读书的范围也不同了，读书的作用也有了扩展。

读书，是认识社会的重要途径。一个学子，对社会的认识还是粗浅的，也是幼稚的。通过读书，可以从丰富的内容中认识人类社会的方方面面。许多书的内容汇集到一个人的头脑中，无异于得到了一部百科全书。如高尔基说："读书是人的心灵和上下古今一切民族的伟大智慧相结合的过程。"

读书，是补充知识的重要来源。今天，我们读书，除文史哲外，已扩展到政治、经济、科技、社会等各个方面，内容大量增加。在课堂上所学毕竟有限，同时又限于所学专业的相关内容。课外书则可弥补不足。古语："博学而不穷，笃行而不倦。"（博学而不会穷尽，忠实去做而不倦息）徐特立讲"必须多读书，多读书才可增益见闻"，正是此理。

读书，是陶冶情操的重要手段。情操指情绪与坚定的行为方式的结合，包括道德感、理智感和美感等。读书，从中得到教益，使自己能崇尚良好的情操，摈弃卑下的恶习，成为真正意义上的人。日本名人池田大作讲得很好："读书不光能补充知识，还可以通过书籍，使作者和读者在对话中，产生生命的共鸣，共同去塑造人生。"

4月15日　星期四　晴

首先，读书须博。古今中外的文学、历史、哲学、社会学、政治、经济学及科技等，同时还要包括各种报刊。现行初高中都列了必读书，很有必要。多读书可达到文理相通的内涵。

潜心而不浮躁，平心静气去读，而不能心猿意马、心在书外；其次要多思，需要思考、理解，使之印象深刻，否则浅薄而不生根，日久则淡忘。再次，要有恒心，每日一小时，一月就是几十小时；每日几十页，十几日即可读一本，一年下来，数量可观。清代曾国藩言："士人读书，第一要义，有志；第二要义，有识；第三要义，有恒。"

我的数十年读书生涯是艰苦的，尤其在"文革"中的十年，没有书读，四处找书、借书。每借到一本书则如获至宝，记得从尚庄子借的一本《史记选》，反复看了两遍，人家送给我后一直珍藏至今。我在一篇文中就写了读书的甘苦。

我在给阳阳的信中说："现在学习的条件确实非常好，到处都可以找到书读，而年轻人恰恰不爱读书了，这是一种悖理、是一种反常。希望你珍惜学习生活，抓时间读一些好书，而不要把课余时间用在毫无意义的那些方面。高尔基讲：'读了一本书，就像对生活打开了一扇窗户。'我希望你能从这窗户中窥见丰富多彩的社会，窥见丰富多彩的人生。第一场春雨，伴着一声声春雷，十分新鲜，也让人为之一振。此时写信给你，对你来说应是个好兆头。"

4月16日　星期五　晴

全国爱鸟周河北启动仪式将在沧州举行。我区又是推荐的参观地。去年省政府批准设立南大港湿地和鸟类自然保护区。这片大湿地有了名分。千万年来，这片大洼地有水、有鱼、有苇，是百姓赖以生存的风水宝地。我的散文集大部篇幅写这片大洼，宣传这片大洼地所起的神妙作用。人们开始珍视这些大自然的遗产。爱鸟周用的鸟类宣传画册我已联系妥设计印制，抓紧时间起草一组宣传材料。

4月17日　星期六　晴

周六又到了，早晨乘长途公共汽车去津。车慢，因修路沿途绕行黄灶盐场，在土公路上摇摇晃晃行走几十公里，到海防公路后才如脱缰的野马飞驰。车过大港油田、大港区，进天津市区到解放桥直至长春道。街上的梧桐花开了，花瓣淡淡的红，繁花簇簇挂满树丫。朴素的淡紫洒落在地，铺得密密的，任凭车碾人踏。你如果心生怜悯，绕树而行，反而会被众人取笑你神经质。椿树也长出了串串紫红花朵，高大的杨树在风的轻拂下，把花絮抖落，随轻风游走，如雪花横飞在艳阳下，杨树的花串掉在人行道上。用一句花满津城，还是可以的。

从家乐福超市买回一个大塑料盒，给阳阳放在了床下。把他堆在枕头边、铺上、椅子上、床下一摞摞书装进盒子，正好满盒。阳阳从屋外回来看见，说还是不方便，他拿出了几本放在枕头下。那厚厚的《电路》《信号与系统》《概率与数理统计》《模拟电子技术基础》，我顺便翻开一本，感到头脑发昏，阳阳又如何学得下去。

阳阳的倔强劲是在8岁时显露的，有一天，老师布置了一大堆作业。吃完晚饭后，阳阳就趴在桌子上做作业。写完语文已是10点，我说快睡吧。当我一觉醒来，阳阳还在灯下。抬头一看挂钟，已经12点了。阳阳好像很亢奋，非要做完才睡，那晚他直做到1点。

4月18日　星期日　晴

阳阳体重已超70公斤，是用激素后饭量增加的结果，要控制才好。在阳阳的床头，我用一个小本子，写下几段：

满街的梧桐开花了，时值谷雨，在梧桐花的点缀下，大街显得生机勃勃、春意浓浓。长安东里是一条不起眼的小街，两侧陈旧的楼房像挂上了一层青灰色。高高低低，错错落落，岁月在这里叠加成一个凝固的形态……

巨大的梧桐在小街北头，东侧两株，高过两层楼房，枝丫几乎覆盖了整个院落；西侧两株，其中一株可能是妨碍了主人家的电讯线路还是视线，已被拦腰截断。不愿就此枯萎的顶端已蹿出了小枝和嫩叶。梧桐花如小喇叭一串串悬挂着，密密匝匝布满了枝枝杈杈，没有一点疏漏的空隙。花朵粉红色，但不是大众意识中的粉红，显然要清淡些，除花萼有些褐红外，花朵透着浮泛的白色。梧桐花似乎有一种热烈的性格，开得红红火火、烂烂漫漫。

70多岁的周大娘成了我的邻居，她的老伴已去世。两个儿子在外有家，但小儿子时常要回来陪母亲住。星期天到了，二儿子领着小孙子来了，小孙子在院子里跑来跑去，捡拾梧桐花。立时，沉寂的院子里充实了许多。周大娘抄起锅铲下厨炒菜做饭，铲子的嚓嚓声也充满了欢快。每晚，我们回到家，老人细心地关上走廊门。早晨，开门在院子里见了，总要问问孩子病好些吗？一个星期天，老人捧过来几只粽子："自个儿包的，给孩子吃吧。"拿到医院粽子还是热的。

夜里，一场春雨悄悄地降临，早晨，也没有停歇的意思。梧桐花在小雨的拍打下掉落得更多了，一朵朵从天而降，显得那么沉甸甸的。院子、小街，满是落花，容不得我选一小块窄地下脚。我用脚尖快步走过，头上、肩上，还是被花朵击打了几下。我快步走出小街，抬头望望繁花攒聚的大树，枝丫上已长出了绿叶，像婴儿小小的手掌。小街，静静的。

4月19日　星期一　晴

这里一整座楼的病人们都在和病魔抗争着，病魔是狰狞的无声的，病人是平静无声的。病人们已适应这种看似无声平静的环境，勇敢和坦然已经战胜了对死亡的恐惧。而不平静的反而是家属们。

其实药物也是一把双刃剑，无药不毒，凡药即有毒，药物对造成血液病也是一个因素。资料载，骨髓抑制性药物，常用于治疗肿瘤等，大剂量使用引起白细胞减少、血小板减少、贫血甚至白血病或其他恶性肿瘤。抗癌药也可能会致癌。某些药物也会发生过敏反应引起血液病，造成骨髓干细胞发生增殖分化障碍，造成血小板、白细胞、全血细胞减少、溶血性贫血等。最多见的是抗生素如氯霉素、磺胺类药、头孢类抗生素等，解热止痛药、镇静、安眠药、抗结核药、噻唑类利尿剂和激素等。皮肤病中治疗银屑病的药物，患者服药1—7年后可发生急性白血病。如此种种，药物对人类血液系统的危害真是触目惊心。我们到底吃什么药好，那么不吃药又行吗？真让人茫然。

4月20日　星期二　晴　谷雨

　　7年前,办公室秘书刘先生的孩子4岁,曾经因肺炎感染用了许多抗生素类药物,忽患白血病。去北京儿童医院治疗,采用化疗半年出院后定期复查,一年后不能控制而死亡。孩子聪明伶俐,还未上学已背熟《新三字经》。孩子死后,办公室全体人员去安慰刘先生夫妇,但谁又能抹去他们心中的痛苦呢。好在刘先生两人年轻,2年后又得一个健康儿子。刘先生孩子的患病很难排除与滥用药物无关。药物的使用真应慎之又慎,尤其是儿童。

4月21日　星期三　晴

　　整理完湿地简介、爱鸟事迹以及领导在爱鸟周仪式上的讲话材料。我国举行爱鸟周已有数年,旨在唤起人们热爱自然、保护环境的爱心。在许多国家爱鸟已成时尚。鸟是人类的朋友,人鸟和谐相处,人类也才不会孤独。爱鸟是人类应具的美德,爱鸟者是善良的,是人性的进步,世界需要这种进步,以达到大同。从这个意义上来说,鸟类是人类进化的媒介。

4月22日　星期四　晴

　　爱鸟周的宣传折页印好了,这是我主持编成的。栩栩如生的鸟族汇聚一册,展示了鸟的美丽,体现了人们对爱护大自然美丽生灵的追求。我曾写道:

　　大洼是鸟的营盘,硕大的生存空间,为它们的栖息、繁衍创造了最佳环境,这环境本来就是天赐。鸟,是大洼的精灵,那一群群的鹤舞,那一队队的鸥翔,那一列列的雁飞,无不搅动了大洼的精神和血脉;那"嘎嘎"雁叫、"咕咕"鸭鸣、"啾啾"莺语、"叽叽"雀噪,伴着苇叶沙沙的窃窃私语,无不把大洼中的天籁推向极致。如果没有鸟,大洼就缺少了应有的生机勃勃;如果没有鸟,大洼缺少应具的神韵和灵气。有鸟,大洼则闪闪有光泽,陡然生出无限的俊美……

　　大洼的鸟是美丽的。大自然给予它们七彩的羽毛,那绿的是夜莺、黄的是黄鹂、白的是海鸥、蓝的是翠鸟、灰的是鹬、黑白相间是鹤、五颜六色是鸳鸯。乌黑的苍鹰在空中盘旋,以藐视一切的目光注视着鸟族,但它并无敌意,它的主要攻击目标是灰褐的草兔,兔很难逃过那犀利的锐眼。

4月23日　星期五　晴

北京已做报道，发现非典疑似病人一例，接触发热5例，已隔离，系非典病毒研究单位不慎泄露所致。全国各地已按上级要求严密防控。血液病医院已暂停收治河北、北京病人，门卫采取严控措施。今天，区机关工会组织了为阳阳的捐款活动，在会议室举行"献爱心捐助患病同学仪式"。一天内，机关共捐款23290元。工会两名副主席等将爱心捐款送到我的办公室。这是至今接受的最大一笔集体捐款。我代表全家表示感谢所有捐助者。

4月24日　星期六　阴

爱鸟周活动仪式在沧州举办，当场有万人签名。下午，林业部、省林业厅、沧州市政府主办单位官员及全国几十家媒体记者来南大港湿地。在湿地管理处小广场上，参观图片展览，听取情况介绍，到湿地参观、拍摄。这是当地有史以来第一次开展的大型爱鸟活动。

虽阴天，人们还是兴致勃勃。有群鸭飞起，有黑翅长脚鹬水中惊起，人们的热情搅动了洼地中的生灵。来宾离去，筹备数日的工作任务也算完成。我即刻乘车去天津，在羊三木路口搭上了最后一班客运中巴。夜幕降临时，我到了医院。晚上到朋友景山家，他炒了几个小菜，以酒待友。他女儿也回来了，自己在房中玩电脑不停。我们二人叙旧至午夜。

4月25日　星期日　中雨

午后下起雨来，击打着梧桐树叶，由初时的细碎声连成一片哗哗声。租住房斑驳的白灰墙上浸出了水珠，像老人沧桑的脸上的汗珠。水珠慢慢滴下，很快濡湿了床铺一角。只好用饭盆接上，里面放一沓卫生纸以防溅出。地面已潮湿得没有一块干燥的地方。

中午，舅妈冒雨给阳阳送来饭菜，她几乎每周六要来一次，难得老人家的执着。朋友景山又来看阳阳，买来了几盒点心。医生讲，阳阳还需要做各项检查再确定下一步的化疗方案。治疗的路程还很长。

4月26日　星期一　小雨

每日服用激素，阳阳的脸在发胖，腰腿在加粗。每周站在体重磅上，体重由初来时的66公斤增到了72公斤。原来的文弱书生,而今倒像一个彪形大汉了。中午英送来饭,他只吃了一小碗,吃点西红柿炒鸡蛋,喝点汤就放下了。"你怎么了?"妈问。"我太胖了,得减肥。"头发已慢慢长了一层,但看起来十分细软。我想,他的头发但愿不会再掉了。

雨一夜没有停歇,坐上回程的长途车,一路小雨抚摸着车窗,公路两旁大平原上烟雨蒙蒙,麦田、果林、苇塘、村落,一齐笼罩在雨水爱意的倾洒里,不由得让人们也体会到上天的那份温馨。

4月27日 星期二 晴

血液病医院立足国内研究前沿,接纳了成千上万的病患者,拯救了许多病人的生命。血液是生命之泉,人体丧失血液,生命则不复存在,而血的来源是饮食中的精微物质,古人云:"五谷之精液,和合而为血。""血者水谷之精也。"造血营养的缺乏又会引发血液病。人体缺铁会引起血红素合成障碍、缺铁性贫血、B12缺乏,易引起巨幼细胞贫血。叶酸含量减少,4个月后即可发生巨幼细胞贫血。维生素C缺乏,给胶原合成造成障碍,血管壁的完整性受到影响,毛细血管的脆性和通透性增加,从而导致坏血病。维生素E缺乏的红细胞易遭受氧化损伤,导致贫血。不良饮食习惯如长期过量饮酒,会引起叶酸缺乏,从而导致贫血。获取各种必需的营养就要做到饮食的均衡,这是造就一个健康身体的必要条件。

4月28日 星期三 晴

孙女士从黄骅来,留下500元给孩子看病。她是20年前认识的朋友,四十七八了,下岗已多年,在市里开一家小理发店,不会烫发、不会美容,只会旧式的理、刮、吹,理一个头忙活半天收2—3元。丈夫在一家砖厂,一双小子,小的上中学,大的跟她理发。这500元是她半个月的收入,钱的沉重也就不言而喻。

4月29日 星期四 晴转阴

按医生要求,英带阳阳去总医院做了强化CT,做一个CT,居然收费高达8000多元,令人咋舌。当今医疗费过高,医院已成暴利产业,老百姓已看不起病。"周瑜打黄盖,愿打愿挨",你看病,我收钱,反正两相情愿，不情愿又能怎样。CT明日才能出结果。

寿明由沧州来，拿出1000元给我，我说："你的孩子看病也用了不少钱，我哪能接你的钱呢。"寿明说："我的孩子现在没事，你急用钱，就收下吧。"他的孩子腿部手术后一直很好，早已回单位上班。

4月30日　星期五　晴转阴

中学的王老师打电话给我，她说学校已组织了给阳阳捐款。教育局在全区15所中小学教职工中开展了"献爱心救助大学生"活动。今天是活动的第五天，我听见办公室门被敲响，拉开门，是教育局的正副局长和会计，他们代表教育系统把捐款送来，是一个大信袋装着厚厚的一袋善款，共计18860元。和他们一一握手，请他们转达我对全区教职工们的谢意。他们走后，我翻看着510多人的名单，一个个教师大都是陌生的又都是亲切的。学校已连续7年未涨工资。这是教师们的一片深情，眼泪几乎夺眶而出。

CT的结果表示阳阳全身包括中膈、腹部等处的肿大淋巴都全部消失，颈部一个小结为死结，非病毒细胞。CT是精细CT，高额检查费用当然也不能白花。傍晚，我由家到了医院，和英一样心中高兴了许多，几次化疗已达到了完全缓解的效果。

5月1日　星期六　晴转阴　劳动节

七天长假，我可以在医院好好陪阳阳了，医生们也放假，仅留下轮值的医生、护士，病人们也不做大的检查。三楼的大厅新电梯已经装好，尚未运转，电梯室占据了大厅的西南角，条椅紧缩在电梯东侧的一方窄小的天地里。大厅还是家属们聚会的地方，人们在一起谈论白血病、淋巴瘤、再障的治疗，谈论干细胞、骨髓移植，许多血液病的知识大部在这里获得和交流。人们或在这里抽支烟，把烟灰弹在清洁工备下的脏得发乌的废弃奶粉筒里。或摆上一块象棋盘杀上一盘，周围站立几个观棋不语的真君子。或有电话铃响，无论谁拿起话筒问声几号，即去叫人。病人有光着头的，有穿着花格病衣的来接电话。也有家属来接，有的笑几声，有的则哭泣不已。人们或点头，或嗯嗯，或无语，或苦笑几声。在大厅，有人高谈阔论，有人随声附和，也有人沉默无语，医生、护士由电梯进进出出，混得面熟了，和家属点点头打个招呼，也算达到心照不宣的程度。

5月2日　星期日　零星小雨

　　早晨，下起零星小雨。孩子住院，我仍坚持上班，双休日乘车来津，英始终没回过家。五一长假，我对她说："你回去休息一周，也好看看你母亲。"她点点头，收拾点东西，左叮咛右嘱咐地走出医院，去天环客运站乘车。中午能够到家。第四期化疗开始了，赵主任说，第一期方案没起作用，不应算在里面，那么只能算第三期化疗。如果第一期选准，化疗时间起码缩短一个月。阳阳有想吐的反应，医生给了口服止吐药控制。五姨夫晚上来看阳阳，买来些巧克力之类给阳阳。他在天津一家自行车厂打工，放假了，晚上要乘火车回石家庄。10点，五姨夫离开医院，我送他到楼下。11点多，阳阳对我说："爸，回去睡觉吧，我自己能行，护士们很负责任的，会按时来换药袋的。"

5月3日　星期一　晴

　　化疗药输至凌晨1时许才结束。早晨，我来到医院，从食堂买点小米粥、馒头和茶蛋给阳阳吃。虽然昨夜睡得晚，阳阳还是按时起床了，洗洗漱漱自己收拾停当。早晨紫外线消毒，病友们都到走廊上去。检验员来取指血去检验血常规。10个手指，除拇指、小指外，6个指头不知扎过多少遍了。资料上说，无名指扎血好，不太痛，无名指挨的针也就最多。

　　上午不到10点，英又回来了，问她："为啥不多待几天呢？"她说："昨天下午到家，看看姥姥，晚上也睡不安。清晨给父亲上上坟，坐车回来了。在家里哪待得住。"这二百里路的颠簸，似乎对她毫无影响。

5月4日　星期二　晴

　　五四青年节到了，天气和暖，一些血象正常的病友和家人上街逛逛超市、游游公园。景山带着女儿来看阳阳。下午，阳阳和妈妈出去抓体育彩票，阳阳说："血液病10万人中有一个，我的运气不一般，也许能抓着大奖呢。要抓着大奖五科全体病人费用我包了。"妈妈听了一阵笑。最终获得一元奖品，但已支付了26元。抓彩票需要运气，这些年我们抓过不少彩票，没有得过什么大奖，只有小奖。《今晚报》载一小孩看人抓奖，挤进人群被人挤出,却在垃圾里拾得一张特等奖,奖品是一辆汽车,成了人们羡慕的消息。阳阳虽没得什么大奖,却高兴地回来了,换得高兴也是一种收获。

　　今天,在医院里,俊辉来到阳阳的病床前,对我说:"大叔,你给我写一份材料吧。"她今年刚刚25岁,是湖南郴州人,医科学校毕业后,在一个乡镇医院当了收费员。她和爱人正在编织着美好的未来时,病魔突然降临到她的头上。她患了可怕的白血病,到天津来看病时,她的女儿刚刚五个月。如今她花掉了单位的捐款、花掉了卖房的钱、花掉了亲戚朋友筹集的几万元,一家已经无能为力了。病毒侵害了她的骨髓、脊髓,一个化疗接着一个化疗,一副光头的形象完全和照片上的美貌女子对不上号。她想孩子,常常哭得泪人儿一般。孩子在电话里喊着:"妈妈,妈妈,回家。"这头的她,早已是泪流满面了。我答应给她写材料,也许她能募捐到大部分的医疗费用。

十、媒体关注

5月5日　星期三　晴　立夏

　　上天把今年以来最温暖的日子给了今天,标志着夏的到来。水上公园是天津人度假的好去处。水面宽阔,花木繁盛,景色幽雅。水碧风清,浅山俊秀。喷泉湿路,青草绊屐。荷塘、水坞、木桥、凉亭,错落有致。在日见喧嚣的大都市,这里是一个难得的世外桃源。公园的水,荡涤着人们胸腹中残存的龌龊;公园的美,修补着人们缺失的真情和善良。从这个意义来说,公园应是人们的圣地。

　　我和英、阳阳一同去水上公园游玩。几年前,我们曾来过,如今门票已由原来的5元涨至30元。公园里增加了喷泉等景观,加深了水的"色彩"。各种游乐设施增多,公园的游乐性加大了。天津的公园唯此水上公园历史久、规模大,园内游人如织,欢声笑语。我们走走停停,欲划船又恐风大水寒,欲进动物园,又要30元,觉得扫兴。慢慢出园来已快到午时,回到医院吃午饭。还好,阳阳虽额上渗出细汗,也没有累着,下午卧床休息。

　　下午,我在小屋里将俊辉情况写成草稿。

5月6日　星期四　晴

　　站在医院三楼东阳台,正好与六七米外的一株大椿树对视。它的树干黝黑,主枝挺拔高过四楼。树根处一侧的厚皮已不知何年被扒掉,露出乌黑的木质。树冠很美。簇簇嫩叶上仰着,生机勃勃,向人们、向自然展示着它的存在。它正对着住院楼的大门,不知有多少重病不治者从树下送出，生命进入了新的轮回；不知有多少新病人由树下进入大楼，开始了为新生与病魔的拼搏。病人们能否坦然地面对生与死，大树对我们的启示，是否人们都能领悟呢？

昨晚，病友阳文的父亲阳修文通过万群找我，求我为其子写一篇文章。老阳也是湖南人，儿子患白血病，携子远赴数千里求医。老阳是乡村教师，已面临倾家荡产的困境。我在楼下草坪边一张破旧的条椅上坐下，听他用湖南口音的普通话倾诉他的遭遇。我很费力地听懂了他的情况，在昏暗的灯光下记下大体内容。今天，在租住房里，我用半天时间写成草稿，到医院用普通话念给他听，听完后他抹起了眼泪，自己倒先感动了。我答应回家后打印好再送过来。他谢了又谢，我说不用谢，我们都一样。他讲要把文章寄给地方的报纸，为儿子募集医疗费。

5月7日　星期五　晴

阳阳又要做腰穿了，我安慰了他几句，然后去车站坐车回家。10时抵黄骅下车。大哥提前已约定在这里等我，一同去沧州看望方大嫂。方大嫂已快60岁，患卵巢癌做了手术，定期化疗，住在女儿家中。见了我们如见到亲人，从衣柜里掏出了200元，执意塞给我，说给阳阳买东西。我又怎么好收她的钱，出了门从门缝塞进门去。回程的路上，心中还不断祝愿她能控制住病情，慢慢好起来。这次是和方大嫂最后一次见面，几个月后她的病复发不治，终于走了，甩下方大哥孤孤单单。老方是"文革"后由农场回到市里的，安置在工厂。已30多岁的他，匆匆由亲戚在农村找了一个女子成婚，在城里长期没有户口没有口粮，我常常结余下粮食给他们背到城里。他们的一双儿女长大成人才有了城市户口。我们的友情也经历了30多年。

5月8日　星期六　晴

在电脑上打完小曹事迹，细细地修改两遍，标题斟酌再三，定为《母爱，与绝症抗争》。我写道：

她是个端庄俊气的女子，她真正理解母爱的含义时，是从她也成为一个母亲的那天开始的。

小时候，生长在秀丽的宜章县的她，一直是母亲的乖乖女。她聪明、勤快、好学。父亲是湘林车队一个本分的司机，他不分昼夜地在外跑车。

单位不景气，早已下岗，每月领取不足200元的下岗生活费。母亲是供销社的职工也下岗在家，在街边开间小杂货店，依靠微薄的收入维持生活。从小目睹生活艰辛的她，一放学回到家，就为辛苦劳累的父母照看弟妹，父母也对她寄托了很大的希望。从小学到初中，她成绩一路优异。但此时，她的大学梦也像肥皂泡一样破碎了。家庭的窘迫，她不得不放弃了保送县重点高中的指标，毅然选择了考中专的道路，为的是早日参加工作，为父母减轻生活的重负，也好支持弟妹的学习。她由冷水江工业学校毕业，分配到第三人民医院作了收费员。收费室是医院的窗口，对于初涉社会的俊辉来说，她深知这份工作的重要，也深知岗位的来之不易。

很快，人们知道医院里有一个温柔恬静的收费员。她不厌其烦地解答着病人的询问，热情地指点着病人诊病的科室。她虽不善言辞，却对病人百问百答。那时医院还是手工记账，她一丝不苟，把账目记得工工整整，一目了然，不出差错。她的敬业精神赢得全院员工的好评。回报她的不仅是连续3年的优秀会计员和预备党员，还得到了一个青年医师真情的爱慕，他是本院手术室的麻醉师。没有缠绵的爱恋，没有月老殷勤的撮合，很快，他们的心贴在了一起。元月，他们组织了家庭，生活虽然拮据，但又像千千万万个平民家庭一样，平静而温馨。他们有了一个小男孩，他们开始在心中编织着幸福的花篮，他们要为孩子创造应有的一切，理想将在他们勤奋的手中变为现实。

"好人一生平安"，是善良的人们一个虔诚的愿望。当灾难不期而遇，向俊辉这个小家庭袭来时，他们美好的憧憬在一夜之间似乎都成为梦幻。

春节刚过，早晨醒来，俊辉感到头晕、乏力，刷牙时，发现牙龈出血。出于医师职业的敏感，丈夫感到了一丝忧虑。本院做的一个血常规，血象有异常，医生怀疑是白血病，两人立即目瞪口呆。病人大都有一种侥幸心理，此时，俊辉也不例外。他们把儿子交给了婆婆。婆婆接过沉甸甸的孙子，说不出一句安慰的话，只目送着他们离开家，远去百里外的郴州市人民医院检查。

有生以来的第一针骨穿，带给俊辉的是那么刻骨铭心的痛。她和丈夫依偎在骨穿室外的椅子上，相互安慰着："俊辉，不会的，不会的，我们的生活才刚刚开始，我们的儿子还这么小，老天不会让我们这样的。""是啊，不会的，不会的。"当丈夫拿着一纸诊断书回来时，俊辉看见上面赫然写着一行大字：急性淋巴性白血病。丈夫的手颤抖着，也说不出一句话来。俊辉禁不住泪如泉涌，这是她有生以来眼泪流得最多的一次，她哭倒在丈夫的怀里。哭够了，他们相拥着走到车站。那天，是寒风交加的日子，天上无情地掉着小雨，丝毫不体谅这对年轻的夫妇。他们没带伞，身上淋湿了，雨水顺着头发滴下，脸上的雨点和泪水相拌在一起，流进嘴里，是那么苦涩，也分不清是雨滴多还是泪水多。在回家的汽车上，他们相对无言，俊辉沉沉地昏睡，她真不敢相信可怕的白血病会降临到自己的头上，她真希望这只是幻觉，在回到家下车的瞬间，她仍是一个健康的人。

母子连心，世上最痛苦的莫过于母子的别离。从小唱着"世上只有妈妈好，没妈的孩子像根草"长大的俊辉，要和自己的儿子分别的时候，真正懂得了这首歌的内涵。夫妻俩迈着沉重的脚步回到家，看到还只有五个月的儿子，心如刀绞，全家人抱头痛哭。他们知道，白血病即是血癌，患上这种病，过去几乎就是不治之症，这无异于给俊辉判了死刑。还是丈夫坚定地说："现在医学不断发展，白血病不再是不治之症。我们到长沙去，到最好的医院去。无论怎样，你要为我坚强，为我们的儿子你一定要坚强。"

第二天是元宵节，大姑姐、小姑子都来过大年。婆婆强忍着泪做了几个菜，大家围拢来吃饭，好半天，竟没人动筷。丈夫催促着大家："吃吧，快吃吧。"仍然没有人响应。倒是俊辉强作笑脸，招呼大家，一顿饭吃得好不苦涩。

要治病需要巨额的费用，俊辉夫妇刚成家不久，没有一点积蓄。2月的一天，他们拿着亲友们凑集的2万元钱，乘坐医院的救护车去长沙湘雅医院。出门前，俊辉捧着儿子的小脸亲了又亲，孩子哪里知道母亲就要离开他。婆婆接过孩子说："去吧，放心地去治病吧，孩子有我，你不用担心。"俊辉缓缓走出家门，就在她轻轻拉上门的一刹那，婆婆怀中的孩子哇哇地哭起来。俊辉没敢再回屋，她心里疼痛得在滴血，默默地说："儿子，你等着妈妈回来。为了你，我一定会坚强，我会早点回来抱你的。"

三百里路是那么遥远。来到湘雅医院，下车时，俊辉已走不动路。白细胞已高达29万，超过正常人的28倍。医生下达了病危通知单，能不能熬过7天是治疗上的关键。丈夫瞒着妻子说："医生说不严重的。"俊辉却听出了他说话的哽咽，说："别骗我，我知道自己病的程度。"丈夫不再说话，只紧紧地握着她的手。俊辉知道，随后她要经受的是酷刑般的考验，为了儿子，要挺住。

　　人们把承受苦难比作炼狱并不过分。俊辉在医院里，由于化疗的反应，胃里像翻江倒海一般，每日都吐得一塌糊涂。俊辉要活下去，为了儿子，她常常吐了又吃，吃了又吐，顽强地与病痛抗争着。总算老天有眼，她奇迹般熬过了七天。但由于白细胞在化疗中降到了极低，免疫力也相应下降。她开始高烧，口腔严重溃疡，喝口水整个口腔都在痛。但为了拯救羸弱的生命，丈夫熬来稀饭端着给她吃，她强忍着一口口咽下去。

　　俊辉的病牵动了所有的亲人，在长沙，租房做生意的表姐承担了做饭的责任；19岁的妹妹俊君刚从长沙护校毕业，选择了离湘雅医院最近的"老百姓大药房"上班，还兼打两份工，下了班在附近卖杂志、卖电话卡，用有限的收入支持着姐姐。俊辉的病终于没有瞒住母亲，当体弱多病的母亲闻讯后，当时就晕倒在地。亲戚们大都在农村，很难拿出更多的钱支持俊辉。舅舅卖掉了母猪，把几百元钱送来；姨父从贵阳送来多年积攒的两万元退休金；外婆已经81岁了，为了外孙女，她把两只母鸡下的蛋一个也舍不得吃，攒了满满的一筐带给俊辉，真不知老人攒了多久。孩子刚刚半岁，不能再吃妈妈的奶了，婆婆买来奶粉喂他、把大米做成米糊喂他，一勺勺地看着孙子吃得香甜，婆婆的眼泪也一滴滴地落在碗里。婆婆每日三炷香，磕头为几百里外重病的俊辉祈求菩萨保佑。

　　近一个月的治疗，病情得到了缓解。因单位缺人手，丈夫回去上班，妹妹承担了照顾姐姐的重任。接下来的巩固性化疗，妹妹特意和同事调换夜班。白天守在病床前盯液，晚上回药房上班。谁知好景不长，病魔紧紧地纠缠住俊辉，当年9月，病情复发，化疗持续地进行。每次化疗都像烈火焚身一样，炙烤得她死去活来，持续的高烧时常使她昏迷过去。当她难过痛苦的时候，拿起枕头下丈夫留下的儿子照片看了又看，亲了又亲。儿子一天天长大了，从电话那头传来含糊的不住叫妈妈的声音。有次儿子感冒打了针，从电话里传来儿子不大清楚的"妈妈，痛，妈妈，痛"的声音。如果俊辉在儿子身旁，肯定会抱在怀里抚摩着，减轻儿子的痛苦。但是，此刻俊辉却不能。她的眼又湿润了。在昏迷的时候，眼前似乎晃动着儿子的小脸，耳边似乎听见了儿子的呼唤，"妈妈，妈妈。"俊辉霎时感到了清醒。"我不能离开儿子，我不能离开儿子。"她努力地睁开双眼，真的见到了日思夜想的儿子。婆婆抱着孙子从几百里外来看儿媳。儿子的小手红红的，抚摸着她的脸，似乎在为妈妈擦去眼泪。俊辉猛地抱住了分别了半年多的儿子。去年9月，儿子周岁的生日到了，俊辉多么想像普通人一样，带着孩子出去玩玩，去照个相、留个影，给孩子一个幸福快乐的生日。但是俊辉不能。她想象着，将来儿子两周岁时，能实现这个愿望吗？俊辉又陷入了痛苦之中。

  生命的顽强，超出了俊辉的想象。她的病情在恶化，病毒细胞已侵入中枢系统，随时都有生命的危险。腰穿，是在病人腰椎上穿刺，抽取脑脊液去检验，然后由腰椎注入化疗药。做完后病人还要平躺6个小时，是病人十分痛苦的检验。一般20多天的一期化疗病人要做两次，俊辉却隔一天就要做一次，一个星期竟连做了四次。频繁的穿刺引起粘连，时常头痛欲裂，抬不起头来。有时腰穿时脑脊液不能抽出，麻醉药过了还不能结束，俊辉忍着痛苦一声不吭撑到最后。因为她心中有儿子和她在一起。

  可以说，和儿子团聚，支撑着俊辉和病魔一次次抗争。她的病，不仅牵动了亲戚朋友，也牵动着方方面面。丈夫退掉了单位的集资房，拿回了3万元集资款，婆婆带着孙子回了农村老家。县妇联、工商联同情俊辉的家庭，动员全体员工捐款4000多元。妹妹药店领导知道了俊辉的病情，很快汇报给上级，谢子龙董事长亲自去医院探望，送上慰问金2000元。俊辉工作的医院领导带头捐款，员工纷纷捐助，连往来的病人家属，都向捐款箱投入了他们的爱心。在100多人的小医院，一天之内，竟捐助了1万多元。县卫生局为了拯救一个医务人员，动员了全县医疗单位。短短几天，认识和不认识俊辉的都慷慨解囊，捐助款达2万多元。

  去年12月，丈夫带着她，怀揣着6万多元，怀揣着人们的爱心，千里迢迢来天津血液病医院求治。几个月过去，病情终于奇迹般地得到缓解。医生说：要彻底治愈白血病，要做骨髓移植。遗憾的是三姐妹的骨髓配型并不相合，所幸的是，医院为她在中华骨髓库找到了一个捐髓者。

  一年多的治疗，俊辉一家在亲友和单位的支持下，辗转各地治疗，已花去20多万元，骨髓移植尚需近30万元的医疗费用，单位医疗保险的支付也只能是杯水车薪，巨额的费用对他们来说无疑是一个天文数字。她期盼着自己的病能尽快得到治疗，还一个健康的身体。

  5月的阳光格外和煦，俊辉望着窗外繁华的街景，消瘦的脸庞有些疲倦，心中闪过了一阵阵的忧愁和内疚：又4个多月了，儿子又长大了，一定会唱歌了。从蹒跚学步到牙牙学语，我都没有亲自手把手教他。俊辉盼望着儿子能像千千万万个普通的孩子一样，享受着母爱、享受着阳光。能在自己的怀抱里学说话、学唱歌，唱一首"世上只有妈妈好"。如今，俊辉最大的心愿和奢望，就是能和儿子、丈夫一家三口好好地生活在一起。

她祈盼着，真情地祈盼着。

5月9日　星期日　晴

修改打印完为阳文写就的文章，已是子夜。《父爱，为儿子撑起一片天》，这篇以父爱为中心，写俊辉则以母爱为重点，两篇应该说各有侧重，父爱、母爱，是人类最无私的本能，也许因此能打动读者。

阳文的家乡望城县是雷锋的故乡。父亲阳自修，从部队退伍后回乡当上了教师，一晃就是31年的岁月。

2003年农历正月，儿子阳文不幸患上急性淋巴性白血病。面对现实，老父带着儿子住进了湘雅医院。随之的六期化疗，折磨得儿子死去活来，病情却没有缓解。听人说：治白血病要花上百万元，可结果往往是人财两空。在阳文的小女刚刚出生10天之时，老阳带着儿子转院到天津血液病医院，对治好儿子的病他又恢复了一线的希望。

父子情在抵御灾难风雨时更显现着它的力量。儿媳在家哺育襁褓中的孙女，亲家在农村家境清贫，老两口也体弱多病，带阳文赴津治病，也就成了父亲义不容辞的责任。看着儿子每日的化疗，一次次的打针、服药，频繁的骨穿、腰穿，孩子原本强壮的身体日渐衰弱，老阳看在眼里，痛在心上。他心里一再鼓励自己：要坚强些，孩子太可怜了，我一定要挺住。

老阳在医院附近一里多路的地方租了一间小屋，小屋简陋得不能再简陋了。因为化疗，怕孩子感染，必须用高压锅做饭，清晨天不放亮起床做饭，白天，守在病床前，还要为孩子洗净衣裳。夜晚安排好孩子睡了，才拖着疲倦的身子回去。在一次长时间的化疗中，孩子一下子呼吸困难，四天里老阳黑夜白日守在病房，又要抽空给孩子做饭，几乎不能休息。他脑袋有些眩晕，在走出住院楼时，一下子摔倒在下坡的台阶下，把膝盖磕得鲜血直流，这一跤也把他从昏昏欲睡中摔醒。他忍着痛，去一里外的小屋给孩子做饭。

当生命面临无情的威胁时，人们才知道生命的可贵，有时生命是那么脆弱，有时生命又那么顽强。儿子的病，牵动着老阳所有的亲属，牵动着他的朋友和众多的人。

 一两个月后，阳文将要做骨髓移植了，但父亲却愁上加愁，移植必须准备的先期15万元还没有着落，还只是空中浮云。他各处求援借款，但几乎没有偿还能力的他已失去了借款的基本条件。老阳茫然了，他想把房子抵押贷款，但是今后怎么办？这个有着31年教龄，已年迈退休的老人真正茫然了。他期盼着社会各界和那些同情他的人们扶他一把，闯过难关，给孩子一个生存的机会。

5月10日 星期一 晴

 将俊辉、阳文两篇文章各打印三份，赶在邮局开门时用特快专递寄出，我去津要在五天后，时间太久，他们等不得。今天寄出也许明天就能收到，他们尽快传回湖南，抓紧在社会上募捐。

 大学学生会准备在学校为阳阳组织募捐，他们很快在学校网站上刊出了信息。《献出爱心，救助优秀同学》，全校师生们：阳阳同学，是信息技术学院2年级学生，他学习认真刻苦，团结同学，是本专业的尖子生，学校三好学生。阳阳同学不仅学习优秀，也是学校体育的活跃分子，是一个品学兼优的好同学。

 但不幸的是阳阳同学身患淋巴瘤。在治疗期间，阳阳同学面对现实，一直乐观正视自己的疾病，忍受着极大的痛苦，配合医生的治疗。在病床上，他还自学各门课程，他时刻想念培养他的学校，时刻想念朝夕相处的同学们。他决心以顽强的意志和病魔做斗争，争取早日回校学习。

 阳阳的疾病，需要做骨髓移植才能治愈，这也需要巨额的医疗费用。他的父母都是工薪阶层，依靠较低的工资生活。家中没有过多的积蓄。要治好疾病，需要40多万元，对于他的父母来说，无异于是一个天文数字。如今父母为治疗他的病已东挪西借，倾其所有，已花去治疗费用10多万元。面临窘境，父亲工作单位的同事、母亲工作的学校师生开展了捐助活动。但是距离巨额的费用仍相差甚远。

 我校是一所具有优良传统的大学，莘莘学子，同学情深。为救治我校这样一个优秀同学，希望同学们献出爱心，捐助阳阳同学。以我们的实际行动，为阳阳的生命撑起一片蓝天。

5月11日　星期二　晴

临港开发区副书记董先生和《大众阅读报》专版编辑三人来看我，带来了朋友小祁售书捐款2100元和编辑们捐助的600元。小祁，海兴人，原气象局工作人员，现任《燕赵都市报》首席记者，我们是早年的朋友。小祁为人慷慨，有正义感，常有大块文章见报，极有分量。我感谢他们的捐助。

5月12日　星期三　晴

朋友老方预支了他的工资1万元，借给我给孩子看病，今天由司机带回。实际上老方家庭状况十分窘迫，老伴患病，兄弟长期瘫痪在床。好在儿女都有工作，但人到花甲还要为老伴、兄弟病痛所累，实在不能解脱困境。但他乐观豁达，加上他的善心，使他还能支撑这个家庭。

5月13日　星期四　晴

阳阳的好朋友、同学小彦夫妇到天津看望阳阳。阳阳刚住院时，小彦总联系不上阳阳，后来知道了阳阳病情，急得在电话里哭了。他们和阳阳是初中同学，小彦个子高高的，英俊的脸庞，十分诚实憨厚。初中毕业没再上学，和下岗的父亲一齐办起了一个熟肉亭，去年还参加人保公司做了一年的保险员。小郑，是小彦的妻子，高中毕业，身体壮实，性格刚强，像洼里人父辈一样不怕吃苦。在山东打工，做服装销售挣钱。他们和阳阳同龄，却都在自食其力。他们结合了，生活逼迫他们勇敢地走上社会，迈出寻求自身发展和幸福的一步。

5月14日　星期五　晴

医疗费关系着阳阳治病的成败。今天我再到石家庄，朋友小徐陪我去经贸大学，信息技术学院书记接待了我，询问了阳阳的治疗情况。他说，学院已确定下周在学校举办捐款活动，为阳阳筹集一点资金。同时，学校也准备为阳阳多方想办法。报社小祁表示要为阳阳募捐竭尽全力，必要时在报上登载消息，唤起社会上的爱心。

5月15日　星期六　晴

省学会年会在军兴宾馆召开，与会60多人，来自各地市，甚至有几个外省的会员参加。散文名作奖已评出。林非老师毕竟是散文界大师,作为全国会长,一堂"谈当前散文问题"讲演,把握当前散文界脉搏,深入浅出,论述精辟。韦老师虽患重病,却早把生死置之度外,力在扶持散文新人。

5月16日　星期日　中雨

早饭后,大家拥在宾馆大厅送林老师,他和会员们一一握手,然后乘车去车站回京。上午会上继续由中国散文学会副会长石英老师、评论家刘教授上台演讲。二人对当今散文所论各有千秋,令人耳目一新,对河北一些散文作家给予了充分肯定。

大雨在下,会议大厅的玻璃窗被雨点敲响。雨水在窗上流下,像流淌不休的泪。对阳阳一直放心不下,人在石家庄,心在天津,学会副秘书长谭老师告诉我下午上台讲创作体会,我已无心演说。下午告别诸老师、文友,与张先生返回南大港。散文学会安排明日去采风,我游心已无。

5月17日　星期一　晴

上午,一上班,办公室门敲响,门开了,原来是小冯。她胖胖的,胖已成了负担,坐上沙发又喘了好久。我们两家原是邻居,从1976年到2000年20多年里,搬了一次家又挨在一起,老人们是建场时的元老,两家孩子也很要好。小冯从包里拿出了一沓钱(1000元)放在我面前桌上,她说:"这给孩子看病用,我拿不出多的钱,表示点心意吧。"我推辞说:"你下岗了,我哪能要你的钱呢。"6年前,她下岗了,没有固定工作,收入微薄,但我无法推辞她的好意。

5月18日　星期二　晴

大学生表达能力十分重要,但许多学生4年的大学生活,这种能力还很差,我曾给阳阳的一封信中谈及表达能力的问题:

表达的重要性是巨大的。地球上,只有人能够完整地表达,而其他动物则受它们进化程度的局限,它们一般只能以肢体或简单的发音来表达,而人则可以用语言和文字表达,这是人类大脑进化发达的必然结果。

语言是最直接的表达,人通过话声直截了当地反映自己的意见,人与人之间达到直接的交流。俗话有"练胳臂练腿,不如练嘴",即说的是人类语言的重要性胜过了其他。

文字表达的意义不亚于语言，人们用比语言更严密、更富于思考的文字形式来表达。古往今来，人类长久的只留下了两件东西：一是建筑物，一是书籍。人类的思想精神通过文字在书籍中始得流传。从某种意义来说，人类的历史就是通过文字得到保存和延续。由此可见，文字对人类的发展具有何等重要的作用。现代社会，社会的进步，更需要文字为依托。

如何锻炼好表达能力，是一个较长期的锻炼过程。

5月19日　星期三　晴

25岁的阳文住进医院已经四个月。老阳家里所有能借到钱的亲属都借到了，单位能求的都求到了。老阳可以说已是黔驴技穷。他把我为他写的文章让大儿子送到地方报社，想通过社会募捐。报社认为这样的事太多了，不能登载。老阳几天几夜愁得不能合眼。

5月20日　星期四　晴

专家认为，人的精神的较大变化也是易造成血液病的因素，所谓"喜、怒、忧、思、悲、恐、惊"七情能促使疾病发生，血液病的发病与此也有相关。如精神紧张焦虑可影响机体内环境的平衡，促使肾上腺皮质激素分泌增加，从而淋巴细胞减少，免疫系统的功能受损，机体的抵抗力下降。重视身体的锻炼和保养，注意精神心理卫生也就显得十分重要。

5月21日　星期五　晴　小满

傍晚，由海光寺下公共汽车，大街上花灯齐放，血液病医院的住院大楼各层檐灯闪亮，大楼兀现出壮观的景色。英去做饭还没回来，阳阳在床上抱着英语课本专心地看着。椅子上放一摞课本显得零乱。他已在自学课程，准备月底返校参加几门课程的考试。学院一再让他休学，但他执意不肯，学院也只有认可。

5月22日　星期六　晴

陈大夫在谈到干细胞移植时说，阳阳移植最佳选择是异基因，那样复发率较低。异基因移植一是难寻，二是排异问题。也许阳阳更适合用自体干细胞移植。大学里阳阳的同学联系了河北电台,准备通过电台报道阳阳患病情况,求助社会各界的捐助。今天,河北电台主持人打来电话,明日将通过电话采访。

5月23日　星期日　晴

上午,河北电台经济栏目"百姓30分"主持人打来电话,首先采访阳阳,阳阳在电话里回答主持人。主持人:"你知道你的病情后有什么想法?"答:"我父母很平静地把病情和病的分型告诉了我。我唯一感到不公的就是为什么这种病会降临到我的头上。因为这种血液病的发病概率是万分之一,而我偏偏是这万分之一。但我没有感到恐惧和惊慌,向医生更详细地询问了治疗的方案。我觉得应面对现实,配合医生积极地治疗。"问:"在治疗中有什么想法?"答:"治疗是要承受痛苦的,我之所以能承受,因为承受者不仅是我自己,还有我的父母、亲属。这么多关心我的老师、同学们,以及社会上关心我的长辈们、朋友们。"问:"你现在最大的愿望是什么?"答:"早日回到同学们身边,和他们同上一节课,同打一场篮球。永远忘不了学习给我的幸福。我的愿望一定能够实现。"

主持人采访我,我说:"阳阳患病,对我们工薪家庭来说真是灭顶之灾。治疗他的病需要40万元,我们没有过多的积蓄。如何拯救孩子的生命,我感到十分茫然。"

值班的是个女大夫,她回答主持人的提问时说:"阳阳患的是'外周T细胞非何杰金氏淋巴瘤Ⅳ期B',应该说病情较重,治疗时间长,需要进行干细胞移植才有治愈希望。医疗费大约需要35万—40万元。目前已做化疗3期,从缓解看比较好,只要按计划治疗,治愈还是很有希望的。"

主持人结束采访时说,电台拟于明日播出,有望得到社会各界人士的支持。

5月24日　星期一　晴

昨晚,我由天津返回家里。今天早上六点半、中午12点,河北电台经济栏目《北方快车阳光号》播放了阳阳的节目。题为"大学生阳阳患病急需救助",节目生动,有班长、班主任、同学、父亲、自己和医生等的谈话。编排紧凑,非常感人,连我自己都被感动了。仿佛是在听别人孩子的事，真想为这个孩子捐上几百元钱。但冷静下来，这个孩子还是阳阳。

5月25日　星期二　晴

　　近日，大学信息技术学院已组织了捐助活动，在校园设立了多处捐款箱，由学生们轮流守候。天又出奇地热，学校领导、学院老师带头捐款，学生们纷纷解囊献爱心，学校报栏贴出了海报，通报阳阳病情。

　　学生们捐款活动也很感人，有一个学生在捐款箱旁犹豫，最后还是投进了几十元，但她下个月的生活费怎么办。同学小崔没去上课，在捐款箱守候了几日。快到期末考试了，他顶着炎热，每天在太阳下守着捐款箱。难得好同学的一片情谊。

　　老师领着小孩向捐款箱投下一个个硬币。整个学校捐款已1.5万元，捐款计划开展一周。贾书记曾说，学生中贫困生比例很大，占三分之一以上，捐款不会太多。

5月26日　星期三　晴

　　清理照片，准备给小祁寄去几张阳阳照片，拟在报上刊用。

　　阳阳幼时照片中，有4岁时回老家在白塔上的照片。那年我们一家三口回老家，陪表婶过了一个清冷的除夕夜。到合江第二天我带阳阳和英乘船渡河，到河对岸的白塔上玩，照了几张相，身后是滔滔大江，孩子和英满脸的灿烂。

5月27日　星期四　晴

　　今天，收拾照片集，无意中一张照片掉了出来，那是在秦皇岛海滨。阳阳坐在礁石上，背景是老龙头。他裤腿高卷，一脸稚气和自信，身旁的礁石被浪花吻着，远处是长城的起点，如龙头伸入大海。那年阳阳8岁。从那时他知道了，长城从那里开始，蜿蜒万里，横跨中国北方。长城又是中华民族的象征。那年他刚刚学会游泳，那个7月，我带着阳阳到村西的廖家洼河边，学游泳。河水很清，边上有齐腰深。我让阳阳伸长四肢，屏住呼吸，平躺着漂在水里，然后试着划动胳膊。阳阳果然漂起来了，但很快又沉在了水里。太阳晒得水很暖，两岸的高粱、玉米，随风哗哗作响。那个夏天，阳阳学会了游泳。他说："爸，我掉在水里也不会淹着了。"

我又何时还能和孩子再去游泳呢。

另一张照片是阳阳已上了高中那年，暑假由沧州一中回来。他大舅要去青岛参加交易会，阳阳高兴地和大舅同行。会议期间，抽时间带他去参观军舰。阳阳登上军舰，手扶炮管，俨然像个军人。去青岛一周，回来已晒得好黑。他把相片夹在了相册里，他说要留作永久的纪念。

5月28日　星期五　晴

董大夫对我说，孩子的病治愈，最少需要准备40万元。我工资每月800多元、英500多元，多年来没有过多的积蓄，除买房外，供孩子上高中、大学，已所剩不多。又如何筹集齐这笔巨款，我很茫然。那天在路上走，熟人跟我说话，我没听见，还一脚踩在树坑里，差点没撞上树。

5月29日　星期六　晴

五科的大厅条椅上又坐满了家属，老袁和几个家属说："北京的一个病人做骨髓移植，在台湾骨髓库找到了供者，很幸运。一切准备工作都做得很顺利，但在手术那天，这边将病人骨髓全部打空，但突然接到信息，台湾那人突发车祸不能供髓。那所医院束手无策，眼睁睁看着病人死去。"说起来家属们感到浑身发麻，都觉得残酷至极。

老袁说："此后各医院移植时均将骨髓暂留，以防不测时回输保命。"

老郝说："小史贤在胸科医院没了，如何弄回去的不知道。先前她妈回来过一次办理一些手续，对病友们说史贤要回家吃中药了。"又一个年轻的生命离去，我胸中沉重得像灌满了铅。

俊辉的妹妹给她来信了，说有记者给妹妹写了文章，只要有人愿出钱给姐姐治病，她就以身相许。俊辉说这是记者乱写，妹妹根本没有这个意思，是记者乱炒作。报纸一出，地方大哗，但多日过去，并没有人来响应。俊辉说："看来要募捐一点钱是很不容易的，我不知还能支撑多久。"她愁得躺在床上睡了一天。陪伴她的小姑一个劲地劝她，没什么作用。她要给她的孩子打电话，小姑子拉住了她。

5月30日　星期日　晴

阳阳执意要回校考试，近日血象正常，医生准假。上午与阳阳、英乘车去石家庄，中午抵达五姨家，五姨把小屋子床上床下杂乱的玩具收拾停当，作阳阳临时的住室。

下午，我陪阳阳去学校看同学们。近5个月没有见到同学们了，阳阳到宿舍见到阔别的同学，高兴异常。同学们均关切地询问他的身体，阳阳笑着说："没关系，我很快会好的。"

5月31日　星期一　晴

阳阳见到了学院领导，他们很关心阳阳的病，劝他休学治病。阳阳说："我已把学习作为我的精神支柱，支撑我治病。如果休学，精神支柱肯定要垮。依靠自学我能够跟上课。""学习是我的精神支柱，我是我父母的精神支柱，也得学习，也得治病。""我舍不得这帮同学，舍不得这个学校，我自学能跟上课，到时来参加考试，这样感到我还在他们中间。"对阳阳的决心，院领导表示同情他，并不反对，同意他本学期可不休学，参加本学期的考试，下学期依治病情况再定。我们一同去学生处，张处长对阳阳表示极大关心，积极支持学院的捐助活动。

学院领导介绍，大学里同学们热情更高，学校设捐款箱三处，上周学校的捐助活动是感人的。师生们踊跃捐款，还搞了义演，有校院领导、教师、学生，还有幼儿园的孩子参加，孩子把压岁钱硬币一个个投进了捐款箱。一周时间，已清点捐款17077.04元，另有一些尚未收齐。共捐善款2万多元。学生处拿出1万元救困金。我从学校拿到了这些捐款和资金，加上亲友们的资助，感觉心里的石头落地，治好孩子有望。医疗资金与孩子的生命是那么紧密相关，我握着院校领导的手，像握着全校上万名师生的手。

操场边，阳阳见到久别的同学，女同学们齐声呼喊着他拥过来，男同学们和他拥抱在一起。随后阳阳说："我最想的是和他们打上一场篮球。"

下午阳阳参加了英语结业考试，他感觉很轻松，晚上我们一起返回天津。回到医院已经很晚。晚饭后已夜间10时，阳阳感到很累，躺在病床上很快睡着了。我又驱车返回家里，明日还要上班。路旁的树黑黝黝的，巨人般地迎送我们，树干下的渠水闪着银光，远处村庄的灯光明明灭灭。

6月1日　星期二　晴

英打来电话,今天阳阳做血象,各项指标又有回升,但医生立即通知新一轮化疗开始,药袋一袋接一袋地挂上床头。今天是国际儿童节,床头柜上的小电视放着各地儿童欢度节日的镜头,阳阳和那些天真无邪、快乐天使般的儿童简直不能相比。工会刘先生、宣传部王先生等到二级企业单位为阳阳募捐,两个部门自发去募捐,真感谢他们。

6月2日　星期三　晴

暮春,洼里的红荆一改被人冷落的情状,蓬松的细枝鳞叶上陡然绽放出一层红粉细花。田边草场,一团一抹,晨望如红云,暮看似晚霞。更像写意画家纸上的点染,绿彩里透出疏淡羞涩的点点红晕。

装饰店刘先生是多年的朋友,农场是弹丸之地,装饰业务不多,刘先生收入不高,他拿出2000元,交给苏主任转给我。他说:"自己不是大款,也拿不出多少钱。"刘先生最早是手工制作各种装饰活,那几年各单位盛行做展示性的墙报宣传牌,他的手艺派上了用场。以后流行电脑刻字,他与时俱进添置了电脑。我知道每做一个广告牌匾收入不了几百元,这需要他很多天的劳动。

6月3日　星期四　晴

程大夫是阳阳的病友,阳阳住28床,他住门口26床。他刚来医院时,爱人没有告诉他是哪家医院。一到医院门口,抬头看见是血液病医院,顿感自己病情严重,死活不进医院。不治了要回家。他们有两个孩子,男孩上高二、女孩只12岁,巨额的医疗费使他望而却步。爱人因医疗费的窘困求我写一报道,想找熟人在当地日报刊载募捐。晚上,我写成草稿《一个倾情为民身患白血病的大夫》:

> 程大夫,和胼手胝足在黄土地上刨食的祖辈一样,懂得农民的艰辛和苦痛,从小立志要做一名医生,为千千万万的老百姓解除病痛。从小学到大学,从少年到青年,沉默寡言与世无争的他一直是学校的三好学生。1981年考入山东中医学院,在中医药博大精深的知识海洋里畅游。1985年他大学毕业,分配入菏泽

中医院外科，他的治病救人的理想终于可以付诸现实。他年轻，又有一副从小在农村摔打过的好身体，工作起来常常任劳任怨、不计报酬，人们常把他比作"拼命三郎"。他又是一个肯于钻研的人，泌尿外科是他的主要专业，他精心研究多种手术的创新。经膀胱前列腺切除术，由于前列腺位置深止血困难，出血多是一大难题。如何减少病人的痛苦，他采取先结扎膀胱颈前列腺血管的办法，术中出血大为减少，术中、术后的并发症也相应得到控制。不仅病人的医疗费用下降，也减少了痛苦。阑尾切除术是小手术，历来医生多以开放式手术切除，有时易感染、难愈合。他精心探索了一套微创手术，采用正确安全、娴熟的手术方法，愈合快、费用少、痛苦小，深得病人的好评。近20年的工作，练就了他一手精湛的手术，成为远近闻名的外科医生。

在他的心目中，对待每一个病人都应负责。每一台手术都要制定慎重、周密的方案，否则他不会贸然去做。他说："对病人来说，生命只有一次，我不能不对病人负责。"手术的精良，工作量也沉重地压在他的肩上，每天他至少要做一台手术，有时要达二到三台。多年来，他做过的手术没有一次失误，成了病人最放心的医生。

病人不仅被他看作亲人，病人手术的成功与否又被作为对自己医术的检验，这如同一个画家的作品，要经得起人们的观赏和检验。一些来自贫困农村的病人，手术后无钱买补养品，他就从家里拿出鸡蛋、奶粉送给病人。一年，一个农村贫苦的病人手术后十分衰弱，棉衣又单薄，程大夫看在眼里，痛在心上，他想起了自己年迈多病的父母，心中一阵心酸。他从家里拿来舍不得穿的一件大羽绒服，送给这个病人，而病人和他并不沾亲带故。在他看来，医生为病人着想是神圣的天职。1996年，一个患前列腺癌已84岁高龄的回族农民来就诊，他直肠受压迫，8天解不出大便非常痛苦。程大夫毫不犹豫地用手一点点给他抠了出来，感动得老人呜呜地哭了起来。手术后老人很快出院。每年老人都要让儿子来看程大夫，程大夫也要去看老人，如今老人已92岁了，两家当成了亲戚走。谈起程大夫给老人治病这件事,他总是说:"医生,都应该这样做。"他的真情赢得了病人的信任,病愈后一些病人都想感谢他,但耿直的他从来不收病人的红包,有的病人家属带着土特产等礼品送到家里,都被他推辞掉,实在推不掉的,总要以家里的米面油来换出,常常推来推去,搞得双方满头是汗,人们也知道了他的倔强。一年中秋节,在家的爱人听见敲门声,开门一看,原来是一个捡垃圾的老人,他从三轮车上拿出了一个装有一只烧鸡、四个苹果的袋子,他说:"这是儿子给他的,他舍不得吃,找了很长时间才找到这里,程大夫一定要收下。"留下东西就走。原来这个老人患前列腺炎,特别痛苦,是程大夫开药治好的。程大夫回来,见老人留下的东西,埋怨了爱人半天。说为什么没回送老人点东西。程大夫的医风医德正是通过这些小事凸现出来,也由此获得了群众的爱戴。

1999年底,地区卫生局和医院选派最好的医生,到贫困乡镇做卫生帮扶工作,程大夫被选中,到郓城县黄安乡医院。一个基层卫生院最缺乏的是医疗人才。他和两名同事的到来,为当地农民无疑带来了福音。他们吃住在医院,一待就是半年。他是农民的儿子,深知农民的疾苦。农民来看病,他尽可能地开一些又能治病又廉价的药品,手术费也尽可能降低。一个阑尾切除在市医院总费用达2700—4000元,这里只收700—800元。一次,一个老年农民来就诊,他患前列腺炎,浑身浮肿,已好长时间没有治好,程大夫给他开了4元钱的中药,两天过去,肿消病愈。老人四处宣传程大夫神了。技术过硬、费用低,农民称他是自己的大夫。住院、门诊的病人多了起来,过去亏损的医院很快有了转机,一些急症病人也得到了及时的救治。一天,一名60多岁的老人因腹痛来就诊,患者疼痛剧烈已不能站立,但腹部压痛不明显,血压很低处于休克状态。过去这个医院的处理只能是转院,病人往往会有生命危险。程大夫一边组织医院人员做必要的检查,一边准备手术,凭他的经验,很快确诊为肠梗阻。不到半小时,立即手术,术中证实为罕见的后腹膜后绞套性肠梗阻。工作成绩突出,程大夫的帮扶点被评为优秀帮扶工作队。半年后,程大夫要离开医院了,这里的医务人员热情地挽留,他们已建立了割舍不了的感情。

2001年准备选派第三批卫生帮扶工作队,这个乡镇医院的院长和员工多次到中医院,强烈要求再次选派程大夫。院领导也深知,下乡帮扶远离城市,生活苦,收入也不高,不忍心让程大夫这样的好大夫再去。程大夫对院长说:"我是农村长大的,最不怕的就是吃苦,能为农民做点事,心里舒坦。"他第二次踏上了下乡帮扶的路途。程大夫有口皆碑的医风医德也为他赢得了应有的荣誉,连续多年的院先进工作者、连年技术评定优秀、曲阜中医学院优秀临床带教教师、市医专带教教师。

一个医生的最大痛苦莫过于自己患病。而程大夫的病却是在不知不觉中生成。泌尿外科的一些造影、手术都是在X光线下操作,常常每次接触达半个小时。在下乡帮扶中他曾两次在放射线下为农民做骨折手术。十多年的时间,X光线侵害了程大夫的身体,他精心为病人手术,而从来没有顾及自己。

程大夫开始感觉自己身体不好是在去年春天,每次走下手术台,常感到浑身无力,总是休息不过来,原本强健的身体很快消瘦了20多斤。今年春节前的腊月二十七,程大夫一连做了三台手术,下来后腿都迈不动了,一身的骨头都在痛。好不容易挨过了春节,初二早,他发起了高烧,彻底躺倒在了床上,本来安排全家去看母亲也没能去,浑身的骨痛使他禁不住默默地哭起来。给人治病的程大夫被迫走进了医院检验室,2月初,省医院确诊为急性淋巴白血病。白血病,俗称血癌,对39岁的程大夫和家人来说无异于灭顶之灾。爱人袁素芹,医院副主任护师,这个坚强的女子对丈夫隐瞒了病情,只说需要进一步检查,带着丈夫远赴天津求医。当车进入天津,开进了血液病医院的大门,敏感的丈夫突然觉察了自己病情的严重。问妻子:"我到底是什么病?"妻子无言。丈夫不下车,他说:"不用瞒我,我知道,不用治了,我们也治不起,我们回去。"在妻子和家人的劝导下,好不容易拉他下了车住进了医院。在医院里,强烈的化疗反应,使他呕吐,有时又高烧到39℃,他常常默默地忍受着,怕妻子担心。为了省一点钱，血色素有时降到了6克以下，他还坚持不肯输血。他说："几天就能回升，我是医生，我能撑过去。"这里，妻子才真正体会到了他的坚强。

程大夫患了白血病，这惊人的消息不胫而走，很快传遍了夫妻所在的医院。治疗白血病，高昂的医疗费，至少需要40万元，妻子惊呆了，他和程大夫每月的基本工资都是600多元，加上效益工资最高也不过1000多元。一家三口，还有农村有病的老父老母，多年来，父亲患糖尿病、高血压，母亲曾肝脏破裂、胆囊切除。他们的经济负担本来就十分沉重，这时更是雪上加霜。但是，这无法承担的医疗费用又与程大夫的生命紧紧相连。

医生员工们找到了医院领导，要求组织为程大夫捐款。全院200多名员工献出爱心，为程大夫捐款1万多元。由于市场经济的冲击，程大夫所在的医院经营困难，4月底，也是他住院治疗的第三个月，医院改制，由国有改为民营，筹措医疗费用也就成为程大夫的一大难题。

妻子在血液病医院附近与人合租了一处狭窄的住房，每天为丈夫做饭。个人省吃俭用，把每一分钱能省就省下来为程大夫治病。上学的孩子交给了母亲照管，这个上高中仅17岁的儿子也突然间长大了，他给母亲打来电话，说要给爸爸献骨髓。父母去天津，他敏感地意识到父亲得的是白血病。他跑到图书馆，查阅了许多资料，认为父亲长期接触X光线，基因锁链被打断，才引起了这种病。孩子懂事了，过去连袜子都不洗的他，现在生活全部自理。为了省下一点钱，公交车也不再坐，每天骑车20里地去上学，学习成绩由年级300名一跃进入前20名。他说叫爸爸放心地治病，我会自己照顾好自己的。他们家的重心完全转移到了天津的这所医院。

丈夫的病在化疗下缓解了，要彻底治愈白血病，需要干细胞移植，而自体移植费用比效果较好的异基因移植要低，他们选择了前者。

妻子为程大夫筹集医药费，愁得每天不能入睡，不到40岁的她似乎一夜之间成了老太婆。目前两人外出治病，单位按规定停发工资，也无生活费。她盘算着如何筹齐程大夫的治疗费用：将房子抵押贷款、向亲属们借款、争取一些医疗保险费、向上级部门求助，她陷入了茫然的境地。

程大夫目前在病床上，头发因化疗已全部掉光。他平静地看着药液在滴管里一滴滴下落，心里思考着，哪天才能重返他工作过19年的医院，重新站在手术台旁，他的心在落泪。程大夫的心情却是平静的，生的欲望是强烈的，而支撑他的正是作为外科医生的自豪，正是那些在他手术刀下恢复了健康的几千个病人对他的祝福、对他的呼唤。

6月4日　星期五　晴

上午到天津已9点多，医院还是每日那样寂静。门卫几个老人几乎已认识我，见我进门，点头示意，表示出些许善意。几个老人很负责任，不肯放过一个可疑人员入楼。有人进楼时稍加迟疑或看起来不熟即行盘问，但也有疏忽的时候。三楼曾有人入夜后潜入，趁屋内消毒无人或病人睡熟，盗走床头柜上手机或物件，看来医院也并不是安宁所在。

见到袁大夫。将打印文稿交给她，她很感谢我的帮忙。说要找小姑子，小姑子的同学在报社任编辑，可以帮忙登报募捐。

医院血三科的一个新病人，确诊是白血病，是个刚刚参加工作的医生。前天从二楼阳台上跨上了一条腿，被护工看见拉了下来。谁知下午又横躺在了南京路上，被家人拽回。今天，英打电话给我，说那个医生还是跳了楼，是昨晚从厕所里开窗跳下去的。早晨，来了一些警察，人们在外面议论纷纷。据说，他认为要花巨额的医疗费治病，病又很难治好，患病后未婚妻又离他而去。母亲不幸也患上癌症，姐姐在医院照顾他。母亲几天前去世，在医院照看他的姐姐回家了，嫂子来照看他。昨天母亲正好出殡，他却不能回家尽孝。所有倒霉的事都集中在他的身上，对病的治疗也失去了信心，他不愿再拖累家人，他的精神实在不能支撑他的躯体了。年龄也就二十七八，人长得也不错。今天他单位来人了。英在电话里的语调很沉重，我的心也随之震颤。

十一、爱如阳光

6月5日　星期六　晴　芒种

　　麦田黄熟常在夏日的一夜之间。麦浪如涛，由远远的抹痕般的树丛下卷来，在你的身旁、脚下涌出排排声响。麦浪又匆匆从你衣襟前向远处推去，带走了迷人的涛声。那还是在往年麦收时节，我站在麦垄中的感受。只有这大平原人才有此大的气魄，织就出如此广阔无垠的金缎；也只有这大平原才有如此大美之心，以它神奇无形的巨笔绘抹出炫目丰稔的色彩。

　　阳阳静静地在床上看一本《电路和信号》。床头柜上，一瓶幸运星很是醒目，那些星星是他的几个女同学叠的，五颜六色，每个比麦粒大不了多少，足足一千颗。翻开床头同学们三大本赠言，美好的祝福和青春的热情扑面而来。"你有这么多同学站在你身后，你一定会战胜病魔，重返校园。因上苍不会放弃每一个积极乐观的人。""既然你不能一帆风顺，你只有选择踏平坎坷。抑或是灾难，没有退却的借口，只有前进的理由。""你不仅属于家人，而且属于经贸。"

　　今天，家骅从十几里外的河东区家里骑车来看阳阳。家骅走后，我对阳阳说，这是我年轻时候的朋友，那时我们在一起学素描，最好的还是他。阳阳的绘画启蒙是十岁那年暑假，我带他到五里外的庄稼地里，画平原的树，画地里的棉花、瓜棚，画油田的井架、抽油机，马车从身边驶过，阳阳要跟在后面画几笔马。

　　下午刚刚由天津回到家，接到老副场长刘大叔来电，问询孩子情况。我驱车去北尚庄刘家，刘大叔是土生土长的本地人，文化不高却异常聪明，最早管过水库，熟悉农场的一草一木，凭着超人的能力选任副场长，主管农业直至退休。

他身材魁梧，自称203首长（体重203斤），说话诙谐，为人厚道。说起来我们家和他有一段渊源，"文革"时，父亲被批斗，他多次阻止造反派批斗，以后父亲和他关系很好。

老人已70岁，从返聘岗位退下来后，在山东承包虾场，重操旧业，竟年年赚钱。

他问了孩子病情，了解资金缺口情况，表示要帮助想办法筹集治疗费。

6月6日　星期日　晴

星期天，到了天津，英一见面就对我说："小飞走了。"她的话很低沉，"他爸爸把他的骨灰撒在了海河里。"我心中一阵颤抖。小飞的爸爸是某军区师级干部，独子患白血病，昏迷的几日正是爸爸回部队之时。小飞还仅仅14岁。

小飞是个可爱的孩子，个子好高，一副天真无邪的神态。原来在楼道经常见到他和爸爸散步。他的病已很重了，腿时常疼痛不已。"妈，腿痛啊！"妈马上把他抱在怀里，给他一下下捶腿，一边说："不痛，不痛，捶捶就不痛了。"妈一转脸眼泪抹在脸上。小飞出了隔离室，向几个阿姨病人学起绣花来。妈妈给他买来网眼样布，他按图案一针针地绣，绣得还蛮像回事。他在绣花中陶醉，在绣花中也忘记了痛。小飞妈问英阳阳配型的事："听说你孩子是淋巴方面的病，听说让配型。""没找到配型，用父母的也行，我们也没配上。"小飞妈说："我也配型看看，要行就抽我的，抽干了也没事，只要孩子能治好。"她想得是很简单的。增修电梯时，巨大的噪音搅动得病人不安宁，小飞那时住在紧靠电梯的病室，难受得他喊痛。小飞妈出去对工人们大声说："你们别干啦，这里住的都是重病人，这里是医院！不是工地！"工人一脸无奈说："我们是干活的，听招呼的。""你们不能干了，我去找领导去！"她果然风风火火去顶楼找领导了，医院把小飞调到了另外的房间，电梯还是继续装修。

还有个叫许飞的，20多岁，前不久没能战胜死神离去了。吴妻在大厅说："嗨！许飞、小飞，都飞了啊。"人们无奈地苦笑。许飞是个高中生，初来时给人们留下的印象黑壮黑壮的，谁也不会想到会是这种结局。吴妻是有医保的病人，但自己也要支付昂贵医疗费中的不小部分，男人常来陪伴忘不了联系生意,常在阳台上用手机与客户通话,讨价还价,是个大忙人。两个患病孩子走了,人们似乎已变得神神经经。青岛的一个女士每天的必修课是读圣经,床头恭敬地放着大本黑皮圣经。进隔离室打大疗更不忘诵读,精神的支撑对她是何其重要。大厅里,小平头王司机神秘地对人说:"我孩子不是寻常人,过年时候他在门口看见墙头上坐了一溜鬼神。孩子还做梦,药王送药来了。我小孩病好治呢。"他很坚信自己的说法。

6月7日　星期一　晴

《燕赵都市报》今日以头版头条刊载阳阳患病坚持学习的报道。最先打来电话的是宪玉,他原是农场高中毕业生,先后在《沧州日报》《河北语文周刊》任编辑。他说不是见报还不知道阳阳患病,已随即寄来1000元;河北《经济论坛》编辑小路打来电话,要寄2000元,她是多年的好友,见到报纸刊登的消息也焦急万分。福山中医肿瘤医院来电话,可以寄病人病历复印件去。根据病情,可考虑免费为阳阳治疗。藁城、石家庄、沧州等地不断有人打电话来介绍特效治疗地点。

上午,邢台张先生打来电话,提供医疗信息:山东临清市一老太太专治淋巴瘤。十多年前,张先生两个亲戚患病,找到老人,一次即治愈。现在老太太已死,传给女儿继续为人治病。石家庄韩先生电话说:其兄有祖传秘方治淋巴瘤,已治好3人。郭先生来电讲,家有祖传秘方专治此病,已治好3人,其中一人在北京协和医院花费10多万元未好,由他看好。小祁由电话转告说,栗女士系中科院人员,认为移植不是最好的办法,建议用研制的"清基胶囊"。又转来一名好心人信息:今阅报见阳阳同学治病一事,甚是焦急。不过我知道一病人也是患的白血病,因无钱医治而改用中药,取得了意想不到的神奇效果。几年来不但生存下来,而且还能干一些体力活,费用极低。我手里有处方,如有帮助,那就太好了。

6月8日　星期二　晴

《燕赵都市报》刊载了孩子病情的报道,两天之内,我接到了几十个热心人打来的电话,我又一次感到了人间的温暖和爱心的永驻。内丘县的一个退休的老太太打来电话,要给孩子捐款5000元。"你能告诉我姓名吗?"我激动地问。"不必,我只是心痛这个孩子。"她缓缓地说。这句话像一股暖流传了过来。沧州的李良淑大姐在电话中告诉我，报纸已在老干部中传看，进行募捐，她把募集到的4000多元善款汇给了我，也汇来了一颗颗善良的爱心。还要给她过去的学生打电话，让大家献出一片爱心。听得出她边打电话边抹眼泪。管理区单位的领导也表示要在民营企业家中募捐。记者打来电话，一个广告公司要组织义演，还有许多许多。

爱心一时向孩子拥来。几日之间，我已收到捐助款9000多元，接到医疗信息电话十几个。我38年前的陈焕庭老师，家在安徽安庆，从老方那里得到孩子患病的消息，从工资里拿出1000元寄来。唐山一所师范学校的一些学生自发组织捐款1000多元，还打来电话表示，如果需要，他们可以捐献骨髓。打电话的是一个女同学，我感到话筒里就要流出泪水。

今天，收到一个老中医寄来的草药，缝得密实的药包里，附有写得工工整整的短信，讲明了如何煎服。记者打来电话，说阳光集团捐了新药，送到了报社，表示可一直供药到孩子病愈。泊头市一个离休干部来电话，要去天津看孩子，他说有偏方可以用。几天来，一张张汇单、一个个电话，充满了爱心，在这些爱心的簇拥下，治好孩子的病，我的信心也越来越坚定。

6月9日　星期三　晴

几天来，河北经贸大学信息技术学院，已收到各地社会人员七八人捐款，多不留名，并有提供医疗信息者多人。

廊坊一对离休干部打电话捐款1000元。孟村张先生发信息由小祁转来："人生多磨难，意坚气自豪。任尔霜雪寒，踏歌乐逍遥。"赠给阳阳以示鼓励。

在京的二舅去过几次中华骨髓库办事处，今天打来电话，骨髓库没有阳阳合适的配型供者。我和忠英的检验每人配上三点，两人正好配上阳阳的六点。阳阳是独生子女，没有亲兄弟姐妹。寻找供者的难度很大。一些亲戚朋友纷纷打来电话，要求为阳阳捐献骨髓，敬老院王大夫找到我，表示可以捐骨髓。但是，概率在几万分之一，可以说是大海捞针。再说每位检查费需要几千元。没有其他办法只有做自体移植，自己救自己。医生已确定了做自体移植，排定了时间表。

下午我乘上了回家的长途车，路两旁绿草青青，麦田已黄，夏季的丰收已成定局。孩子的移植治疗时间表已经排定，如正常的话，8月份可进行自体移植。目前已筹集到近一半的医疗费，那另一半还没有着落。为挽救孩子的生命，前面的路似乎还很长。我又想起经贸大学同学们的一句祝福："我们用千万颗爱心等待你回来。"我心中一阵宽慰。

6月10日 星期四 晴

气温很高，午时竟达38℃，夜晚也难入睡。邢台任县固城肿瘤医院孙大夫自荐能治疗淋巴瘤，已治好多名病人。高阳大道厂某中医介绍北京刘洪军教授可治疗此病。各处提供的医疗信息，如一股股暖流向我涌来。但孩子既已去正规医院就医，还是先行按医院的方案治疗。

昨天，黄骅贾老师打来电话问候阳阳。她是阳阳初三的班主任。阳阳也是她得意的学生。那年就要中考了，从小体质弱的阳阳体育项目还过不了关。一是跑步，一是立定跳远。每天早晨，我领着他到文化宫练习。在两棵小槐树下，从两米、两米一到两米四，十几天过去，终于达到了标准。跑步能跑完大院的10圈，引体向上能做到12个。而他的足球、乒乓球从小就爱好，也是从那个夏天打得更欢，打得更猛。

6月11日 星期五 晴

泊头离休干部王先生，已74岁，打来电话，欲到天津医院看阳阳。他说自己家里有祖传秘方，已流传两千多年，到自己已50多年，可治淋巴瘤等，100%疗效。熬成膏药，30小时吸收，破溃然后愈合。偏方虽好，但不敢乱用，我婉转谢绝老人的好意。王先生仍坚持过一段要来与我见面。农行范行长到我办公室提供一个信息：中捷卫生局王局长知道一老中医，是民间神医，已死，但老伴还在，或许可医病。

6月12日 星期六 晴

到达天津血液病医院，已是晚上7点多钟。英说，唐吉又回来了，要动手术。我去九楼看他，唐吉躺在床上，脸比过去要白些，也显得胖些，但精神看起来不如过去。他的眼几乎看不清什么，他爸爸、妈妈陪着来天津，家里已经没什么钱，东借西借借了二万元。已确定要动手术切脾，我安慰了唐吉几句回了三楼。

晚上，唐吉的父亲到三楼找到我，求我为孩子写一篇文章回湖南登报，一家已负债累累，病确实难以治下去了。我答应了，记下了他湖南口音叙述的内容。孩子的病已折腾得老两口精疲力竭，我无法推辞他的求助。

阳阳的同学打来电话，说他们曾经在北校区门外为阳阳募捐，一家店铺的老板只扔给两毛钱，同学们认为是侮辱人，便退还了他。老板出言不逊，叫来几个人把一个学生打了。6月6日报纸披露后，老板十分内疚，感觉对不起学生们，让妻子找到学生，当众道歉，并捐出50元。社会需要善心的回归，在回归中走向文明。

6月13日 星期日 晴

上午，阳阳病室的26床病人进了隔离室，很快，下午又住进来一个小病人。细高的个子，长得一脸清秀。父母看起来也只有40多岁，河南新乡人。小伙子叫孟光，17岁，初中3年级，还没参加中考，突然患病，全身骨骼疼痛难忍。他患的是淋巴瘤白血病伴骨髓纤维化，病情十分严重。在孩子面前，夫妇俩还若无其事地说话，离开病房到门外两人就满脸的忧愁，一筹莫展。老孟说："我们家为什么这么倒霉，夫妇俩都下了岗，孩子病了，房子卖了，又还能卖什么？"40万—50万元的治疗费，老孟连想都不敢想。带着孩子出来看病，家里还被小偷偷了，其中有五万元的存折，那是孩子看病的救命钱啊。好在存卡老孟带在了身上，及时报了案，取出了款，才没造成损失。老孟想让大夫开一个治疗方案，准备回当地医院治疗，他说，那里可能要便宜些。

张爽移植后出了隔离仓，住进了单人病室。他父亲两眼眶在眼眶里，胡须很长，见了我抑制不住心中的喜悦。他说，终于有盼了。下午，张爽突然发起了高烧，医生进进出出。老张在门外焦急地向屋里望。屋里，只有刘羡在张爽身旁。那是移植后的排异反应，张爽的肤色和原来已截然不同，人们说，那要经过很长时间才能变得正常，真是脱胎换骨一般。傍晚，张爽退烧了，老张终于松了一口气，他提起高压锅，去一公里外的租住房里做饭去了。

《燕赵都市报》以整版篇幅刊出我的手记《爱如暖流》，近4000字，配有几幅和孩子的照片。小祁说，主编愿意连续登载，这样影响要大些。

石家庄几名工人，以王斌为首主动找报社，他们联系了一家广告公司，准备搞一场义演，为阳阳募捐。报社赞成他们的活动，他们去联系场地、演员、公证员等，这真是一些富有爱心的热心人。

6月14日　星期一　晴

夜已很深，我仍在电脑上起草唐吉的文章，写完时看看墙上的钟已是夜里2点。文章如下：

沿五千里珠江上溯北江源头，青青武水由崇山峻岭中奔泻而出，蜿蜒东流入宜章。以临近武水得名的临武，即坐落在这两千年古老沧桑的土地上。70年前，伟人毛泽东，以扭转乾坤的巨手，挥洒下"五岭逶迤腾细浪，乌蒙磅礴走泥丸"的鸿篇大词。中国革命从这里经历曲折和磨难，一步步迎来胜利的曙光。淳朴坚韧的大山人以改革开放的如椽巨笔描绘着雄浑壮美的山川。唐吉，这个大山的儿子，在他的面前，也似乎有一道荆棘横生的险途，他注定要经受人生的苦难。

武水镇，普通得不能再普通的城头村，唐吉，一落生在这片普通的红土地上，就把父辈的忠厚质朴继承下来，开始了他的人生道路。幼小的他，勤劳肯干，为终日劳苦的父母分担着一份忧愁。他目睹着偏僻山乡农民的艰难，目睹着缺医少药的农家的期盼。看着父亲作为农村赤脚医生，竭力为农民诊治，献出他并不深厚的医术。立志长大后要学医，回报生他养他的大山、回报山乡里的父老乡亲。1998年，他考入桂阳职业中专医科专业，开始了他理想大厦的基础建设。孜孜不倦地学习，换来了成绩的优异。2000年郴州医学高等专科学校迎接了这个勤奋好学的学生。3年里，他比别人起得早，比别人睡得晚，在医学的殿堂里他辛勤地付出。换取了高才生的美誉和奖学金的鼓励。学校附属医院已确定了他安置在耳鼻喉科的意向，他为即将成为为民解除痛苦的白衣战士而自豪。实习期间，他开始了一个医生的尝试。

对唐吉来说，毕业实习不仅是一次对几年学习知识的检验，也是以高尚的医风医德面对社会群众的一次衡量。他实习时正赶上附属医院举办的"健康快车"活动，患者都是贫困山区的农民。每天，他站在手术台上，为农民朋友做白内障手术，常常一干就是十几个小时。他像一个光明的使者，给许多人带来了光明。他娴熟的手术，赢得了病人的好评，初试医术的他，获得了很高信誉。他工作的热情和兴奋紧紧连在一起。常常忘了休息，忘了吃饭。医生们说，唐吉是个好学生，他会是一个好大夫。

唐吉最初感到不适是每晚盗汗，因为非典每天坚持的跑步中断了20多天，身子有些虚胖。恢复体力对医生来说是重要的，他重新出现在操场上。400米的距离没有跑完，已经气喘吁吁，作为即将成为医生的他，敏感地意识到需要对身体进行检查。五天后，医院的检查结果使他和家人大吃一惊。白细胞减少、血色素降低、肝脾肿大，随后的骨髓检验，确诊为"急性非淋巴细胞白血病M2a"。他知道，白血病，是医学界的疑难疾病，几乎是和癌症画等号的难治之症。家人更是忧心如焚。他相信自己的病能够出现奇迹，他能够走上心爱的工作岗位。自小文静、沉稳的他开始劝慰父母："不要着急，我的病没多重，会很快治好的。"父母陪伴他，由附属医院转院到长沙湘雅医院，此后又辗转天津、桂阳、郴州。一系列的化疗，病情时好时坏，始终没得到缓解。最初，在化疗间歇，还能在父亲的陪伴下去爬爬山，旷日持久的化疗，折磨得身体十分衰弱。6月11日，唐吉在天津血液病医院经复检诊断为恶性淋巴瘤，陪伴了他24年的脾脏被切除了，他将要面对更加艰难的治疗。

当生命游离在生与死的边缘，人们才认识到生命的可贵。一个将要成为医生的年轻人，被病魔无情地抛在了病床上，唐吉心中的痛苦是常人难以理解的。在湖南省属医院里，唐吉的一个病房曾住满五个大学生，不久三个生命从病房消失。头一天还和唐吉说说笑笑的一个，第二天突然离他而去。在这里，人们看到了生命的脆弱。从大山走出来的唐吉，有着大山一样的沉稳和刚强。化疗的强烈反应，常常使他吃不下、喝不下。吐了再吃，吃了又吐。每期化疗要做两次腰穿、一次骨穿，每两天一次血检。身体的痛苦，已使他养成了一种近似麻木的接受。所有医疗上的痛苦他都能默默地忍受，因为他有一个生命的支点，就是要坚强地活下去。

暑期，妹妹由学校放假来病床陪伴他，他发着41℃高烧，已是深夜12点，还要坚持到厕所解手，突然昏倒在地。妹妹大声哭喊，惊起病人家属，一起把他扶回病房。春节那天，血小板很低，不小心鼻腔碰破，鲜血淅淅沥沥地流在脸盆里，脸盆被染得鲜红。他一口口地咽下鼻血，父亲心疼得抹泪，找来医生才止住了血。几天后他仍然拉着血便。他没有一丝眼泪，默默地躺在床上，承受着病魔的折磨。学校里正直、善良的唐吉曾博得一些女同学的好感，学业的深研使他谢绝了一个又一个的追求。他不幸躺倒在病床上，一个很要好的女同学默默地来到他的身边，给他打饭、给他打水，给他洗衣、洗脸洗脚，甚至给他擦身。他有意地冷淡她，平静地对她说："你回去上班吧，我有病，不能耽误你。我们今后是同学关系。"一个多月后，女同学含着泪离开医院，但仍然经常来看他。天津血液病医院切除了他肿大了一年多的脾脏，整整2公斤多，是正常人的十倍。父母在病房外泪如雨下，唐吉在病房忍受着手术后的剧痛。他用善良的心思考着：我爸妈的命为什么这么苦，因为我的病，家也不像家了，妹妹也没钱读书。他要自己一人承受痛苦，而不要把痛苦加与关心他的任何一个人。

"可怜天下父母心"，这一句民谚透出了多少割不断的亲情。在这里，父母创造了唐吉的生命，如今又为维系唐吉的生命倾注了一切。唐吉患病，巨额的医疗费给老实厚道的父母以迎头痛击。46岁的唐吉父亲，是世代务农的家庭里的一个出头，他七岁上，母亲离开人世，父亲勤苦劳作供他读到高中毕业。"文革"过后的1978年，大队推荐这个根正苗红的高中生上了卫校。他不负众望，两年后回到大队当了赤脚医生，过去大队补贴工分，如今兼任村委会会计，镇里每月补贴几十元。家里还耕种2亩水田、1亩旱地，加上从医收入，生活也还过得去。一个农村医生，直接的病人都是贫苦山区的农民，为他们看病，使他成了中西医结合的全科医生。24年的时间，在他手里，不知多少农民去除了病痛。他深知农民的贫苦和艰难，常常一把草药、一个偏方，几块钱，就使病情好转。一个农民的儿子、一个农民的医生也得到了农民的爱戴和信任。爱子唐吉的病，完全打乱了老唐一家的生活，老唐带着唐吉外出看病，老伴在家里，每天想起来就哭一场，吃不下，睡不安，一个月里人瘦成了一把骨头。孱弱的双肩被迫担起了一个男人的重担。她像男人一样在田地里耕种、施肥、收割，养猪、养鸡、喂鸭，还要伺候已73岁多病的公公。唐吉20岁的妹妹，一个华中农业大学经贸学院2年级学生，哥哥的重病，使她无法从家里拿钱交学费，她利用学余时间在学校超市打工，每月可得到的几百元钱，仅仅够她的生活费用。她说要坚持完成学业，挣钱为哥哥看病、为哥哥还债。

在父亲心里，一个强烈的愿望支撑着他：只要有一线希望，就要给孩子治病，就不能丧失信心。他在血液病医院几里外的小街上租了一间小屋，每天在那里给孩子做饭，提着高压锅来往奔波。孩子吃完饭，照顾好孩子，他才顾得上吃上一口，常常是10点吃早饭、晚上12点吃晚饭。寒冬，住房院里的水管冻了，无法打水，他只好从医院接水，提回去做饭。唐吉有时吃不进饭，父亲却没钱买好一点的菜，只能在背后抹泪。长期的化疗，造成唐吉眼底出血，父亲去做饭了，唐吉却看不清输液的药液，听任血液的回流，父亲回来后痛苦不堪。一个星期天，已是晚上10点多，唐吉需要补血小板，父亲坐公交车到十几里外的血站取血小板。回程时车已经很少，父亲在零下20℃的寒风里，苦等一个多小时才坐上车，省下10元的出租车费。而这10元钱已够父子俩一天的生活费了。儿子病重的日子，老唐守在病床边，晚上，孩子发烧，四五次给孩子擦汗。孩子睡着了，他才坐在椅子上，趴在床边睡觉。孩子的一点响动又常常使他惊醒过来。一年了，老唐日渐消瘦的脸，越来越苍老。孩子切脾手术后，老唐捧着孩子的一块脾脏，准备送去活检，他的手在颤抖，像捧着孩子的一颗心。

　　唐吉，一个才华出众的大学生，难道生命就这样消失？他坚定的信念在支撑着他那跳动的心，父亲那坚强的意志在支撑着他那刚强的躯体。他，一定要活下去；他，一定能活下去。苦命的父亲为唐吉的病，已经借遍了几十家乡亲四邻，这已经花去的20多万元、像天文数字般的20多万元，已经把父母压得喘不上气来。唐吉患病，惊动了学校，全校师生组织捐款2万多元，院长、主任医师每人捐款达400元，大家说唐吉是个好学生；镇政府、县民政局也都伸出了温暖的手；一个没留下姓名的60多岁的病人，让儿子送了100元钱，因为他的白内障是唐吉给治好的，他感激唐吉，感激这个好学生。唐吉知道，世界上，还有那么多善良的人们。切脾后的唐吉，脸色煞白，倚在病床上，显得奄奄一息。父母在床前，默默无语，他们在为孩子治疗费用忧心忡忡。很快又要化疗了，医生说，要彻底治愈必须进行干细胞移植。整个费用，在不出意外的情况下，至少还需要30万元。父母的心碎了。父亲倚在床边睡着了，他梦见孩子的病已经好了，穿着医生的白大褂向他走来。他高兴得猛然醒来，一个护士走进来，碰了碰他的肩膀，她要给唐吉输液了。父母的心思唐吉很清楚，他对父母说："你们把我养大，还没来得及报答你们，又把你们拖垮了。""我会好的，一定会好的。"一对农村普普通通的父母亲，他们已经不仅仅是为了孩子，而是体现着人类最美好的亲情，这亲情是那么无私，又那么崇高和伟大。

关注唐吉，让唐吉拥抱新生；关注唐吉，让世界爱心永驻。

代编者按：唐吉是湖南偏僻山乡里走出来的大学生，他不幸身患恶性淋巴瘤，每日挣扎在死亡线上。治愈他的病需要50万元的巨额医疗费，沉重的负担压得他的父母一筹莫展。这篇文章是他病友的父亲写的，字里行间饱含了感情和祈盼。让我们都献出爱心，伸出援助之手，救助唐吉。当唐吉恢复健康，走上工作岗位的那一天，我们会为今天的行动而欢欣，因为一个年轻的生命在我们爱心的簇拥下获得了新生。

6月15日　星期二　晴

黄骅农业局朋友金晌乘公交车来到我办公室里，留下1000元，匆匆地又离去。留他不住，他说："还要回去上班，钱对孩子来说不多，只能作添补，孩子一定会好的。"

我也想，有这些好朋友关心和支持，孩子一定能好的。

14年前，金晌还很年轻，约20多岁，和小祁来南大港。我们谈话很投机，朋友的缘分从那时开始。十几年了，来往虽不多，缘分也并没断开，难得有这样真心实意的朋友。

6月16日　星期三　晴

不断有电话打来，介绍治病信息。今天有石家庄某先生提供：藁城葛大夫已60余岁，祖传17代中医师，治疗淋巴癌病，80%已愈，已治疗10余人。并举例子有中级人民法院某主任的妻子、井陉水泵厂厂长妻子患淋巴癌都由他治好。

邢台有一人来电讲：自己患淋巴癌，长至馒头大，由辛老太太治疗，已缩小。信息确实很多，但很难确认去找中医或偏方。孩子已再也折腾不起了，医疗的成功维系着他的生命，放弃现有的治疗成果，去寻找一家中医或求一个偏方也是不现实的。

6月17日　星期四　晴

据资料得知干细胞移植发展情况。20世纪50年代，医学研究证实骨髓移植能够救活致死剂量同位素照射的小鼠；1969年，E. Donnallthomas进行了首例白血病骨髓移植；70年代，首例淋巴瘤自体干细胞移植；80年代，首例外周血干细胞移植；1988年，法国首例脐带血干细胞移植；1990年，美国首例脐带血干细胞移植；1992年，DavidHarris为儿子在脐血库存入首例私人脐血；1997年，Gluckman报道，45个医疗机构中，1988—1996年已完成143例脐带血移植；1998年，全球已完成600多例脐带血移植。目前，全球有500万自愿登记捐献骨髓者，170万人已做HLA配型，存有15万例脐带血标本，已进行1000例移植。

6月18日　星期五　晴转夜雨

内蒙古磴口县巴蒙水修厂孙先生来信，写满五六页，提供治疗信息。介绍解放军总后工程兵医院赵博士，以及铁道部隧道局北方医院杨主任，采用热疗治疗效果很好。信由经贸大学转来一封，直接给我寄来一封，钢笔字工工整整，他确是一个热心人。

6月19日　星期六　晴转阵雨

清晨，我乘上了去石家庄的长途车，时间虽早，已毫无困意。旭日广告公司今晚要为孩子举办义演，几天来他们联系了场地、公证员，邀请了近百名演员，还未见面，我已被他们的真情感动。上午我赶到小祁家，并到《燕赵都市报》见周刊部刘主任、李先生等，傍晚见到旭日公司董事长杨先生和组织者王斌等。

义演舞台搭在了博物馆前，所有的搭台、音响设备、演员都是王斌等人筹办。演出从傍晚6时半开始，演员陆续登台献艺。捐款箱设在舞台前，群众渐渐聚拢，高潮时达近万人。群众捐款热情很高。人们被演员们的真情所打动，纷纷上前捐款，人群中有爷爷奶奶、父亲母亲，也有夫妻兄弟、儿子孙子。旭日公司的经理代表公司捐5000元，我上台接过了写了捐款额的大牌，和经理握手致谢。刚刚捐了2000元的女士，和我攀谈起来，原来竟是老乡，她是一个女强人，十年前，被一封求爱信打动，放弃了优厚的待遇，毅然来到石家庄，和有残疾的一个青年人结了婚。他卖过菜、卖过冰糕，在艰难中走过来，我对记者说，我的老乡本身就是一块闪光的金子。演员唱起了《我的父亲》那首歌，我的心灵在震颤。作为父亲，我们到底应该为孩子做些什么。舞台上，歌声高亢激越、舞姿欢快美妙，浓浓爱意笼罩了整个演出会场。5个多小时过去，演出直至十一点半，几个没来得及演出的女演员竟遗憾地哭了起来。捐款总额12073.70元。我们离开了会场，估计王斌他们收拾完物品，已是深夜一两点了。公证员把捐款打了封，明天要送到阳阳手里，这是人们的一片深情，是浓缩了的一颗颗爱心。小祁将稿件当夜写成，明日可上报。

此时，我的孩子，已经不再是自己意义上的孩子，而是在爱心笼罩下的社会的孩子。应该说他是幸运的。

他们今天所做的一切对他们来说又为了什么，而我又拿什么去报答他们，而他们所做的一切并不需要我一个弱者的什么报答。我只感觉是那些父兄姐妹般的情意围绕在我和孩子的身旁。我能做的就是祝福他们、祝福关心和支持孩子的善良的人们一生平安、一生幸福。

6月20日 星期日 晴

晨5时许，我乘上了旭日广告公司借来的依维柯车，同王斌等乘车去天津，王斌等要将捐款当面交阳阳。窗外一轮旭日在大平原上正冉冉升起。同车的有旭日公司经理、主持人、桥东区公证员、河北电视台、《燕赵都市报》记者。9时半，车抵医院，一行人把钱交付孩子，孩子高兴地和他们在病床前合影留念。孩子说："谢谢你们，你们为我做了这么多，谢谢关心我支持我的所有人。"孩子的话代表了我和英。他们匆匆乘车离去了，竟连早饭都没来得及吃。王斌谢绝了我留他们吃饭再走的挽留，说："不用了，我们还要赶回去，事情好多。"我目送他们的车在南京路上渐渐远去。

今天是6月的第二个星期日，父亲节。中午，在租住房里，手机响起，打开一看，是阳阳发来的一条信息："爸爸，今天是父亲节，我没有给您买什么礼物，只祝福您节日愉快。"我知道他血象低不能出病房，不能去为我选一件礼物。去年的父亲节，阳阳给我买的礼物是一个剃须刀，一张闪光的蓝色包装纸里，是一个蓝色的小盒，包装外是一个好看的纸结。至今这把剃须刀还舍不得用，一直放在书架上。

近年来，西方节日在中国大行其道，孩子们热衷于搞些活动。世界上第一个父亲节诞生在美国，来源于一个悲怆的故事。杜德夫人的母亲在她13岁时去世，留下六个子女，杜德夫人的父亲威廉斯·马特先生义不容辞地承担起抚养重担，不再续弦。在一个农场里含辛茹苦养大六个孩子，而他却因经年劳累病倒辞世。1909年父亲的去世，让杜德夫人感悟到：她的父亲付出的爱心与努力，并不亚于任何一个母亲的辛苦。1910年春天，她开始推动设立父亲节的运动，得到各教会组织支持。士波肯市市长与华盛顿州州长公开赞成，华盛顿州1910年6月9日举行了全世界第一次父亲节聚会。1972年美国总统尼克森签署正式文件，将每年6月第二个星期日，订为全美的父亲节，成为永久性固定纪念日。

6月21日　星期一　晴　夏至

　　白蜡树黝黑的肌肤纵向开裂，那些网状的树纹粗糙得像山间的黑石。竭力上仰的侧枝隐在密集的翠叶里。伸手摘下几枚嫩黄的果荚，竟如几只小小的舟楫。人类当初制作船桨时，莫不是由这果荚得到的灵感？

　　我和英去九楼手术病房看唐吉，唐吉脾脏已切除，在病床上显得奄奄一息，见了我们给了一个微笑。他父亲说："唐吉腹腔还有积液，过几天才能拆线，我们还回老家去治。"他拿起床头柜上一个小瓶说："这是唐吉的脾脏标本，我要带回去。"他的手有些抖。一周的治疗，好不容易筹借来的4万元钱花费殆尽，几乎已身无分文的老唐悲切的面容令人心酸，唐母说："手术后应该化疗，在这地方治才有希望。张爽已移植了，能好。想做一个化疗再回去，给家里各处打电话求援还没有一处回信寄钱来呢，也只好回家了。"说起捐款，唐母已声泪俱下，她说："家族的人都不愿捐钱，孩子的舅是县医院院长，是有钱的。但却说不愿拿钱打水漂。"英临走拿出了一千元钱，塞给他的老伴："坚持两天，有钱寄来就做化疗，没钱寄来这点钱就做个路费吧，祝孩子早日好起来。"此时，什么安慰都是多余的了。老伴抹着泪送我们走出病房。英说："他们家太困难了，看来比我们还无助。实际上这1000元需要多少人为我们捐款，得来不易啊。"英每天是节省的，买饭不打自己的一份，吃孩子的剩饭、剩菜，剩多吃多剩少吃少。我们也是需要钱的时候。阳阳知道了对妈说："你们真行啊。我不是讽刺你们，我是佩服你们，是心好的人。"医院里常听到这种情况，亲属有钱但不愿支持，如刘庆的姑姑是企业主，不支持给刘庆治病也不拿钱。刘庆妈妈说起来咬着牙。其实亲戚朋友出点钱给孩子治病，不仅是一种经济支持，表达一种亲情、友情，也是对你的一种关注。"幼吾幼，以及人之幼"，古贤的这句名言在我心中闪过。

随后听说，唐吉一家是坐火车硬座回去的，长途四五千里，不知唐吉那孱弱的身体是怎样坚持到家的。

今天，阳阳还在恢复期内，上午做骨穿、血检，情况良好，白细胞1700、血色素和血小板接近正常。医生同意阳阳回校参加考试，准假回家一段。下午办好出院手续，医疗费已花至85111元。

几个月前，阳阳从家里走出去，今天是第一次回家。一切依旧，他感受到了家的亲切。五个多月了，阳阳回到家里，又似乎找回了自己。他渴望自由，渴望解脱疾病的自由。

阳台的花盆里长出的几株麦子成熟了，一支随意插下的金边吊兰也长出了嫩叶，还很小，像雀舌，但毕竟有了生机。明天阳阳要回校参加考试，真担心他能不能盯得下来。

6月22日　星期二　晴

端午节，阳阳突然收到一个信息：端午节到了，送你一只香甜的粽子，以芬芳的祝福为叶，以宽厚的包容为米，以温柔的叮嘱做馅，再用友情的丝线缠绕，愿你品尝出人生的美好和5月5的情怀。阳阳笑了。唐山一所师范学校一个班学生，捐出了1213.4元钱，组织者是一个女孩子，她给我打来电话说，我们实在是没有钱，只能表达我们的一点心意。电话里，几乎要流出泪水。

钟石是阳阳病友，20岁，瘦弱的身材，走路还有些歪歪扭扭。当过兵，退伍还没找上工作，突患白血病。小钟石无忧无虑，在医院如在家，十分快乐，毫无病人的模样。只是头发掉得精光，才使他感觉到自己的病人身份。

钟石的家原是一个双职工家庭。虽然不算富裕，却也十分温馨。父亲钟玉鳌，原是轧钢厂的钳工，8年前下了岗，如今四处打工。这个熟练的技工每月总算有800多元的收入养家。母亲孙波，是电焊工，虽然泼辣能干，无奈所属的集体企业因经营困难放起了长假，没有一点收入。钟石的病，医生说要治好至少也要20多万元。他们这个每日为生计犯愁的家庭又如何承受得起。老钟一咬牙，把仅有的一处16.3平方米的住房卖掉，得款2.3万元，一家人搬到了弟弟家。钟石的安置费1.5万元也拿出来治病。此时，高昂的医疗费已经和小钟石的生命紧密相连。没有钱，愁得老钟四处求借，奶奶、父母、姑姑、舅妈等亲属，一齐动员。孙波兄弟姐妹五个，哥哥患了脑血栓，自顾不暇；一个弟弟得糖尿病，另一个弟弟无固定工作；妹妹在橡胶一厂被买断工龄，把所得的8000元钱也拿了出来。孙波的单位在困境中也帮人一把，拿出了5000元救助钟石。街道办事处无钱资助，但给钟石办了低保，每月能领到90元的生活费用。多方的努力，老钟两口子为钟石治病苦苦支撑着，如今已山穷水尽无计可施。孩子要在3年内做四至五期化疗，还要有5年的观察期，还需要十几万元的医疗费用。老钟两口陷入了揪心和焦虑之中。

老钟找到我，请我为他儿子写一篇文，他要回去登报募捐。我答应了，连夜给他写成《一个身患血癌急需救助的退伍兵》。真希望小钟石能尽快得到社会的救助，在千万颗爱心的簇拥下获得新生。

6月23日　星期三　晴转夜雨

孩子又快进隔离室做化疗、提干细胞了。记得邱主任说的一句话："这里的病人都在闯关，闯过最后一关才是胜利。"生命在这里已那么脆弱，维系在并不完备的现代医学中，维系在亲人们的心中；生命在这里又那么顽强，在炽热的炼狱里经受着磨难。可怜天下父母心，那些在医院奔走焦虑的父亲们，已不仅仅是为了自己的孩子，而是以他们坚韧的有些枯槁的手为一个个生命撑起一片天。在他们的背后、身旁还有那些善良的充满爱心的千千万万双手。但愿一个个生命从这里走向新生，但愿孩子们都能看到日渐衰老的父亲挂在脸上灿烂的笑容，迎来东升的太阳。

6月24日　星期四　晴转夜雨

孩子病了，方知身体健康的重要性，我曾在去年给阳阳的信中专题说到身体的健康，我说：

人的身体之所以珍贵，它具有重要的内涵。其一，它是人的生命的载体。有了身体，人的生命才能存在，即如迷信中所说灵魂与肉体的关系；其二，身体是人的一生学业、成就和事业的基础。没有好的身体，很难说人会有多大的成果。俗话说，身体是革命的本钱。就是这个道理；其三，生命的长短、健康的状况，维系了一生的幸福。

作为一个学子，身体的强弱与学习的关系也是密切相关的。身体强健，精力旺盛，能够承受艰苦的"十年寒窗"生活；同时，身体健康，相应的智力好，也会得到充分的发挥，使学习生活十分愉快，完成学业也十分顺利。

6月25日　星期五　晴

阳阳的身体状况是较差的。主要是后天的原因，从小多病，体质弱，抗病力差。源于幼年营养不良、缺钙，以及少年时一些不良生活习惯，如偏食、挑食和锻炼不够等。虽在高中时期有了改善，加强了体质的锻炼，但总的看体质较差。

我告诫阳阳要增体重、强体质、防疾病。对身体健康的投入，是一个长期的过程，需要有毅力、有信心，坚持不懈，坚忍不拔，去达到自己强身健体的目标。

写成手记《我是父亲》，重点写阳阳病后父子情深。并找出10余张和阳阳照的相片，用电子邮件传报社，小祁讲周日可以上报。

6月26日　星期六　晴

阳阳发来信息，讲有些低热，嘱其服用阳光集团赠药。

小德在河北师大失踪了，其母和姐姐已到学校，学校派员帮助寻人。小德失踪已2日，仅借人30元即外出。将手表、手机等放箱子内，和同学们不辞而别。我让其姐报案，由公安局帮助寻人。

小德大学毕业，是师大法律系高才生。但工作尚未寻妥，几家单位面试通不过，自惭形秽，产生自卑自贱心理。一个月前，其姐来信息，讲小德思想问题严重。我随即去信息安慰、鼓励他，小德不听，回信："我们已是两代人，观念和看社会的眼光不一致，您也不能理解我的心理。"我仍劝其好自为之，眼光看远，工作慢慢去找，实在困难，可先考研究生深造。

如今忽然失踪，担心他走极端。

6月27日　星期日　晴

小德的母亲、姐姐等人昨日回家等候学校消息。早上，小德姐姐小敏打来手机说，今晨学校忽然电话通知我，小德回校了，在失踪两日三夜后已自行返回学校。

一场虚惊,本来我就不相信小德会走失。上午我去下铺村看母女和小德的舅,确定今日其舅开车去接他回来。小德心理脆弱,亟须平静地调整自己。

6月28日　星期一　晴转雨

鲁滨副书记、刘大叔及工会召集民营企业家12人在宾馆为阳阳募捐,当场捐助13500元。他们中有几个老旧识,其他均不熟识,都慨然捐款,善举感人。

20多年前,罗中立一幅《父亲》的油画,曾使我激动。一个普通的农家父亲,古铜色的脸上、额上,满是深壑般的皱纹。一双捧着水碗的大手上,爬满了蚯蚓般的血管。一双凝视你的和善的眼,寄予了多少希望。那幅油画给我的启示何其多。一个父亲不仅承担着抚养孩子的天职,也有教育孩子的义务。同时,在面临天灾人祸之时,有责任为他们遮风避雨、扶难救危。否则,又怎能称得起父亲。儿子重病,更需要父亲坚强有力的手紧握儿子的手去直面病魔,而不是在病魔的号叫声里束手待毙。

6月29日　星期二　暴雨

凌晨,天降暴雨,直至午时方歇,雨量达160毫米。是今年以来最大的一场雨,对庄稼有利,对盐场不利。多数人还是喜笑颜开。

4年前,也是这样的天,常务副场长兴林脑出血转院至天津。他是在办公室和李场长研究工作时脑出血突然倒下的。

记得20世纪70年代末,他在宣传部任干事,也是一个出色的笔杆子。80年代末,他就任五分场场长,90年代初,任石化厂厂长。这个建立于70年代初的化工企业,连续几年被评为省级文明单位、全国农垦重点企业。年利税达4000万元。那时厂区满目整齐的侧柏、碧绿的草坪、高大的柳树,大部厂区笼罩在绿荫中。他是那般年轻和潇洒。

新世纪的第一年,似乎整个世界都是新的。他已是农场常务副场长。

他不幸病倒了,住进了病房,家人守在床前。几天后病情稍好,他惦记着要回去上班。八天过去,颅内仍在出血。下午,倾盆大雨从天而降,扫去了人们一身的暑热,却也给人们带来了心中的悲凉。次日晨,救护车由医院的一排塔松旁缓缓驶过，医院里几乎所有的医生、护士都静静地站在窗口、门前。兴林的头脑此时是清醒的，他从车窗看见了两旁的树、两旁的楼房。他并不知道这是他看到的农场的最后记忆。

天津的大医院最终没能挽留住他的生命。我和他目光的最后一次对视，是在他被抬下救护车的那一刻，他温和、平静地看了我一眼，多少想说的话没能再说出来。五天以后，他安详地与世长辞了，和他相伴了半个世纪的躯体没再能留住他的灵魂。晨光初起，夜风刚歇，我们陪着他回到熟悉的家，回到他熟悉的故土。当运送车辆走过那排白蜡树停在楼前，几百人已早早站立在晨曦中，很多人已泪流满面。

夏日的晨风带有一些火热，大街旁的白蜡树已有双手相合的粗细。树木是勤奋的，它把阳光、雨露、空气和各种营养组合在一起，占有着应有的空间；它又是无私的，它把一生的美好和所有留给人类。在风的吹拂下，树叶发出好听的金属片般的碎响。浓密的枝叶里已垂下一簇簇好看的淡绿色的种子，扁扁的、长长的。每日我从树下走去上班，树叶抚摸着我的头，树下的小草吻着裤脚，有时会印上一些露湿。

感叹他的生命短暂，但他留给人们的东西刻印在了人们心中。

6月30日　星期三　雨

小雨下个不停，今年雨水充沛，庄稼人说：今年肯定又丰收了。

小德接回来了。昨天，他舅舅开车和姐姐去接他，回来时在高速路上传送带断裂，抛锚三个小时。我把电话打给他姐，小德给我讲话："大伯，我们在路上，我已想好了，没事了，一切从头开始，你放心吧。"

下午，我去下铺村看小德，他们是昨晚12点到的家。上午起得晚，小德还一脸疲倦，本来窄小的脸形更显得窄小。我劝说他，他默默点头。他这几日去了青岛，钱只够来回路费，在青岛，见到许多打工的大学生，像他一样落魄的大学生，以及在繁华大街上流浪的乞丐。似乎突然顿悟，社会就是这样的，面包不会从天上掉下来，需要自己去找。在挨过饥饿后，想到自己不应去死，应面对现实，是弱者但要做强者，他返回了石家庄。

7月1日　星期四　晴

天很热，风在浓绿宽大的梧桐树叶上、在闪亮细密的杨树叶上沙沙地拂过。美丽的校园内，经贸大学洁白高大的教学楼、褐红整齐的宿舍楼、米黄庄重的办公楼，一齐掩映在绿色的幽静里。阳阳从第五教学楼走了出来，已在五姨家复习数日，今日参加两门课程考试，答得顺利，交卷时离考试结束还有半小时。他说："考得还算轻松。"车在高速公路上飞奔，天色渐渐地暗淡下来。公路两侧的荧光片闪着金光飞速地消失在车后。阳阳按照医嘱提前一天回天津，医生说必须在7月1日前返院，还有两门课不能等考，只能先回医院。晚上6时乘车返津，至天津医院已近10时，阳阳已很疲惫，倒头睡下。随之又要进隔离室做强化疗、提干细胞了。他又将经受一次"炼狱"烈火的烧灼，但愿他能平安地闯过这一关。

我上午到石家庄，见到王斌等朋友，王斌将义演的光盘送给我一张。他确是一个热心诚挚的朋友。

学院郭老师将各处捐款转给了我，共7780元，并有101美元，这是一个中国女留学生捐助的。这是她的奖学金，由在北京的同学转寄来，其中1元签上了名，说今后阳阳如出国留学，她可帮助。

7月2日　星期五　晴

阳阳本来今日可以进隔离室做下一期化疗，但需做骨穿等全面检查，只能在星期一安排入隔离室。靠隔离室的病房是女室，但家属又大多是男子，其他男室家属又大多是母亲或妻子。实际的男女室也就徒有其名。阳阳暂住进这间病室，住在体育老师女儿的床位，那女儿做过一次化疗，回家休息几天。阳阳在这里需要等待三天后的下星期一。

骨髓移植才有希望，也是当今世界上最佳的治疗方法。但好多病人经过化疗的折磨又盯不到移植的这一天。

医生已经确定阳阳的骨髓移植采取自体干细胞移植，自体移植没有排异，成活率高。和异体移植相比，异体排异性高，成功率低，但复发率也低。昨天，20岁的小何病愈出院了，今天，22岁的小王也出院了。他们的父母欣喜异常，脸上已看不见昔日忧愁的一点痕迹。十几天前，12岁的小放放由父亲陪着回到医院，又开始了新一轮的治疗。他是一个多月前因白血病自体移植后出院的，父母已为他花去50多万元。在医院里，病人来了又去，去了又来，人们司空见惯。家长们见面相视一笑，如熟识邻居间的见面招呼。面对生与死，人们更多的是麻木，更多的是泰然处之。

7月3日　星期六　晴转阵雨

小麻，山海关一个24岁的小伙子，因白血病住进医院。

小麻出生在秦皇岛山海关北后街。父亲是食品厂退休工人，干了整整25年货车司机；母亲52岁，起重机厂退休。小麻的哥哥麻志宏是不幸的，从小患了大脑炎，后遗症使他成了畸形的残疾人，而立之年不足一米四高。两年前又不幸患了视网膜脱落，因无钱医治双目失明，生活不能自理，更谈不上成家立业了。

小麻，还算一个幸运儿，初中毕业，考入山海关船厂技校，毕业后进入秦皇岛汽车修配厂车管所，虽然只是一名临时工，但每月能挣四五百元，能为辛劳一生的父母分担生活的重担了。更使他感到幸运的是，一个姑娘和他谈起了恋爱，他们都是工人的后代，有着共同的理想，一起编织着生活的梦。

小麻是一个忠厚、老实、勤谨又肯吃苦的青年。在车管所，他珍惜自己的工作岗位，像一头负重的牛兢兢业业地工作。检验汽车尾气是一项苦差事，每日要和成百上千辆汽车的尾气接触，没有完备的保护措施。他任劳任怨，早出晚归，严格检验，履行着自己的职责。这一干就是4年。

也许是长期接触汽车尾气，侵害了他的免疫系统，也许是其他什么原因，病魔不声不响地侵入了他健壮的身体。今年2月5日，小麻感觉自己浑身难受。父亲陪他去了秦皇岛人民医院，一个简单的血象检查，医生怀疑小麻得了白血病。2月7日，父母把日夜需人照顾的哥哥托邻居照管，带着小麻到天津血液病医院检查。2月下旬，确诊为白血病M3型，残酷的现实使家人几乎陷入绝境。小麻在医院里开始接受治疗，由口服化疗药到二期药液化疗，小麻一头乌黑的头发掉光了。从小就乐观、豁达、天真的他，每日在病房顽强地和病魔做斗争，治疗间隙就和几个年轻的病友说说笑笑。在他看来，疾病没有什么了不起，自己一定能战胜它。而他的父母却忧心忡忡，孩子的病什么时候才能治愈，这巨额的医疗费用又从哪里来。

父亲，这个憨厚的老退休工人，为筹集儿子的医疗费竭尽全力，单位已经破产，老人失去了求助的依靠。两个老人一生的积蓄只有5万元，全部拿了出来，叔叔、大爷们生活也十分拮据，只能凑齐几千元；舅舅、姨妈都是下岗职工，也只能拿出几千元钱。小麻的单位在关键时刻伸出了援助之手，在经费紧张的情况下，拿出了1.5万元给小麻看病。小麻的同学们到医院来看他，十几个曾经要好的同学掏尽了身上的钱留给了小麻，这1000多元是同学们的一份深情厚谊。家庭的困境，急得父亲突发心脏病倒在床上。街道办事处了解了老麻的情况，提高了大哥志宏的低保待遇，给这个风雨飘摇的家以一点支持。

小麻的对象来到医院，这个善良的姑娘陪伴了他半个月。但事与愿违的是，姑娘回到家，在家人们劈头盖脸的斥责下，只好给小麻打来电话分手。小麻在电话里平静地同姑娘分手，他听得出电话那头姑娘在掉泪。

东拼西凑的8万元钱如今已全部花尽。没有费用，小麻不能继续化疗，只能回到家吃药维持下去。但是医生说，三个月后必须进行化疗，否则病情加重会危及生命。父亲急得去找单位领导打仗。

今天在租房里，按他母亲的委托起草一篇报道，他母亲要回去找报社，求得社会上热心人士的帮助。

7月4日　星期日　晴

小病友孟光也成了阳阳的好朋友。家在新乡市红旗区东街，刚刚17岁的他，长得白皙高挑、稚气可爱。像许多男孩子一样，有着一个美好的理想，就是要当一名军人，保卫祖国，驰骋疆场。但是，今年6月即将参加中考时，突然出现不明的发热，医生按感冒诊治不见疗效。6月11日，父母带他到中心医院检查，医生诊断是急性白血病，家人带着孟光辗转到天津血液病医院。6月24日，医院确诊为淋巴瘤白血病伴骨髓纤维化。

他的爷爷是一名教师。1958年，一顶右派分子的帽子无情地把他压倒在地，全家人迁到了农村。"文革"以后，爷爷平了反，全家又回了城。几年后爷爷因病去世，孟光的父亲成了家里的顶梁柱，以后在盛大建筑工程处当了会计。结婚后，夫妇辛勤工作，节俭度日。他们有了两个孩子，也有了一个温馨的家。1998年，单位倒闭，夫妇没有了固定工作，也没有了固定收入。今年2月试着在街上开了一家服装小门店。好景不长，不到两个月，由于不景气，3月下旬只好关张。

孟光患病，医生说，要挽救孟光的生命，需要长时间的化疗，还要进行骨髓移植，而治疗费用，至少需要50万至60万元。对父母来说，是无法企及的。

孟光的病，需要巨额的资金来支撑，但他们这样的家庭又如何承担得起。父亲拿出了这些年的所有积蓄，也只有8万元，老孟的两个弟弟又都是工人，二弟在启动设备厂、三弟下岗打工维生，都拿不出多余的钱来资助大哥。母亲的娘家人都在许昌农村，家境贫困，七拼八凑也只能拿出四五千元。

在医院里，孟光化疗后脸色苍白，没有一点血色。父母看着奄奄一息的孩子心如刀绞。在孩子面前，他们还要对他说："小光，医生说，你的病好治，一定能好的。"一离开病房，夫妻俩就抱头痛哭，他们都不知道孩子的病到底能不能治愈，孩子能不能起死回生。但是他们有决心要拼出一切来挽救孩子的生命。可怜天下父母心，作为父母，他们为了孩子，就像千千万万个父母亲一样是无私的。

孟光静静地躺在病床上，一双好看的眼睛望着天花板。他相信自己能战胜病魔，重新回到给他知识、给他欢乐的学校；他坚信自己生命之火不会熄灭，它会一直地燃亮。他也期盼着，社会上有许许多多关心他、帮助他的善良的人们，会伸出援助之手，为他架起生命的桥梁。

因为给阳阳的几个病友写了文章，孟光的父亲请求我给孩子写一篇。面对他们无助的目光，我怎能推辞。今天上午在小屋起草完。

7月5日　星期一　晴

小罗到阳阳病房来串门了，他20岁了，身材较高，脸上白净浮胖，和长期用药有关。听他妈妈说，小罗原来很懂事的，在家里会做饭，会洗衣裳，每天把自己打扮得干干净净。患病后，心态和患病前判若两人，平时感觉好一点就去家乐福花钱买衣服，嚷嚷着要回家，不愿治了。上个月有个病友跳楼后，对他刺激也很大，闹着要跳楼。把妈妈吓得每时每刻跟着，不敢离开半步，妈妈夜晚都无法睡觉，常常惊醒过来，瞪着眼看着熟睡中的他。妈妈把哥哥叫来了，两人一起看着。今年的高考又到了，他心里就扑腾起来，每天折腾着要回去高考，不愿活了，不再治了。英劝他说："罗利白啊，你怎么还很向人（了不起）啊，大人给你治好病又能沾你多少光呢？不就是喜脱（珍惜）你的命嘛。要不这几十万块钱用来请保姆的话，老人不也是生活得挺好的嘛。钱都拿来给你们治病，他们晚年也就没保障了。"说得孩子默默点头好像又懂事了许多。

7月6日　星期二　晴

　　在网上看资料，干细胞是具有自我复制和多样分化潜能的原始细胞，是肌体的起源细胞，是形成人体各种组织器官的祖宗细胞。可分化成血液、内脏、神经各种细胞。因为这些特点，它可以用来修复损伤的人体组织或器官，血液及免疫系统缺陷患者都可以用干细胞治疗。对肿瘤、肾病、肝病、糖尿病、神经损伤、组织器官修复等都可以治疗。

　　医学的进步，造血干细胞在医学中的应用技术也会越来越成熟。

　　造血干细胞在脐带血中最为丰富。脐带血在没被利用之前一直被视为废物处理。与其他干细胞相比，更容易采集，再生能力强、免疫原性低、配型率高、费用相对较低。采集脐带血要对孕妇进行筛查，时间、温度有严格要求。一个脐带血和胎盘可采集70—80毫升脐静脉血，多的可达100毫升，可提取3亿—6亿个干细胞。库存脐带血的孩子，根据协议，可获赠31.5万元的医疗保险。

　　全国各地已开展采集脐带血，但据称保存费用很高，对普通家庭来说，为自己的孩子保存脐带血的费用还是难以承受。

十二、病室真情

7月7日　星期三　晴　小暑

沿廖家洼河前行，河水酱黄，已失去了以往的生机。老人垂钓，少年击水的情景已成为记忆。唯有芦草还茂盛，已抽莛出穗。下游是村人闲来捞鱼之处。河中鱼儿的坚韧也令人感动，渔人捕鱼而售，大概不会自烹此鱼。河岸的槐树林已被摧残得断断续续，很难连接成绵延的绿带。像河中的鱼、河畔的苇一样，岸上的槐的坚韧又能够长久吗？

阳阳已被安排进了隔离室，昨日开始了又一期的化疗，磨难何时才能结束。阳阳腹部有些不适，是化疗反应。学校计划派人到医院，照顾阳阳考完本学期的最后两门课程。

一个不相识的女同学给阳阳发来信息："希望你快乐每一天。"但愿阳阳的每一天都能充满快乐。阳阳在隔离室打来手机说："爸，今天我吐了。"我心一下颤抖，又镇静地说："不要紧，有反应是正常的。"在宏大的宇宙中，生命的个体只是短暂的一瞬，在这里生命不仅仅是时间的延续，而且是生命的精神在世界的镂刻。父亲会和你在一起，我们用生命去抗争。

7月8日　星期四　晴

早晨上班，街边的小树下，朋友唐志林的妻子正在树下等我。她见到我，急忙过来，塞给我一千元说："知道你上班要从这里过，我就在这里等你。老唐每星期六回来，但你又不在家，让我来办，这钱给孩子买点东西吧。"我很感激他们夫妇。阳阳患病以来，机关、单位、大学，以及亲戚朋友给予的捐助，坚定了我医治好阳阳疾病的决心。

唐山师院玉田分校学生小王同学在电台听到阳阳病情后，组织班上学生捐款，达1213.4元寄给了我。小王同学打来电话，愿意组织学生们捐髓。

7月9日　星期五　晴

学校贾处长给我打来电话，感动于阳阳的学习精神，为了照顾阳阳，今天要派人来医院对阳阳考试，我上午由家里赶到医院。从早晨起，阳阳就有些激动，精神很好，体温也有些高。下午很晚，电子信息工程学院江书记、学生处贾处长及计算机专业班主任抵达天津，住进河北工业大学。晚上10时，一行人来到医院看望阳阳，还代表学校送来了一大篮鲜花，送达考卷。我代阳阳接过鲜花，花篮上红带上写着电子信息工程学院的落款。隔离室走廊里护士接过一封考卷，阳阳戴着口罩在隔离室走廊上和老师们招手示意，老师们挥手祝福他。阳阳要连夜答两科考卷，也难为他了，不知他的身体能否支撑得住。

7月10日　星期六　阴转小雨

医院的空地上，一座干细胞移植大楼即将动工兴建。那株高大的椿树已长满了淡绿色的籽荚，它仍然像一个饱经沧桑的老人俯瞰着这里的生与死。昨夜，阳阳在病室里答完《模拟电子工程》一科试卷后睡了几个小时，今天早上吃完饭接着答《概率论》试题，答完已是上午10时，正是预定的时间。江书记等人和阳阳在阳台隔窗道别后返石家庄。这是经贸大学建校以来首次在病房为学生考试。至此，阳阳本学期课程考试全部完成。上次英语考试成绩全班第一。我和英下楼送走学校老师们，回到阳台，透过玻璃窗看进去，阳阳已经入了梦乡，孩子太累了。

下午，天阴得浓，傍晚终于下起小雨来。

今天，张爽的父亲很高兴地对我说："老张，这下好了，骨髓移植价格下调了20%，天津已下文件，从7月起执行。"我心中闪过了一阵欣喜。

7月11日　星期日　雨

雨下个不停，时小时大，午后下得小些，但租住房里墙上仍在滴水，水珠从墙上神奇般地慢慢冒出，墙面挂不住它时就坠落下来，滴在床铺边上。墙面的水珠此起彼伏，没有停息的迹象，只能在床边放上几块毛巾，水多了再拧干。这千疮百孔般的老屋看来已很难让人们舒服地入住。褥子很潮湿，被单子也很潮，爬到吱嘎作响的阁楼上去睡，空气也是潮湿的，也无处可躲避。

小孟光今天终于回家了，他走之前已在病床上躺了一周，浑身骨骼在疼，孩子一声不吭，抱着双腿，低着头。他父亲说，回去先在地方医院治，筹集点钱再出来，也许孩子会好的。其实父亲心里明白孩子出现腿痛，已没多大希望了，如有希望是不会回去的。前一二个化疗是相当重要的，他们是在欺骗孩子。作为这个父亲，这欺骗是善意的，也是无奈的。

下午4时，雨小了，花1元坐公交车到天环站。长途车驶出天津，雨滴又击打起窗玻璃来，车行得慢，雨刷不停地刷着前玻璃上的雨水，显得那么费力。车过中旺，雨越来越小，到武帝城下车，居然没有下雨的痕迹。

新闻报道，北京因暴雨已造成灾害，城区交通一度受阻。

7月12日　星期一　晴

昨天在病房里为程大夫照了几张照片。今天从数码相机转出由电子邮件传《菏泽日报》编辑。对方打不开，改用压缩片再发，仍未收到。不知对方接收有什么问题。只好洗相后寄出，明后日就能收到，希望能尽快见报，以便菏泽市为程大夫募捐医疗费用。程大夫医院改制也苦了他这样的重病号。

7月13日　星期二　晴

写成手记《父亲和你与疾病抗争》一组，5000字。重在表现阳阳在治疗中的痛苦，表现父亲鼓励孩子顽强抗争疾病的精神，用电子邮件寄给小祁。孩子在治疗中确实经受着常人难以想象的痛苦，这种痛苦的化解又需要亲人的慰藉，也可以说孩子治病的过程也是家人共同治病的过程。

7月14日　星期三　晴

记者黎元寿发表《只有一个孩子——中国独生子女意外伤害悲情报告》一文，（见《北京文学》执行主编杨晓升的报告文学《只有一个孩子》）黎文是一篇评论文章，杨晓升采访和写作花了两年时间，选取了6

个典型的独生子女家庭,写出遭遇意外的独生子女家庭的凄凉处境。

杨文说:"当我像繁华都市里许许多多三口之家那样,充分享受天伦之乐的时候,忽然间却害怕失去什么。""当我接二连三地从媒体上获悉某某城市某某三口之家的独生子女不幸夭折的时候,我便不寒而栗,内心深处随之感觉到难以言状的颤动与同情。""绝不仅仅牵涉到那些不幸地遭遇意外伤害的独生子女家庭,而且关系到当今中国所有的独生子女家庭,乃至关系到中华民族自身的生存现状以及中国的未来。"

中国儿童各种死亡原因中,意外死亡已占第一位,达31.3%。已有近100万个家庭失去了自己唯一的孩子。意外伤害,已成为悬在我们独生子女家庭头上的一把利剑。

独生即"唯一",唯一是经不起伤害,更经不起毁灭的。城市里生二胎的都属于自由职业者,经济上宽裕,愿意承担超生后的罚款。这类人员是都市里二胎族的主体。独生子女带来了"空巢"家庭、四二一家庭(四个老人、独生子女夫妇、一个子女),家庭负担繁重,可以压死人。

全国政协委员已呼吁:已实行了五分之一世纪的独生子女政策将会产生人口老龄化、男女比例失调、人口素质不均衡、独生子女心理问题严重等问题。建议:"鼓励一胎、允许二胎、杜绝三胎"。

杨文在全国引起震动,黎文评议也切中当前这个严重的社会问题,不能不令人深思。这样的人性化的文章确实太少,关注社会的弱势群体应该成为社会的一大热点。中年人丧子是最痛苦的,此时孩子是他们的全部,是依托,他们生活的奔头就是孩子。

7月15日　星期四　晴

石家庄一位姓马的60多岁退休老太太,用一个多月的退休费买了松花粉,送到《燕赵都市报》小祁处,让转交给我,并送去了松花粉参考书。祁家在一处小区高层楼房里,他在路边等我。在他家,他将老人的赠送转交我,沉甸甸的一包松花粉是老人的心意。松花粉是保健品,古医书即有记载,对调节免疫功能、正气、对组织细胞修复明显,对外界作用有耐受性,是高级保健品。马老太太又打来电话,建议孩子服用。世间善良者很多,他们心地淳朴,乐于助人,总以一种无私的心态对待弱者。

7月16日　星期五　晴

昨晚我来到天津。上午9点，我和英用小车推着阳阳到一楼血液科提干细胞，昨天护士已经在阳阳大腿部安插了采血管。采血室在一楼里间，大夫很年轻，也很和蔼，和善地和阳阳说着话。分离机已经安装好，他让阳阳躺在床上，接通各个管线，开始采血分离干细胞。阳阳并没感到多么不适，殷红的血液在管线中流动，分离的干细胞流入一个采血袋，其他血液回流入体内。阳阳默默地合上眼，任凭医生的摆布，希望也在这血液中流动。英在室内照看，我在室外椅子上等待，我存有一种心理，不愿亲自看见孩子手术。一个父亲似乎是坚强的，但又是脆弱的。时间一分一秒地过去了三个小时，中午我买来盒饭和英吃，阳阳要等采血后再吃。阳阳喝了几支高糖，吃了几片巧克力。四个多小时过去，采血结束，医生将那袋干细胞血送到冷藏室，我将阳阳推回病房。

医生告诉我，阳阳的干细胞可能没提够，主要还要看细胞的浓度，如不足，明日还要继续提。阳阳又陷入了茫然的思虑中。

7月17日　星期六　晴

昨夜晚些时候，医生通知：阳阳采集的干细胞数量不足，还要再采。上午，无奈的我们又重复着昨天的经过。病友小何山干细胞就采集了三次，有个病人采集了四次。对病人和家庭来说，这都没有办法，只能听任医生和命运的摆布。又四个小时过去了，终于结束了采集，阳阳总量采集的干细胞血已有600毫升之多。晚上，阳阳有些焦急，等待医生检验结果，干细胞数量是否已经够了。晚上8时，得到医生确切的通知，干细胞数已足够。躺在床上疲惫不堪的阳阳长长出了一口气，放下心来。

真正的移植手术要在两个月后。

7月18日　星期日　晴

医生给阳阳摘掉了采血管，阳阳如释重负。几天来，生活极为不便，不便解手，不便洗浴，睡觉怕碰，所有行动都要小心翼翼。我和英轮流给阳阳压腿部的创口，直到两小时后才停止，由他自体慢慢愈合。

病房里，家属们有的焦急不安、束手无策，有的坦然面对、与病人一起和病魔抗争，有的则心平气和、听之任之。实际上，病人中已自然形成了三方面群体，一部分是享有医保的工薪人员或家道殷实者，一部分是有亲戚朋友资助能勉强支付巨额费用者，一部分则是贫寒之家无力医治者。恶性血液病的治疗费用可能是各类疾病中最高的，一般要30万至50万元，最高的花至100万元。应该说，后两种人群是困难的弱势群体。学生中白血病等恶性血液病有上升趋势，而学生又是这样一个特殊群体，中小学生医保只是意外伤害的低层次保险，大中专生医保享受的偿付也十分有限。他们没有工作，不能列入工作人员的医保系列，参加人寿保险也只能办理有限的几份保单、几万元的偿付额。

傍晚，乘车回家，明天周一又要上班。

7月19日　星期一　晴

合欢树最符合人们对美学的要求，灰白的枝干横生逸飞，如美人云水柔波的手臂。但它又有着几多的抑郁，黄昏时，那鳞鳞对生的细叶并在一起，为那日间红云压枝的绒花簌簌坠落顿生出无限的愁情。

整理成《关爱生命，从我们开始——父亲手记之四》，共5000多字。重点写在孩子重病后，作为父亲应承担的责任，以及对社会的呼吁。白血病等恶性血液病已成为青少年和儿童的一大杀手，而多数家庭缺少资金来支付巨额的医疗费用。没有社会的关注，要挽救孩子们的生命是不可能的。一个家庭中父亲的责任是重大的，父亲意义上的社会的责任也应该是重大的。

关注千千万万个身患恶性血液病的年轻生命，应从我们这一代父亲开始，能从我们这一代父亲开始吗？

稿件邮给了小祁电子信箱。

7月20日　星期二　晴

阳阳原沧一中十四班同学多人为阳阳捐款。一女同学发来信息，介绍六种食品，有助提高免疫。有水浅葵花茶、鲜牡蛎豆豉、芝麻梗汤煮海蛤、大蒜甲鱼、大叶菜冰糖茶、红烧蛇肉，长期食用效果一定明显。十四班的同学如今各奔东西，进入几十所大学学习。但是，寒窗3年，友谊也将是永存的。

7月21日　星期三　晴

英说，今天，医生安排阳阳做头部放疗，带着他去了总医院。总医院经过扩建，门诊部规模很大，科室全面。对面住院部大楼呈高耸的半圆状。医院里人流熙熙攘攘，空场上停满了小卧车，几乎再没有停一辆车的"立锥之地"。医生在阳阳头部耳朵上方两侧各画一条红线，做放疗。目的是防止病毒侵入脑细胞，每次仅几秒钟，时间虽短但却要做8天。移植病人多数都要经过这一关，阳阳表现得也很坦然。孩子们对治疗已经有了非凡的承受力，许多大人望而生畏的治疗对他们来说已经习以为常。

7月22日　星期四　多云　大暑

临港开发区办公室副主任等来找我，专程送来捐助款4000元。这是几个朋友表达的心意。社会的捐助活动，只能是一种应急活动，如同组织抗洪救灾的捐助一样。但是，面对每年新增的数万恶性血液病患病人群，社会的捐助活动显得那么无力和勉强，频繁的捐助活动又会使社会人群产生逆反心理。白血病等恶性血液病，向青少年蔓延，多少极有才华的青年人患病或身亡。国家的救助才是根本的途径。目前，艾滋病、非典的治疗和乙肝疫苗在一定程度上实行了国家负担，恶性血液病也应尽早列入国家救助的范畴。

7月23日　星期五　多云

早晨，阳阳同学小玉、小斌同我去天津看望阳阳。他们是阳阳小学、初中要好的同学。

阳阳精神好，一同到附近"老渔翁"饭店吃午饭。小玉已在山西大学读经贸专业，小斌在武汉读大学，二人朝气勃勃，也充满稚气。

下午，他们回去。阳阳很羡慕他们有健康的身体、快乐的学习生活，他只能在阳台上目送他们乘车远去。

今天从家里来到医院时，一走出三楼电梯，小吴看见了我，打声招呼："老张，又来了。"他是一个大公司老总的司机。老总病了，他就自然成了司机兼服务员。每天拉着老总夫人到医院，老总在隔离室做化疗。半个月做完一期就回家休养半月，下个月再来。半年多了，老总花费20几万元,来往于医院和家庭之间。小吴说,单位有钱,慢慢治吧。每天三顿饭,小吴车来车去,风雨无阻。有时,单位下属来看老总,常常一来就是十几人。小吴说,老头子已经准备打持久战了。

7月24日　星期六　阴

租住房里电扇有力地转动着,小窗户口不大,房间空气的对流也就不畅。湿气很重,床单、毛巾都像要攥出水来。当初房主那些年又是如何过来的。床下堆着房主的一些破箱烂盆,对门邻居说,刘老太生前什么破东西都舍不得扔,又爱拾破烂回来用,日子过得很细。人家屋子里的东西也就不愿搬动,还是保持原貌为好。房主几十年就是在这样的环境下生活,我们临时租住又有什么,人是可塑性很强的动物,什么苦都能够经受。

7月25日　星期日　阴

病友说,中央台新闻联播播过白血病患儿的节目,查互联网,果然查出,是3月29日一则电视报道。记者采访了北京人民医院儿科血液病房。有贵州4岁的陈博文,父母开小卖部,房子卖了7万元,借3万元,4个月花完了,无奈之下,叔叔将房子抵押1万元送来。为了给孩子增高白细胞,采用偏方,买了100斤花生剥皮泡水给孩子喝。像小博文这样缺钱治疗的白血病患儿比比皆是。儿童血液病专家张乐平讲:白血病是儿童肿瘤中的首位,约十万分之一,全国年新增患儿2万多名。

9岁的张冰儿是福建龙岩市小镇上的女孩,这是个很有才华的小女孩,她的诗:

妈妈,妈妈,
你真不容易。
我病了那么久,
你仍然那么地爱我,
你仍然在我病床前陪我,
仍然默默地为我梳头熬药,
仍然微笑着教我唱歌、读书。

一个患儿的诗莫不让人心碎。

儿童白血病，80%是急淋（急性淋巴细胞白血病），国内和国际上治疗技术已相当高，但能接受正常治疗的仅8%，即每年新增的1.8万名儿童不能接受正规治疗。

甜甜是被遗弃的患儿，由朝阳区救助管理站救助治疗，孩子的命真苦。

骨髓移植是挽救白血病患儿的途径，花费巨大，在30万—100万元之间。五岁的嘉嘉已治疗2年，经受了无数次骨穿和腰穿，熬过了感染，接受了28次化疗。出院后又复发了，47天后还是去世了。他的母亲褚女士说："原来我就在一个黑洞洞的道上走着呢，好像有一丝光亮。一知道他复发我就觉得真的黑了，就没有路了，这丝光亮也灭了。"

国家公务人员有医疗保险，小孩没有，独生子女应该享受医保又无处报销。

记者采访了18个患儿家长，他们全部依靠个人力量举债为孩子治疗。

7月26日　星期一　阴

目前我国的现实是：医疗保险没有覆盖到少年儿童，14岁以下少年儿童达3.5亿，儿童医疗保险体系没有建立健全。原因多方面，经济因素是重要的方面。

1990年，14位上海家长联名写信给上海市市长朱镕基。1991年设立中小学生住院医疗保险，1996年建立互助基金，儿童家长每年缴纳25—36元，可享受最高额度8万元互助基金。目前98%儿童参加了该基金，从1996年至今已为21.4万人次儿童支付1.7亿元医疗费用。北京等省市已在尝试建立这种互助医疗基金。

帮助别人就是帮助自己，是社会进步的一个标志。

拔一毛而利天下，何乐而不为。

但愿这种社会进步能够加快步伐，这是普天下的儿童期盼的福音。

7月27日　星期二　阴转晴

小蓉曾传真过来国内治疗淋巴瘤的较早报道，那已是两年前的事：《首次实施异基因外周血干细胞移植治疗淋巴瘤获成功》（2002年7月9日新华网南宁电），女性患者22岁，由与她HLA（人类白细胞相容抗原）相合的姐姐提供外周血干细胞。广西医科大学一附院血液科医生先给她进行超大剂量的全身放疗和化疗，继而采集、移植供者外周血干细胞入患者体内。移植过程非常顺利，目前患者淋巴瘤完全消失，病情痊愈，经DNA鉴定，供者造血干细胞已植入。没有明显并发症，身体恢复良好，准备择日出院。

《中国首次脐血移植医治淋巴癌获成功》（2002年6月24日《解放日报》），1999年，年仅8岁的周玮被确诊为淋巴癌，他没有兄弟姐妹可供骨髓移植。上海血液中心和南京454医院肿瘤血液科合作，实施脐血移植手术成功。

7月28日　星期三　晴

　　资料介绍，恶性淋巴瘤是一种常见的疾病。发病率5万分之一到2.5万分之一。采用异基因外周血干细胞移植是针对高度恶性淋巴瘤最有效的治愈方法。但也有资料说，采用自体干细胞移植治疗淋巴瘤效果也是很好的。医学科学在不断发展，各种恶性疾病的治疗在不断地攻克，也许有一天这种病的治疗像医治感冒一样简单。

7月29日　星期四　雨

　　脐血移植的配型相合率较高。小蓉传来信息，后悔当初生儿子转转时没把脐血保存起来，否则今天可以给阳阳用。

　　她的想法是好的，但异基因是否相合却很难说。脐血的应用需要根据受者个体的大小，成人至少需要两个脐血。这也增加了配型相合的难度。目前，个人脐血保存费用较高，脐血保存量较少。

7月30日　星期五　晴

　　李先生是原中捷农场办公室副主任，曾任一个公司经理。高挑的个子，精明豪爽。退二线后到冀鲁交界的庆云县一家石化厂谋职，老板即是南大港人，所雇员工一部分都是南大港、中捷人。李先生听到阳阳患病消息，今日驱车百里来看我。他说是直接从厂里开车过来的，没有回家，所带的钱不多。他将身上所带的钱尽数掏出，略整理了一下，有1700元，抓住我的左手全部拍在手里，说给孩子治病要紧，以后有困难再联系他。留他吃饭再走，他说事情还多。送到楼下，他摆摆手，开着车又匆匆离去。我攥着还散发着他体温的钱目送他的车远去。傍晚我带着这些钱赶到天津。

7月31日　星期六　晴

英在医院照顾阳阳。天气燥热,我在租住的小屋里躺了一天。昨天可能是饮食不洁,今晨起开始闹肚子,拉得很厉害,浑身酸软无力。屋子潮湿不堪,好在有此居所能做饭、能栖身,已经不错了。一天没吃什么药,至傍晚,肚子才感觉好些。一般因饮食不洁造成的肠胃疾病,我不愿吃药,用饥饿疗法达到自愈。

8月1日　星期日　晴

阳阳头部放疗是在星期五去总医院做完的,今天看起来精神良好,头上画上的红印还在,他说慢慢可以洗掉的。

朋友张强从唐山办事回来路过天津,顺便来医院看阳阳。有人来看,阳阳很高兴。中午我和张强到食堂吃饭,家属们大多在这里吃饭,饭菜虽然简单但也还方便。食堂的人员又换了一茬,原来的承包人是个老者,说起来是四川老乡,已退休。食堂里新增了电脑,用充值卡售饭,不再用塑料饭票。服务员操作还不太熟练,不过确实方便、干净了许多。饭后我和张强乘车回黄骅,明天周一我还要上班。

8月2日　星期一　阵雨

远在深圳的表侄王健知道阳阳的病情,几天前来电话问候,执意要寄钱来。今天寄来800元钱到了邮局。他在深圳一家建筑工地打工,已有半年。家里父母(我的表哥嫂)孩子全靠他的工钱生活,一年能剩下几千元已属不错。

不管多难,我还能想办法。钱寄来了还是先收下,中秋节再寄还给他父母,否则我心不能安宁。这些年他在全国各地打工,走南闯北,吃尽辛苦。没有专长,工资不高。他说想学一门技术,凭技术多挣钱,我很赞同他的想法。他在深圳打工是我帮助联系的,一人常年在外,实属不易。

8月3日　星期二　晴

由医学网站得知:非何杰金氏淋巴瘤治疗上以化疗为主,可采用治疗急性淋巴瘤细胞白血病的方法。手术对非何杰金氏淋巴瘤仅起诊断作用。化疗一般应持续1.5—2年。自身骨髓移植是治疗除合并白血病的晚期淋巴瘤的一个很好手段。异基因骨髓移植效果并不理想，加之排异反应强烈和价格昂贵，在儿科难以开展。目前，随着细胞生物学、分子生物学及生物工程技术的发展，已建立了手术、放疗及化疗以外的肿瘤第四代治疗方式，相继单独或联合应用，为肿瘤的治疗开辟了新的途径。这些临床研究成果给患者带来了福音。

8月4日　星期三　晴

从购买的医学书上了解到：恶性淋巴瘤，我国每年新发病例逐年上升。死亡率在所有恶性肿瘤死亡位数的11—13位，与白血病相仿。在我国的特点：发病和死亡率较高的东部沿海地区；发病年龄曲线高峰在40岁左右；非何杰金氏淋巴瘤中滤泡型所占比例低，弥漫型占绝大多数；近十年的发病T细胞淋巴瘤占34%，与日本相近，远多于欧美国家。

8月5日　星期四　晴

泰戈尔说："父亲啊，让我莫辜负你，你在你的孩子们身上，显示出你的光荣。"

作家吴宏博说得好："这一生，无论我人生的坐标有多高，都高不出那份父爱的高度，虽然它是无形的，可我心中有把尺啊！""父亲一生都在为儿子做着基石，把儿子使劲向最理想的高度托。"做一个父亲是不容易的，当你创造了孩子的生命后，你就对延续你生命的孩子承担着不可推卸的责任。这个责任是神圣的，它是对生命敬畏的责任。

8月6日　星期五　晴

阳阳已做了7个化疗，何时才能进行干细胞移植。医生们不紧不慢，笑容里似乎藏着很深的自信。找到赵主任，赵主任讲：阳阳要在这期化疗后才能确定何时做移植，第一期化疗未起作用不能算。邱主任讲：阳阳缓解较好，可在9月下旬安排移植。医院是规范治疗，医生要尽到责任。

医生们沉着的应答，作为病人家属信心也坚定了许多。

十三、病间暑热

8月7日　星期六　晴　立秋

燥热，从早上起就拉开了序幕。街前的树间，知了的鸣唱连成一片。细听一只，或有短暂的几秒间歇，很快又汇入嘈杂的声浪。楼东的空地上，不知何时已被杂草爬满，车棚前的铁栅栏被藤蔓遮缠。几个职工在清理，那些蒿蓬几乎高过那几人。那棵大椿树绿叶苍翠，间杂赭红的籽荚。大树像个饱经沧桑的老人，默默地观看着来来往往人们的一举一动。

早晨，一号病房里医生、护士进进出出。时而推进监控器，时而推进氧气瓶，后又推进呼吸机。邱主任很早就来了，赵主任夜里值班，没有回家。邱主任从病房出来，脸色很难看。十几个病人和家属都在楼道里观看着那间病房的动静。那个病人刘先生，现年42岁，是邱主任同学，一年前由南方来医院就诊。刚来时对邱主任说："老同学，我就依靠你了。"他的发病原因不明、无实体瘤、骨穿正常。随后介绍到总医院和北京几家著名医院仍未确诊。在北京诊疗几个月后，仍回到这所医院，有邱主任这个老同学，病人认为总要踏实些。阳阳同他在半隔离室住过几天。一天，他十几岁的儿子扶他上厕所，儿子在门口等。他出来时摔了一跤，鼻子出血了，随后肺部感染，精神从此垮下去。他与农场病人田振庭曾住过这间屋子，曾对忠英说："血液病人最怕肺感染，感染就活不了了。"他感觉自己快走到生命尽头了。兄弟已回去了，昨天夜里，病人突然病危，医院全力抢救。

上午9时许，护士们推出了设备，病房里传出了一声声凄惨的哭声。媳妇、儿子和老娘都在。老娘已70多岁，当时昏死过去，护士们架她在另外房间空铺上，打点滴。各病室的病人家属几乎都出来观看。为了不影响其他病人情绪，护士们很快劝说刘先生家属不要大声哭泣，慢慢推出病人遗体，移到楼外太平间。病人的东西很快被清理出病房，家属仍在楼道嘤嘤地啜泣。忠英去看老太太，抓住她输液的胳膊，怕她手动，一个劲地安慰她："医生们已尽力了，邱主任是他的老同学，北京已去了，没查出病来。他不痛你们扔下你们去了，你们也别再痛他了。这是命，去了也解脱了。要不你们也拖垮了。"老太太一直痛苦得不睁眼。

兄弟赶回来了，儿子和她亲属很快把东西清走，扶着老太太慢慢走出血五科，楼内又恢复了昔日的平静。

8月8日　星期日　晴

晚上9点多了，和英回住处。街边一个即将废弃的灯箱牌下，一对夫妇和两个女儿坐在那里。大女儿约莫十五六岁，小女儿六七岁。男子一身农民简朴的衣装，媳妇满脸戚戚。男人在地上的一片瓷砖上铺下一张塑料布，又铺上一块线毯，看来他们要在这里过夜。询问得知，他们是吉林人，在葫芦岛打工，小女儿患白血病，全家急到天津来诊治，但双休日，需等星期一看门诊检查。男人只带了几千元。女人说："要是花费大又难治，就买老鼠药一家吃了算了。"英耐心地和那女人说了很久，劝她不要灰心，又提醒不要上医托的当，那会误人。

当我们离开那一家时，自行车、出租车由街旁驶过，谁也不再理会这树荫下的一家，英不住地还回头张望他们。

8月9日　星期一　晴转雨

早晨的晴天很快被阴云遮盖，闷热的空气几乎充斥着整个世界。上午，房主刘女士来了，和她又续定了三个月的租房协议。灯光下，她的额上、鼻梁上很快渗出汗珠。她指着那个摇摇欲坠的碗橱顶上的两个纸盒说："那是电扇拿出来用吧，我帮你安上。"我忙说："好，我自己安吧。"她走后，我取下电扇，左捣鼓、右捣鼓，就是安不好。英回来了，动手安起来，很快装置停当。电门一按，凉风习习，如满屋复生，燥热和凉爽的变换只牵系于一个小小的机械，我们感到了无比的满足和快乐。

中午，天下大雨，窗外梧桐叶被击打得噼啪作响。

4时许，雨小下来，去天环站坐末班车回家。回到家门口，街灯已放出了橘黄的光，投射在宽阔的路面上。

8月10日　星期二　晴

阅读《现代非何杰金氏淋巴瘤学》得知：

淋巴瘤是一类来源于淋巴细胞的恶性肿瘤。包括何杰金氏淋巴瘤（HL）和非何杰金氏淋巴瘤（NHL）。我国NHL发病率高于欧美，尤其中度、高度恶性NHL更为高发。

人们对淋巴瘤的认识已有170多年的历史。1832年，ThomasHodgkin首先发现和描述了何杰金氏病（Hodgkindisease）。1863年，Virchom将发生于淋巴结、脾、肝等淋巴组织的肿瘤称为"淋巴肉瘤"。1871年，Billroth提出恶性淋巴瘤的名称。1955年，Gall根据细胞学形态，将淋巴瘤划分为何杰金氏病和非何杰金氏淋巴瘤。近年，因淋巴组织的肿瘤无良性，即将"恶性"两字省略。

近20年来，全世界范围的NHL发病率呈上升趋势，HL则有下降现象，在经济发达的地区尤为明显。

NHL为一组异质性很强或多样性的淋巴细胞肿瘤，其病理分类极为复杂。我国NHL以中度、高度恶性多见。

近20年来，由于人们对NHL生物学行为的深入认识、有效化学药物的不断产生、新技术的应用（如造血干细胞移植）及综合治疗效果有了很大提高。NHL已成为一类可治愈的疾病。这给病人带来了希望。

8月11日　星期三　晴

自体外周血干细胞移植治疗非何杰金氏淋巴瘤越来越受到医学界重视，具有逐渐取代骨髓移植的趋向。其临床应用日趋成熟。不受供者来源的限制，与自身骨髓移植相比优点很多：患者不需全麻或硬膜外麻醉，可免于采髓时引起的不适；采集过程较简单，不需输血；为放疗后或骨髓受肿瘤细胞浸润的患者开辟了另一个干细胞来源；受肿瘤细胞污染的机会比骨髓少，可减少移植后复发的可能性；移植后造血功能重建快，减少感染和出血的并发症，减低移植相关死亡率；时间短，费用低。

在天津血液病医院，此项移植已较成熟。

8月12日　星期四　雨

　　王靖一家三口和黄骅陈先生来看阳阳，送来了和朋友的捐款4550元，其中他捐1000元，远在唐山等地的同学们捐3550元。他在得知阳阳病后，忧心如焚，动员同学10余人捐款。难得有这样的朋友，在关键时刻想尽办法帮助朋友。

　　王靖夫人已入鲁迅文学院学习，已是有成就的作家。

　　傍晚大雨如注，暑气顿消。

8月13日　星期五　阴

　　奥运会在雅典开幕了，时间从8月13日至29日，中国队阵容强大，预计可获好的成绩。

　　李书记到天津血液病医院看望阳阳。从亲戚、朋友到上层领导，都在关心阳阳。詹先生和刘先生、阎先生三人给阳阳捐款1万元，由朋友智奇送来。三人是南大港有成就的企业家，其善举我当不能忘怀。

8月14日　星期六　阴

　　连日阴雨笼罩，病人和家属的心情也很难好起来。今天下午乘车来到医院。

　　山西医大二院一温姓男孩来住院，诊断为M6型白血病，治疗难度大。小温24岁，大学毕业已工作2年，外科医生。其父50多岁，一脸的和善，已退二线，与我在门厅攀谈起来。这是他的独子，夫人是医学教授，已与他离婚，儿子随了父亲。儿子的病，给了他迎头痛击。但他又有什么办法，拼尽全力要给孩子治疗。前妻的心也碎了，一起来到天津。谈话间，他前妻也来到门厅，加入我们谈话，看面容比老温显得苍老，也是一脸的无奈。孩子的病，使二人又结成了统一战线，好在都还没再婚，还像一对老夫妻。

8月15日　星期日　阴

　　今天在门厅里休息时，程大夫由病房出来与我攀谈，他说，老家菏泽又来了三个白血病病人，其中一个20多岁，竟是和他住楼房对门。另两个是儿童，如今的白血病发病率这么高，使他感到吃惊。

一期期的化疗，程大夫显得很疲倦。他光着头，头上画着红线，也开始做头部放疗，医生已确定给他做自体干细胞移植。他爱人袁大夫每天准时送饭来，显得精神抖擞，没有一点灰心丧气的样子。与人说话也干脆，对丈夫的治疗充满信心。但内行人知道，这只是强打精神而已。

傍晚我乘车回黄骅，在城北郭堤桥下车，两个多小时的路程，天已黑下来，改乘过路的出租车回家。南排河一河的幽静，雨水将河床填得满满的，河里几只野鸭在游，像几个黑点点缀在银亮的水面。

8月16日　星期一　阴转晴

《菏泽日报》编辑赵辉给我寄来日报三份，刊载程大夫事迹，对我起草的文稿作了一些修改，我去天津时要转两份给程大夫。电话与程大夫爱人联系，她讲报纸发表后，有社会宣传效果，但捐款者寥寥，多是程大夫治疗过的病人，看来通过报纸媒体以求社会募捐并不理想。

程大夫花费已近20万元，可借的都已借了。单位改了股份制，从单位要钱也很难，程大夫已面临山穷水尽。也许报纸上文章发表后还会感动许多富足的善心人。

8月17日　星期二　晴

小何山进了隔离室，留下一盆小榕树。那小盆太小，椭圆形，只我手掌大小，盆上的花釉光润得像唐三彩。那棵小榕树也确实太小了，根部显得更大些，三个膨大的根扎进土里。根上方分出两支，每支上弱小的枝条挂了几片树叶。树叶颤颤的，仿佛手一触就会掉下来，而我真不敢去触它们。小盆最初放在铁柜顶上，第二周末我到医院时，已放在了窗外，时有几滴雨会落在盆里，树叶看起来又少了两片。小树是何山的前病友留下的，让何山给照看着。但那病友回家后一直没再回来，人们知道，那病友已凶多吉少。英不让管那小树，觉得晦气，猜想那病友总不来复查可能已经不在了。但我觉得小树总是一个生命，尤其在这气氛抑郁的医院里，它的生存仅仅依靠人们恩赐的一点点水分。

我用小纸杯接上点水，把窗户开了一道缝，轻轻贴着盆边慢慢倒水。

我知道，倒水急了，盆中的土会流出来。早晨，阳光照耀在小树上，小树显得有了精神。病房里的小病人舒娜还常跑到阳台上，看看榕树，爱怜地用手触触那几片颤颤的叶子。榕树是南方高大的乔木。盆景虽小，却也微缩了它坚韧的生命力。它是一棵有生命的树啊。小榕树会生存下去的，我心里在想。

8月18日　星期三　晴

我和英每天从住房到医院，要经过万全路口到南京路西行。路口北侧的住宅楼前，一株槐树屹然挺立着。一臂环抱的枝干上，留下撑裂开来灰色斑驳的树皮，枝干挺上十几米高，越过了三层楼的窗口。分叉成三个分枝，潇洒而遒劲。街道已重新翻修，树下的地砖开始翻起，换成新的有些褐黄的地砖。大树起码已有30多年的树龄，城市日新月异的更新，这栋6层住宅小楼还能存在多久，人们不得而知。这棵树的命运今后又会怎样，我为它担忧。

树是有生命的，有生命的肯定会有思想，它此时可能有三种心态：

不管人类如何对待它，或是它的枝干树叶遮挡了窗口，或是人们嫌它占据了本来不宽路的一个狭窄的角落，或者其他的原因，而砍去了它的上部枝干，削去它旁边的横枝，它将逆来顺受，只要生命还能存在下去。

人们可能在某一天把它连根掘起，运到郊外，草草栽在一个土坑中，任它自生自灭。它在雨水的亲吻下，在温暖的阳光下死里逃生，干缩的枝干上重新发出幼小的绿叶，它能够适应新环境。

也许，它被机车撞开了树皮，或在一个夏夜被暴烈的雷霆烧去了半个身躯。但它还要活着，默默地愈合自己身上的创伤，用片片的绿荫覆上裸露的疤痕，把绿叶的面积慢慢扩展，尽量保持一种美好的对称。它会奋力抗争自然和人为的伤害。

南京路上绿化带的修整，已砍去了许多高大的白蜡和杨树，被扔上巨大的卡车隆隆运走，不知去向。

8月19日　星期四　晴

阳阳今日血象较低，下午我乘公共汽车到医院。阳阳安静地躺在床上，戴着口罩，稍微的疏忽都会带来病情的加重。

大厅里，家属们有的在下象棋，有的在议论，发着牢骚。

一家属："这里的病人还不如监狱犯人。犯人吃不饱，但有期限；病人让化疗打得味觉不行，消化能力差，吃不好，治疗往往又无期限，甚至不知最后能否治好。你说，能比犯人强吗？"

另一家属："给医生们也做做骨穿，别打麻药，让他们也受受。"

又一家属："骨穿也推广到监狱，作为一种刑罚，判刑后可以用这种刑罚，让人们都尝尝。"

又一家属："日本鬼子的731部队要你的人做实验，但不要你的钱；这里研究所不仅要研究你的人，也要你的钱。"

我和几个议论者都发出一声声苦笑。

8月20日　星期五　阴

老袁40多岁，中等个，戴着一副眼镜，神色抑郁，看起来也还坚强。邯郸人，某地办公室主任。儿子17岁，患了白血病，已在准备干细胞移植。几天前他与老刘一同去北京咨询骨髓配型供者信息。他们都很幸运，老刘为孩子找到了国内供者，老袁通过台湾骨髓库找到了两个供者，两人非常高兴，孩子有救了。立即经过红十字会联系供者，老刘这个联系好了，老袁方一个供者不再愿意捐供干细胞，另一个已联系不到。回到医院后老袁情绪一直低落，他在大厅椅子上坐着，脸色很不好看，不愿和人说话。别人跟他说话，他也没有一丝笑容。一个家属说："还是放弃做异体吧，不行就用自体吧。"老袁抱着头沉闷地低垂着，不再说一句话。周围的家属被他情绪感染，没人再多说话，人们像沉浸在窒息的空间。

8月21日　星期六　中雨

中午一场急雨，时有雨点从小屋窗户的纱窗上弹在我的脸上，我转过头很想睡上一觉，但哗哗的雨声不是睡眠时很好的伴奏。

雨停了，下午时间还充足，沿鞍山路去金街，转了几个书店，买回姜戎的《狼图腾》。作者以浓重的笔墨描写了草原狼的生存以及人与狼的关系，寓意深刻，在作者眼里：狼图腾的精神是中华民族精神的"魂"，而这种可贵的"魂"已被农耕文明所淹没。在今天经济全球化时代，需要这种狼为生存坚韧的精神。狼是意志和力量的高度象征，这种可贵的精神可以启迪每一个人。

孩子治病需要这种"狼"的精神，在生存与死亡面前，永不言败，奋力抗争。在艰难与曲折中战胜病魔，还一个健康的躯体。这本书我要细细地看下去。

8月22日　星期日　晴

新调换来的实习医生给郝放做骨穿，小医生不太熟练，十多分钟过去，还没做完，很痛，孩子哭喊起来。一般做骨穿医生不让家长看，都请出病房，老郝在楼道口听见，急得用拳头砸墙。又10分钟过去了，还未做好，孩子还在哭叫。"咚咚咚……"老郝的拳头砸破了，手背上流出了血。医生停下来走出病房不再做。

老郝又喝酒了，在大厅椅子前放上一张木椅，打开两个快餐盒，一个是猪蹄，一个是鸡翅，那瓶酒是板城烧。他黑着脸，不和人说话，不多会儿，那瓶酒喝去一半。

邹大夫过来了，告诉老郝，明天由他来做，老郝脸色慢慢红起来。

郝放回来住进半隔离室时，人们关切孩子的病。老郝对人说："郝放是小面积复发，打打疗就行。"打了疗后，仍不能出院，老郝自嘲地说："还是那一小撮（病毒）。"人们也真期望那孩子病不重，能早日出院。其实孩子的病已经复发，只是他不愿说破。

8月23日　星期一　晴　处暑

昨天傍晚由天津回家。今天中午下班后，在家里煮上一点挂面，刚刚吃完，门敲响，原来是陈广凤母女，她们从下铺村坐交通车过来。女儿爱敏的学校快开学了，她教语文，很累，单薄弱小的身体怎能顶得住繁重的工作。但她很乐观，她说："学校领导都对她很好，她也能照顾好自己。"临走，放下600元，说给阳阳弟弟看病用。她每月工资1000多元，工作时间不长，怎能要她的，她的执意坚持让我无法谢绝。

母女下楼走了，她们还要赶车回几十里外的下铺村。

8月24日　星期二　晴

沧州吴老师来，送来新书数十册委托我代卖，这是长篇历史小说，是作者的一部力作。60多岁的原作协副主席、专业作家，创作热情胜过年轻作家。和他同来的是穆先生，经营一家石材公司，个人是石雕艺术家。二人要去看大洼湿地，秘书陪他们去了。他们临走时，每人留下500元给孩子看病，他们说："收下吧，谁让我们是朋友呢。"十几年前，吴老师到我家做过客，那时条件很差，简单的几个小菜、一瓶薄酒，寒酸至极。但吴老师提起旧谊记忆犹新，别有情趣。

8月25日　星期三　晴

多次劝阳阳："阳阳，休学吧，一年时间有利你治病，留得青山在，不怕没柴烧。""我不，我丢不下这个班。"看他的坚决态度，我确实难以再劝。阳阳坚持不休学，感动了学院。江书记的意见基本同意阳阳不休学，但出于关心，嘱咐阳阳仍要以治疗为主，有一个健康的身体再继续学业不迟。考虑阳阳的实际情况，学校开学后的评估考试可以不用参加。在电话里，我很感谢学校的决定。

8月26日　星期四　晴

阳阳做完7期化疗后，今天血象较好，白细胞1.33万、血色素10克、血小板10.1万，下疗后的恢复期间是身体状况较好的阶段。阳阳很想回家，英找了赵主任，赵主任同意了，竟给了10天的假期，让阳阳高兴万分。孩子的病友每一次打大疗和移植前都愿意回趟家，当初小马进隔离打大疗前非要回家不可，孩子们生怕从此回不了家，那潜意识大人是理解的，只要医院许可就要尽量满足。

下午母子回家来了，阳阳像笼中的鸟儿又获得了自由，虽然这自由只有10天。这短暂的时间也会给他带来不少的欢乐。

8月27日　星期五　晴

沿着王徐庄盛源大街东行，二里多地那棵大椿树南，就是岳母家。三伯伯在大树下乘凉，见了我抓住我双手不放，突然老泪纵横，眼泪沿着满是褶皱的脸颊流下，一句话也说不出来。70多岁的人了，矮小的身材显得更加瘦弱，两脚交替跺着，我知道他的心里在说什么。

岳母也突然间显得老了很多，腰弯得更厉害。她血压高，每天服药，说话间又流泪了。倒是我需要安慰她老人家。我说："阳阳回家来了，没关系，他很快会好的。""还回去吗？""过些天回医院。"

离开她时，她拄着一根拐杖在院里看我走出去。回过头，偌大的院子只有她一个孤独的老人。

8月28日　星期六　晴

庆恩又要去北京上学了，今天来办公室找我，留下500元钱给阳阳看病。他是年初进入首都师大书法系学习的。从小苦练书法，学有成就，去年参加全国兰亭怀书法大奖赛获大奖。兰亭奖为全国书法界最高奖，获首届此殊荣的仅30名，多为年轻书法家。他原在办公室任秘书，人品好，文笔亦佳，3年的学习，将使他如虎添翼。在参赛前办公室为他提供了许多支持，如今带薪学习，为他创造了良好条件，相信他会不负众望。

8月29日　星期日　晴

奥运会今晨闭幕了，中国健儿们大显身手，获得35块金牌，名列第二，也是成绩最好的一年。中国是个人口大国，理应在世界上成为体育大国。4年后的2008年北京奥运会，中国的金牌成绩肯定会更好。阳阳常常看电视比赛，对中国的足球，他像很多球迷一样极不满意。他最盼望的是能回校和同学们踢上一场，但那又是何时呢。

8月30日　星期一　晴

英由医院回来的第二天就去学校上班了，长时间没有上班，她真想好好上几天班。老师们纷纷问候她。学校的新教学楼启用，图书室由平房搬迁至四楼。图书室管理员加英三人，他们把书绑成捆、编上号，发动各班的学生们来搬。3万多册，足有十多吨重，几天下来，终于搬完，随后的整理任务还很重。英今天回到家累得歪在沙发上，我问："累吗？""累，但工作真好啊！"8个月离开了工作，如今她感到工作的幸福。"工作着是美丽的"，这时，她体会最深。

8月31日　星期二　晴

大学就要开学了，阳阳在家里沉不住气。给同学们打电话，询问学校的情况、班里的情况。班主任换成了许老师，林老师去北京上研究生了。同学说新书他们会给领的，学校的情况会随时打电话告诉他，还是治病要紧。

阳阳很想回一趟学校，我们当然不会随意放他走了。

9月1日　星期三　晴

写茅草的文在日报发表了，其实我写茅草也是写人，我写道：

"和风轻柔地拂过大洼，大洼蓦然间有了精神，一天天，淡淡的绿像水粉画一层层地敷色，天幕也似乎比冬日更蓝一些。在那些松软的草洼、树林、河滩，那些坚实的场边、沟塄、地头，初生的茅草像一支支坚矛挺立着。和褐黄的草棵、嫩弱的青蒿相伴，茅尖有些发红，人和牛羊不经意间走过难免心生几多惧怕。几日间，草莛抽得好高，焕然吐出一片洁白的花絮，如姑娘身边待纺的棉条，静静地沐着阳光和晨露。茅花的怒放往往是在一个阳光灿烂的日子，一时间遍野绽放出团团白云，在绿丛中那么耀眼夺目。在风的摇曳下，分明是一副动感图画，那白色浮在绿草上，忽高忽低，忽左忽右，几乎主宰了整个原野。如果把它比作晨霜，霜似乎略淡了些，也经不得阳光的亲吻；如果把它比作瑞雪，晨光下那水淋淋的色泽又似乎故作多情。茅花绒绒的忍不得拔一枝在手，花絮蓬松着，小小的黄色花蕊托挂在花絮上，手的微微摇动，也会簌簌飘落许多。"

百姓们像洼里茅草，岁岁枯荣，生生不息。艰难、灾患，他们勇敢地经受，而留给世界的又是那么朴质和美好的一切。茅草是平凡的，其伟大在于它们不屈的生存方式。它们是大洼里的一种精神。

9月2日　星期四　晴

阳阳就要进行自体干细胞移植了，今天电话咨询潘大夫自体干细胞移植的情况，又翻阅自购的专业书《外周血干细胞移植》。

近30年来，随着实验和临床血液学及相关学科的迅速发展，造血干细胞移植的技术逐渐成熟并得到广泛的应用，已成为治愈某些恶性血液病、实体瘤、遗传性及免疫性疾病的可靠选择。它包括自体、异体、脐带血干细胞及CD34+细胞移植等。外周血干细胞移植是一个逐步认识应用的过程。20世纪的1959年实验证实外周血干细胞重建骨髓系造血；70年代从人血中直接检测出造血干、祖细胞；80年代后期有了成功的移植报道；90年代其实验研究和临床应用迅速开展。期间发现人类脐血中含有大量造血干细胞和祖细胞，已成为干细胞移植的一种途径，许多国家已建立了脐血库。我国外周血干细胞移植起步较晚，但基础研究和临床应用发展也很迅速。

天津血液病研究所是外周血干细胞移植研究和临床的重点院所。

9月3日　星期五　晴

外周血干细胞移植的治疗原理和骨髓移植相同，其关键技术是：外周血干细胞/祖细胞的动员。正常生理情况下干细胞含量稀少，需要运用干/祖细胞动员剂以及进行分离和纯化。

有效动员后，应用血细胞分离机采集足量的干/祖细胞。再利用免疫吸附柱纯化法、免疫磁珠法、FACS分选法等分离、纯化。造血干细胞、祖细胞还要进行体外扩增，在一些细胞因子作用下，经1至2周使细胞总数扩增30—1000倍。还要进行体外干/祖细胞的净化，利用物理、生化、免疫的方法，选择性地杀伤残留的肿瘤细胞，尽可能地保留正常造血细胞。

上述工作的完成才为干细胞移植做好了准备。

9月4日　星期六　晴

资料显示：恶性淋巴瘤发病率约3—4人/10万人。自20世纪80年代采用自体骨髓移植治疗非何杰金氏淋巴瘤成功以来，随着自体造血干细胞移植（包括自体外周血干细胞移植）技术的不断完善、成熟，已成为患者获得长期生存的有效治疗方法之一。

每一项医学科研成果，凝聚了几代医学科学工作者的辛勤劳动。作为今天的恶性血液病患者，首先应该感谢这些医学工作者们，他们是天使，是生命绿洲的创建者。

9月5日　星期日　晴

十天的时间转瞬即逝，阳阳对家的眷恋是那么浓烈。但今天的离开家，是为了以后能回家。今天的回医院，是为了今后的远离医院。

与赵主任电话联系，赵主任讲床位明天可以腾出一张，阳阳可明天回院，阳阳又高兴了，可以多在家里待上一天。几个朋友给阳阳打来电话鼓励他回院治疗，英整理着回院的衣服、洗漱用具、餐具和各种用品。这次回院，将面临关键的治疗阶段——干细胞移植，精心地准备，坦然地面对。对孩子移植我有些惧怕心理，但又盼着尽快进入移植治疗，8个多月的治疗都为了这一阶段的到来。

9月6日　星期一　晴

　　今天是周一，机关有会议，我不能去送阳阳回院。上午，英和阳阳回医院。我静静地等待他住进医院后的消息。午前，英打回电话，邱主任、赵主任已通知阳阳，本月下旬要为阳阳做移植了。英既高兴又有些害怕，终于盼到了移植这一天，但移植能够顺利吗？能成功吗？英忧心忡忡。"没关系，我们盼到了这一天，要相信医生的技术，孩子已闯过了8个多月险关，要相信孩子也会闯过这个大关的。"我在电话里鼓励她，我们做父母的有信心是何其重要。"我担心……"英在电话里默然了。

十四、生死移植

9月7日　星期二　晴转雨　白露

　　大洼里的绿由春至夏，像水粉画的色彩由淡到深。秋来，已浓得涂抹不开，此时的洼里才开始变幻着新的奇彩。在人们不知不觉间，高粱由粉红变成成熟的赭红，在田野东一片、西一片；玉米花已扬尽，黄白的花穗连成大片，与赭红交错；棉田已有白花绽放，还只是大洼七彩中斑驳的点缀。苜蓿花紫的方阵、大豆黄的条田将与那大片的赭红媲美。雨来了，人们躲进屋子、鸟飞入树丛、虫藏在草棵，把一洼的美抛弃在了原野，抛弃在秋雨的淫威下。

　　咨询北京武警医院贺大夫，得知松花粉是马尾松和油松的花粉，古代民间药食兼用历史悠久。久服能强化机体新陈代谢，调节内分泌，提高免疫力，健脑益智，增强记忆力，延缓衰老，消除疲劳等，具有很好的医疗保健作用。汉《神农本草经》："久服轻身益气力，延年。"唐《新修本草》："松花名松黄，拂取似蒲黄，久服轻身疗病。"李时珍《本草纲目》："润心肺、益气，除风止血。"

　　国内已在开发应用。马大姐赠送的数盒，移植后可给阳阳服用以增强免疫力。

9月8日　星期三　晴

　　晨乘车去天津，至医院已近9点。英在医院门前焦急地等我好长时间，阳阳今天还要做几项检查，英要去传染病院送血样，忙不过来。我带阳阳去胸科医院检查，出租司机是个40多岁微胖男子，说起血液病，感同身受："我侄子得的是血液病，1993年得的再障，花掉了六七十万，亏得我哥经商，能支付得起这些钱。"

"孩子全靠输血维持，输的血得用水罐装，有好几吨重。""孩子个子好高啊，从小壮实得很，那时治不了啊。他死时12岁，今天要活着也20多岁了，跟你孩子这么大了。"他向后略略转了下身子，又坐正，不再说话，我们都默默无语。我知道他心里一定很伤心。好在路不远，胸科医院到了，我们下车和他打声招呼，他摆摆手关上了车门。下午阳阳做完了全部检查。

9月9日　星期四　晴

医院前的大树下，原有些老人每到下午提着鸟笼来遛鸟，老人们怡然自得。笼中鸟多画眉，声调婉转，行人停下脚步听听鸟儿这美好的歌声。鸟儿一副快乐的姿态，岂知它们用自由换来了生存的不虞和名声的远播。

鸽子盘旋在新疆路一带的上空，时而在楼宇间穿行，脚上的竹哨嘤嘤作响连成一道炫耀的声浪，累了收翅回归温暖的巢。那些阳台上有漂亮的、邋遢的油毛毡或木板小窝，它们也是不愁吃喝的小康鸟族。

喜鹊和啄木鸟在高大的杨树、白蜡树间飞来飞去，忙着搭窝或给小雏觅食。但它们在楼群的夹缝中生息，还要警惕农药的侵害，它们只能算温饱型的鸟族。

麻雀具群居性，忽地飞到东，忽地飞到西，草坪应该是它们最好的觅食田园。但草坪为川流不息的人所有，偶有的空当也容不得雀们多下几啄。20世纪的1958年除四害的遗风，绷起了它们提防弹弓飞子的高度紧张的神经。瘦弱的麻雀是贫穷的鸟族。

城里的鸟，依托于人者生活无忧无虑，但需仰人鼻息，供人娱乐；独立者，面临生存危机，但却守住了一个顽强的品质。

9月10日　星期五　晴

小车队长文达的表弟董万涛，以554分高考成绩录入河北公安警察学院，一家人高高兴兴为他准备行装。没想8月23日突然发病，送天津肿瘤医院检查，诊断为淋巴瘤及隐球菌感染。回黄骅公安医院输液，在京购来良性霉素B等药治疗。但时间过晚，9月3日死去，发病至死亡仅十日。两个月前发现颈部有肿大淋巴结，但家人没在意，还顺利通过了录取前的体检。其父已50多岁，尚有一女。儿子病死，一家如遭塌天大祸，文达谈起此事，也悲伤不已。隐球菌听说来源于鸽粪或禽类，但这孩子不养鸽，如何感染也不清楚。家人回忆说孩子光脚有伤碰过鸡粪。人间的悲剧不断降临到那些苦难的人们头上，使人猝不及防，让这些悲剧绝迹吧。

9月11日　星期六　晴

今天乘车来到医院，进血五科楼道，见到张爽站在病房门口。看起来他身体壮实多了，移植后的脸有些发黑，头发已长到了1寸多长，盖严了头部。胡须长得好长，他任其长着，没有刮掉。身体比过去要胖，一副健康的模样，没有一点病态。我跟他握握手："张爽，你好吗？""好啊，伯伯，你好。""快出院了吧？""快了。"他一脸的喜悦。我很为他高兴，为他的康复、为他从死亡线上走回来高兴。

9月12日　星期日　晴

老郝跟我说：天津用血空前紧张，在津的外地病人用血，必须在用血的三天内献血，然后批给用血指标到血站交三倍款取血。

郝放要输血，他去血站取血，血站不给，认为他献血已经过了一个月。老郝好说歹说不行，和血站主任吵了起来，大喊："你出来，我非宰了你不可！"坐在门前花坛不走，血站主任惧怕了，不多时叫来了110警察。警察问清了原因，不仅不抓老郝，还同情他，指责血站："今后这种事不要叫我们。"警察们走了，老郝不走。傍晚，一个护士将一个血袋轻轻放在窗口，叫老郝去取走，那主任始终不敢露面。

天津用血紧张和发动无偿献血不力有关，以百万人口的大市竟然用血紧张到这种程度，采取歧视外省病人的办法是不当，还是无奈？

9月13日　星期一　阴

病房窗台上，病人赵老师的爱人买来了一个小鱼缸，清澈透明的水里游动着4条小金鱼。鱼缸不过一只碗大小，小鱼也小得可怜。其中3条红身红尾，肚子透亮，可以看得见腹中的内脏。另一只稍长一些，黑鳍黑身，肚腹也透着肝肠。它们的眼圆睁着，游来游去，或上或下，不知它们如何休息。看久了，看出了名堂，那条大点儿的鱼总躲闪着那3条鱼的攻击，那几条小鱼轮番向它撞击，它回避着向下潜去，或向上浮起。赵老师爱人说，那条鱼是后来买了放进去的。

傍晚，那条小黑尾鱼浮起来，翻着肚子，死去了。

鱼缸是金鱼的牢笼，金鱼们并不知自己的危机，却群起攻之，视它色鱼为异族，置之死地而后快。我为那3条小鱼的命运担忧。

9月14日　星期二　雨

阳阳的女同学小黄来看他了，明天阳阳就要进7楼移植仓。小黄带来了同学们叠的千喜鹤，红的、绿的、天蓝的、黄的，五彩斑斓。英买来了红线，一个个地用针穿起来，每串16只，一共穿了8串。每只鹤都伸开了翅膀，一个个展翅飞翔的样子。明天，要给阳阳挂在窗外，它们会给他带来吉祥，带来生命的活力。

下午，秋雨纷纷扬扬地下，天津的秋似乎来得早。

英给7楼移植仓护士送进了阳阳必用的物品：几本书、几件内衣，其他东西一律由移植仓护士配给。

9月15日　星期三　雨

小雨仍在不停地下，直到中午才小下来。午饭刚过，邹大夫来病房叫我和英去谈话。他拿着一张表很郑重地一项项念着，解释着移植的风险。作为医生要尽到的职责是尽量减少这些风险，而家属则要承担所有风险的后果，我不敢过久、过多地思考那些后果。作为邹大夫，已不止一次地严肃地向病人家属宣读过这些条陈，履行着他的常规下的职责。我拿起笔来，在那张表上签下了名字，邹大夫也郑重签下了他的名字。

3时，我们用轮椅送阳阳去七楼，他义无反顾地走进了隔离室的便门。很快，护士将他的衣、鞋全部送出小窗口。今后一段时间，阳阳的一切，都由她们负责了。

阳阳的隔离仓是由西向东第四室。七楼一共六个仓，由西第一、第二、第四仓属血五科，第三、第五、第六仓属血七科。我们将买来的6只苹果摆在了仓外的窗台，挂上了千喜鹤。窗户上框原有一根桃枝，那是上一个病人家属放下用于避邪的，不用动它，让它继续震慑邪祟。阳台不过1米多宽，可放椅子，家属能守在阳台。虽然治病是医生的事，家属们却可以在阳台给病人以精神鼓励，作用也非同小可。

今天正巧是首届国际淋巴瘤宣传日。国际淋巴瘤联盟和世界卫生组织共同发起这一活动。9月11日在上海拉开序幕，随后在纽约、香港等十多个主要城市陆续展开。旨在帮助人们认识淋巴瘤的症状，尽快治疗。目前，世界上100万人患淋巴瘤，每年新增病人35万人。已确定每年9月15日为国际淋巴瘤宣传日。

9月16日　星期四　晴转阴

早晨，我和英由住处忙乱地吃点面条，给阳阳送去一点高压饭。他吃了半碗小米稀饭、一片馒头，今天要去放疗，也吃不下什么。

9点40分，阳阳由移植室用担架车推出来，包裹得严实，戴着医用消毒帽和口罩，由电梯下到一楼，抬上救护车。这是一辆急救中心的用车，设施齐全，速度很快，向北京方向驶去。车上有孙大夫、王大夫和护士小褚。我和英带着包裹着的高压锅，里面有阳阳的午饭，还带有随身的用品。

北京医院里，阳阳吃了很少一点饭。放疗一直进行了5个小时，阳阳一声不吭忍受了5个小时。他患病以来忍受得太多了，还有什么不能忍受的呢。最后他从放疗床上下来时，"哇"的一声吐了。早上、中午吃的一点东西全部吐净。

霓虹灯忽明忽灭，我已无心看京城街上的夜景。阳阳闭着眼，随着车在行走，盼着早点回到天津的医院。阳阳回到移植仓时，已10点多钟了，他又呕吐了，晚饭也无法再吃。

9月17日　星期五　小雨转阴

清晨，小雨又下起来了，好在不久又停歇下来。

阳台，成了移植病人家属临时的家。或搬一个躺椅贴在墙边，或用张条椅伸在那里。用一块床单两边用绳拴牢遮挡一下风雨、阳光。买来饭就在阳台上吃，时不时看看病人输液瓶的药量。我们在阳台也安了"家"，左侧有甘肃的王家，他的儿子移植比阳阳早半个月，妹妹给他做干细胞供者。右侧是南方的一个40多岁的商人，小女儿在移植仓接受异体移植。最东还有盐城的女士，她的女儿子薇已进行了干细胞移植。大家很快熟悉起来，为人父母，同病相怜，相互间如朋友在一起和睦相处。

洪江夫妇来看阳阳，在阳台上给阳阳打个电话，鼓励阳阳。阳阳只说："谢谢你们。"二人原在农场工作，爱人是天津知青，年轻时两人结成伉俪，和和睦睦，如今回到天津成了退休市民。阳阳又呕吐了，根本吃不进什么，我们也只有干着急。

9月18日　星期六　晴

天终于放晴了。心情也应该好起来，但医院前南京路正在改造，要赶在国庆节前完成维修。主道拓宽，原来的自行车道改为汽车道，原来的林带只留2米多宽，其余改为自行车道和人行道。民工们日夜不停地施工。地铁口有工程队在日夜整修，把原有的水泥浇筑全部打为平地。碎石机不停地敲打着水泥墙，"砰砰砰砰""砰砰砰砰"，从早到晚，从晚达夜，唯一的停歇是一日三餐和夜10时到次日8时。慢慢地，我也习惯了，不习惯又能怎样，不能因你的烦躁而不施工。我渐渐地达到充耳不闻，泰山崩于前而色不变的境界，人生需要这种乱中取静的修炼。上午10时，全城汽笛长鸣，警报拉响，告诫人们不忘"九·一八"国耻。

9月19日　星期日　晴转阴

阳阳那狭小的移植仓内，悬挂着输液瓶、袋。大的小的，有时达到4个。护士在仓旁的走廊拉开小窗口换液。阳阳用高压锅蒸过的水杯在小桌上接净化水喝。饭送进去，阳阳吃不上几口就停下来，送出来的饭盒往往原样未动，调上的一盒米粉也只喝上几口。从阳台上窗户玻璃看进去，阳阳一天天几乎都在昏睡不起，也不忍心给他打电话惊醒他。

晚上，王建从深圳打来手机问候阳阳。我说请放心，阳阳正在移植仓接受移植，会好的。

夜深了，左右邻都回去休息了。我在阳台条椅上铺开一床被子，用一个书包当枕头。我要在这里给阳阳当"守护神"。这也是家属们在病人移植时的惯例。人们说：男子汉守护病人，能挡住鬼魅的侵扰。我想，孩子能随时看到父亲，心中会安稳的。后半夜，小风嗖嗖地顺着阳台刮，布帘吹得鼓胀。我蒙上头，难以入睡，干脆看着星辰、看着楼上的灯。原有点恐高，最初，总觉得椅子要飘起来，或向外倾倒。阳台上睡觉让人难免有一种不稳定感。还好，慢慢地，心态平静下来，适应了，睡熟了。

9月20日　星期一　晴

　　晨，最早的鸟鸣打破了沉静，阳光从对面楼群缝隙中挤出投射在阳台上。英给阳阳送了饭，高压锅递进隔离室走廊小窗，里面还是一盒米粉汤。我俩在阳台上吃了早饭，是她带来的馒头、咸菜。

　　阳光慢慢爬上楼顶上方，阳台上很快晒热，一些家属陆续来看病人。10时，主任医师和两个医生进入隔离走廊，严格消毒后进入阳阳的仓室，挂上了干细胞袋，回输干细胞开始。这似乎是一个神圣的时刻，那殷红的干细胞流进孩子血管里，它们在血管里奔流着，带着生机带着活力，带着生命复活的强劲的信息。每一个细胞跳动着，奋勇争先地向前，将为孩子重新建立新的造血机能，这是孩子从此走向新生的一个分界线。我为他高兴，也为他祈祷。一个小时过去，干细胞输完，医生们离开了病室。我们悬着的心似乎落了下来，但这只是心重新悬起来的一个短暂的间隙。

9月21日　星期二　晴

　　早晨不到8时，住院楼东侧的广场处响起了鞭炮声，"噼噼啪啪""噼噼啪啪"，家属们拥向东阳向下面观看。昨天一个在门诊就诊的白血病人经抢救无效死亡。今天家人来送走火化。大椿树东，出租车散乱地停放了六七辆。大门外，两个农民打扮的男子点燃了地上铺开的大地红鞭炮。一阵密集的炸响后，灵车缓缓地驶出医院，出租车一辆辆在后跟出大门。人们说，这是郊县的一个病人。

　　一辆救护车开进了大门，七楼的一个危重病人用担架从电梯抬下，送上了救护车。他的妻子、儿子和亲属上了车，很快开走了。听人议论，病人是太原人，家人租车送回太原，看来已经放弃了治疗。

　　阳阳一天仍不能吃东西，血象在不断下降。邹大夫说，不要怕，白细胞要降到零。

9月22日　星期三　晴

　　阳阳的血象还在下降，白细胞由昨日的1470降至600、血色素10.5克、血小板由11.4万降至8.4万。每日的营养仅靠输液维持。傍晚在七楼大厅碰见操四川口音的一家三口。男子穿着病号服，戴着帽子。

女子在一旁跟随。我走过去问女的："你们是哪里人？""四川泸州。""啊，我们是老乡呢，我是合江人。""是啊！"女的眼光现出惊喜。男的50多岁，身材敦实，脸很白净。患白血病来此医院已经三个月，几次化疗，肝肾功能已折腾得很差，病情一直没有缓解。他的儿子有十七八岁，父亲的病已让他一脸的老成，毫无一点稚气。在阳台，他走过来悄悄对我说："爸爸的病不能治了。没有缓解，我们也没有钱了。"男老乡看起来还不了解自己病情的严重，家属也没如实告诉他，他对我说："明天我们要回去了。医生给了治疗方案，回家治省点钱，这里花费不得了。中秋节快到了，回去过节。"一家三口看起来还乐观，我心中祝愿这个老乡能起死回生。

9月23日　星期四　晴　秋分

应日报的约稿，我在文中写道：

在秀美如画的川南，大江在这里由北向南转过一道弯赫然放流东去，赤水、习水和长江汇流处坐落着古老而旖旎的小城合江。55年前，一阵枪炮声响过，人们跑在这座2100多年古城的青石板街道上，欢呼着跳跃着，迎接着一队队人民解放军进城。"天亮了，解放了"，青年人唱着歌，在硝烟刚刚散尽的大街上，初升的太阳照亮了每一片青色的屋瓦。

当我踏上渤海边油黑的土地，惊奇地看着这片广袤无边的大洼，一颗11岁的心竟跳动得那么剧烈。那浩荡的大洼里，苇蒲苍苍、游鱼浮潜、禽鸟联翩、稻田碧绿如茵连着天边的彩霞。农场建立不到3年，这个由烈士黄骅命名的土地上兴建的国营农场，刚刚从饥荒中走过来，大洼人用黝黑坚实的臂膀开垦了这片亘古荒凉的处女地。秋收的来临，也是稻浪金黄、苇荡飞花、鱼雁肥美的时候，农场迎来了有史以来第一个丰收年。从此，古老的大洼成了鱼米之乡，大洼人也真正领悟了自豪的内涵。

岁岁枯荣的草木终于迎来改革开放的春天。20世纪80年代，3800个家庭农场建起来了，从此结束了大呼隆的劳作。各种公司应运而生，工业的发展更加突飞猛进，一个农工商综合经营式的农场站在了全国农垦的前列。90年代，精明的大洼人在承继了几十年经验基础上，重新审视自己的发展道路。工业走向优化组合，畜牧、水产、林果优势产业一步步壮大。古老苍茫的大洼成了远近闻名的湿地自然保护区。大洼人憧憬着、呵护着这块充满神奇的净土。要为众多的生灵留一片静谧的伊甸园,当然,也是给大洼人自己。

当踏进21世纪的门槛,劳累一生的父母相继倒在了新世纪的曙光里。他们是农场最初的建设者,是从600年前大洼移民后裔薪火相传而来的拓荒者。他们带着对大洼付出后的满足溘然而去,我们这一代又成为当之无愧的继承人。55年,也许不算太远,大洼从风风雨雨中走过,作为见证人目睹了这个变迁,应该说是幸运的。

我们这一代,是注定要经受磨难的一代,国运衰人亦衰,国运昌人亦昌。我们个人的命运与国家的命运紧密相连。

今天,我比同龄人又多一层苦难,那是个人命运使然。但愿个人承受下这苦难,天下同龄人都得到幸福。

9月24日 星期五 晴

透过两层玻璃,阳阳躺在床上,输液瓶、袋下的滴管一滴滴地没有间歇的时候。护士来了挂上了一个像提包样大小的透明塑袋,乳白色的液体慢慢地向下滴注,白色液体使塑袋时而像云彩、时而像地图,又像美丽的山水画。那是乳脂,支撑阳阳生命的营养。晚上,阳阳便血了,医生检验是旧血,是因放化疗肠胃黏膜被损坏所致,这会引起味觉、食欲的降低,需要慢慢恢复。

英在阳台撑开一张折叠床。她说晚上也不再回租住房去,跟我一起在这里守着孩子。我睡条椅,这是我们结婚后第一次两人在露天睡觉,而且是在天津这座大城市里。

孩子这是一场生死考验。凡孩子移植期间大人不能离开阳台,让孩子一睁眼就能看见父亲或母亲,他的心里也就放心。在他心目中,父母又是心里的支柱,时刻在关心着自己,一旦有情况会及时地解决。听人说:孩子就像闭关修炼的人,外面要有人守着,这是难关。这难关也太大了,各个窗台上摆放的苹果、桃枝、悬挂的千纸鹤,寄托了人们的诚挚愿望。

9月25日 星期六 晴

日出之前,我们起来了,我问英:"睡着了吗,睡得好吗?""睡得好,你呢?""也很好。"我们相视而笑。其实,一夜的半睡半醒,偶有几个蚊子不厌其烦地骚扰,我们仍然一脸的疲惫。

孩子的二舅又从北京过来看阳阳，双休日，他可以待上两天。阳阳白细胞降到50、血小板2.1万、血色素9.2克。医学上，白细胞降至100以下几乎为零。午后，护士开始给阳阳打增白针，晚间输一个血小板。阳阳又便血了。六室的家属是个年轻女子，约莫30多岁，漂亮的脸庞，唯有眼圈有些发乌，微笑的嘴唇有时两角下垂，带出不易察觉的忧伤。她的女儿子薇，19个月前发病，在上海诊断为M3白血病，辗转治疗数月不见缓解。慕名来天津治疗，确诊为慢粒（慢性粒细胞减少白血病）。已移植，因上海诊断的错误贻误了治疗最佳时间，已向上海的那所医院索赔7万元。从窗口看那小孩，清秀文静像她母亲一般漂亮，这可爱的女孩好可怜。他母亲强忍着痛苦微笑着和我交谈几句。她说，自己还有2万元，支撑不了几天了。迫不得已找了电视台做节目募捐，不管怎样要救她的孩子。虽然已经赤贫如洗。这个母亲的行动让人好感动。

9月26日　星期日　晴

移植仓里病人每天做一次血象，密切观察血液变化。阳阳白细胞升至80，血小板1.5万，血色素仍在下降，达到最低点。这时的阳阳恐怕是最弱的时候。走过六号病室阳台，坐在躺椅上的子薇的母亲对我惨然一笑，手中的一本《知音》举在眼前，但不一定真在看。那室内的女孩转过脸来看了我一眼，露出一丝笑，又转过去继续看电视了。女孩从小聪明绝顶，从小学起任大队长。10岁的生日到了，父母为她办10岁生日，宴请10桌，100多位亲朋好友参加。女儿用英、日等几种语言向客人介绍自己，并为客人弹奏起钢琴。白血病像一个残忍的魔鬼无情地袭向小子薇，生日刚过，子薇就住进了医院。孩子的病几乎把年轻的夫妇一棍子打倒，二人原是机关干部，辞去公职各自经营自己的公司。作为女强人也开创出了自己一片事业的天地。孩子的病，花去了50多万元，二人的所有积蓄全部花尽。爱人有时来看孩子，但还要支撑着他的事业。天津电视台已做了15分钟的节目，三天来连续播放，社会募集的资金已达四五万元，小子薇有救了。

半夜了，二舅执意要守在阳台，让我们回去休息。街上除了我们已没有人走动，树影在路灯下清晰地印在路边，凉意也在那团团树影里发散。

9月27日　星期一　晴

　　昨夜阳阳又便血了，二舅从护办室小窗取了血样到门诊值班室化验，治疗情况符合医生的预见。阳阳三大项指标又下降了，医生说，起伏几天也是正常的，很快会回升逐步正常，不用担心。但对家属来说，孩子血象一点的波动都像连着他们的心。三楼的一个女病友今天回大庆了。她约有40多岁，患白血病M2B，在东北治疗半年未见缓解，经当地医院介绍来天津治疗。四个化疗过去仍不见缓解，邱主任向家属通知已无能为力。单位来了一辆面包车，他们离开医院返大庆。病人的弟弟40岁上下，头已谢顶，前晚到阳台和我攀谈，了解干细胞知识。他和妹妹都和姐姐基因配型全部相合，但如今他们像医生一样无能为力。油田已为病人花去了150万元，但再加150万元又能挽救她的生命吗？我茫然，为她的命运担忧。这一去，再也不能见到她，而她是不是会很快在世界上消失，让人心中作痛。

9月28日　星期二　晴

　　阳阳血象全面上升了。可以吃点流食。两周了，阳阳几乎没吃什么东西。新的造血系统已在阳阳身体内建立起来，相信他能一天天恢复健康。中秋的夜总是美好的，那轮看惯了的皓月从楼尖上冒了出来，在灰蒙蒙的夜空中静谧如一位淑女。报上说，今年中秋的月亮9点15分最大，为9年来最大的月亮。果然，圆月如一盏银盘，又大又明亮。英给移植室护士们送进一盒月饼，祝他们中秋愉快。月饼包装上画有夜空的圆月、盛开的牡丹，很精美，护士们很高兴。我和英在阳台上吃月饼、赏明月，一时忘记了是在医院。发给阳阳手机信息："阳阳，你可看看月亮（偏东方向），很大很圆，也是9年来最大、最圆。"阳阳向外探探头又摇摇头，回信息："看不见。"从室内看阳台以外，隔两层玻璃，视线很难看到较高的夜空。我再发："那么，等一会儿再看吧。"阳阳回："爸、妈，祝你们中秋节快乐！你们知道我多么想吃月饼吗？"我又发："我们和你在一起过节，虽然只隔两层玻璃。月饼给你留着，你出仓后吃。"

　　接到几个朋友发来的信息贺中秋、祝福孩子。我们虽然在医院过节，和孩子在一块，仍然是快乐的。

9月29日　星期三　晴转多云

昨晚月亮偏西的后半夜，阳阳浑身开始疼痛，这是移植后打增白针后的反应。至凌晨，已坐不能坐、躺不能躺、站不能站，他趴在床上以手捶床，痛苦不堪。我打通室内电话："阳阳，不要怕，这是增白针的作用。我们需要这种痛，盼的是这一天，要坚持住。""别说了。"阳阳烦躁地放了电话，谁的电话也不再接。我知道，病痛没在我们身上，他要独自忍受这一痛苦，如凤凰涅槃后的再生。他大舅清晨从家里赶过来了，我没来得及和他说上几句话，就匆匆乘上车要赶回家。今天有重要会议需要参加。

9月30日　星期四　中雨

英在电话里说，阳阳的疼痛持续了24小时，谁又能体验那浑身每个部位持续疼痛的感觉。阳阳实在坚持不住了，护士用了两针止痛针才使他安定下来。白细胞、血色素在上升，血小板还低，又输了血小板。医院的病人都是在这种反复折磨中生活，一步步走出梦魇般的境地。

忙里偷闲，下雨的深夜夜不能寐，写成一篇酝酿了很久的散文。其中我写有这样的句子：

两千多年前，一个中国诗界佚名的诗人，潇洒凝练地在竹板上写下"蒹葭苍苍，白露为霜。所谓伊人，在水一方"这注定要流传百世的诗句。当你踏进大苇洼时，真可感受这位诗人心界的恢宏与感情的细腻。他那赋比兴的情调应该说是独特的，在他的眼里苇荡无比宏阔，是一处可寄托思念远方友人的最佳环境。

真正的苇洼决然不同于诗人的纸上情怀。孟秋，大苇洼刚刚从连日炎阳的蒸烤后，有了一丝的喘息。无边无际的绿在晨曦下浩浩荡荡如绿透了的海，苇尖上挂上了一层淡淡的亮色，那是阳光爱意下羞涩的点缀。雾霭融融的、柔柔的，像美人梦醒时看苇洼那朦胧的感觉。静静听来，"吱吱……""咯咯……"，声音微小，如若即若离的幽灵，在你的身前身后、左左右右。苇穗已在拔节，新穗抹了浅浅的绿，旧穗染了些许猩红，犹如待开待展的粱穗。苇洼里绿的底色，红的敷抹，黄的点染，在阳光里变幻着奇彩。你惊叹大自然的万千神奇，但眼前的一切只不过是大自然的随心所欲。

这大苇洼的美景和孩子的痛苦形成鲜明对照。留住美景，抛弃苦痛，做父亲的应和孩子一起奋斗。

10月1日　星期五　晴间多云

　　昨日的一场中雨，空气骤然清新，整个世界似乎换了一副新面孔，也感觉到了秋的凉意。南京路整修在国庆节前结束，街区已焕然一新，给"十一"长假带来了美好的开端。

　　阳阳血象在升高，白细胞已达9930，另两项还很低。程大夫昨天已回菏泽，他的病情没有缓解，本来已在一个月前提取了自体干细胞，但在即将进行移植时病毒复发。程大夫自感病情严重，对爱人说："我不治了，我们回家吃中药吧。"临走，英送给程大夫爱人200元作路费，她爱人又回赠常用药价值170多元的药单，她是个不愿意欠人家情太多的人。晚上，我发信息："袁大夫，你们到家了吗？希望程大夫好好治病，早日康复。"袁大夫回信："大哥、英姐，我们六点钟已顺利到家。文华回到家后虽很兴奋，但心也比较沉重。我们后天准备去打疗。衷心谢谢你们对我们的关怀。"

10月2日　星期六　晴

　　天清气朗，晴空上间有絮云飘动，阳台上甚觉凉意。向大街上看去，电信、联通大厦前两家公司搭台，上演了手机促销的对台戏。歌女献歌，舞女献舞，间或让观众上台抽奖。高音喇叭传送着节奏强烈的音乐，飘荡着声嘶力竭般的流行歌曲声。好在血液病人能忍受这些免费音乐，任凭其震耳欲聋的声响渲染着节日的气氛。

　　阳阳尚不能多吃什么，每顿还只能喝点米粥汤。1号仓住进了俊辉，3号仓住进了天津一女子，爱人很年轻，是天津的一名武警，阳光由布帘边照在脸上，又有些热，只好转个角度。很想写点什么，无奈白天听手机促销大战，晚上趴在阳台上看车水马龙、灯红酒绿，难以静下心来。晚上，我和那个武警都在阳台上守候过夜。

10月3日　星期日　晴

　　2仓的卢真，30多岁，病前是个女强人，在单位里非常能干，还是一个体育健将。羽毛球、乒乓球只要她去参加比赛总拿冠军。蒋先生是个既英俊又好说好动的勤谨丈夫。他是个军人，爱人病了，一切事情都由他来办。

爱人进了移植仓，他祈盼神灵能保佑她。他说："我每天要去后面的寺院烧香，在帖子上写下心愿，保佑卢真能好。佛家不让杀生，八月十五，单位分了不少螃蟹，馋得我还是煮来吃了。结果当天卢真的白细胞下降至100。慌得我又去烧香赎罪，第二天白细胞又上升了，佛祖还是能宽宏大量的。"他的虔诚、善良的寄托也是感人的。他晚间不在阳台睡，他要回家。家离这里不远，他要承担做饭送饭等一切杂务。但每天要到阳台上，在电话里和卢真说上几句悄悄话，然后再离开。他放在窗台上的6个苹果是挑选来的，上面有字：吉吉祥祥如意。阳阳血小板低，嘴部有些感染，很疼痛，护士每天要给他用药清洗。吃东西还是很少，何时才能恢复正常。

10月4日 星期一 晴

秋高气爽，津城的楼宇今日看起来远远近近都那么清晰。三天的手机大战偃旗息鼓，终于感觉到安宁的可贵。阳阳嘴部溃疡，仍不愿吃东西。邹大夫说："阳阳一切基本正常，六日上班后，三楼调整病房后可以安排出仓。"阳阳也十分高兴。精神好了很多，一个劲给同学用手机通报，晚饭竟然把一盒米粉喝完了。

子薇的妈妈讲："孩子的病友王薇，才15岁，原在外省误诊为M5白血病，转到本院后确诊为M2白血病。误花了十多万元，贻误了病情。我帮助她的母亲搞索赔，原医院赔付了4万元。王薇的母亲是教师、父亲是公安人员，花完了钱也没能救了女儿的生命，他们好伤心啊。我在电话里安慰了他们1个小时，我的泪已流了1个小时。"她是个好母亲，也为自己的爱女命运担忧。女儿出仓后面临无钱治疗，她已花掉60万元，电视节目的效果并不佳，她好发愁。

10月5日 星期二 晴

给阳阳送去早饭后，我和英都很焦急。昨天阳阳做了骨穿，这次骨穿是移植后最重要的检验，骨髓是否还有问题，造血系统是否恢复了正常，移植成功与否，全看这次检验。情况到底怎么样，我们很想知道又怕知道，万一……我们在移植仓进口等待，等待邹大夫的判决。直到中午，终于见到了邹大夫，他从移植仓出来，我们走过去询问，他慢慢地摘下口罩说："阳阳的骨穿没什么问题，主要看细胞生长变化情况。"我和英悬着的心终于落了下来。

　　天津的金街是改造过的最繁华街区,漂亮得让人炫目。满街的红男绿女,走在街上或昂头挺胸,或步行直线,扭怩作态,一个个自信得俨然都成了富人。

　　金街正中,一个农妇装束的女子,带一小女乞讨。她伸出一只不锈钢缸子,里面有几枚硬币。小女仅四五岁,模样端庄,她拿一个红色的塑料瓶,满不在乎地用吸管搅动着。人们从旁走过,多熟视无睹。我掏掏口袋,没有零钱,又舍不得大票,也只好像他人一样熟视无睹地从她们身边走过。步行回到医院,省下一元钱(无一元钱交公交车费),天好热,走得出了汗。

10月6日　星期三　晴

　　等到下午,阳阳终于出移植仓了,他戴着口罩、穿着病号服,我们用轮椅接他推出移植仓外室。没有像电视、报上那样有的出仓是鲜花怀抱、电视录像、摄影留念,像乘航天飞船凯旋返回地球的英雄。我希望不声不响平平淡淡地出仓。护士将仓里的东西收拾了递出小窗口,小蒋来帮助拿东西,一齐送阳阳乘电梯下楼。移植科王大夫、小褚把阳阳送交三楼五科隔离室。出仓又进了A7号隔离室,这间室较宽大,但不靠南边,在阳台上是看不见室内的,阳阳好苦闷。

　　百级层流室的21天,阳阳闯过来了,标志着移植的成功。医生说,四五天后病房有了床位才能从隔离室出来,但现在阳阳就可以吃普通饭了。

10月7日　星期四　晴

　　今天子薇也出移植仓了,她在层流室住了一个多月。她的母亲好高兴,孩子又从生死线上闯过来了。出仓前,天津电视台记者得到消息赶来录像,他们还要在电视上再做节目,跟踪报道,还要为小子薇募集善款。接到袁大夫发来的信息:"阳阳出仓了吧?情况一定很好。程大夫情况还可以,疼痛轻多了,情绪也好多了。衷心感谢大哥、大姐的关怀。"我立即回了信息:"阳阳昨日下午已出仓,瘦6斤,尚不能正常吃饭,慢慢恢复。衷心祝愿程大夫早日康复。你们要坚定信心,一定能战胜病魔!"但总的感觉,程大夫的病情是令人担忧的。

十五、又见曙光

10月8日　星期五　晴　寒露

秋日的风由河面上抚过,已没有了一丝燥热。河水已满满的、清清的,那是上苍的创造。雨水汇聚,在河槽的怀揽下展示着天宇的功绩。河边已插上了箔,渔人不失时机地搜寻水中可食的生灵。河岸上槐木森森,如刚毅不屈的将士,那一排有上百米长的小叶杨,还是那么苍郁。它们是20世纪70年代栽植的,在人为的摧折下,有的已被砍去树冠,有的剥掉树皮,余下的树仍保持着队形,默守着树族的尊严。

在黄骅宾馆,见到朋友侑竹先生,他递给我一张叠着的支票说:"孩子患病我知道得太晚,这是表示一点心意吧,不多。"这是一张一万元的支票,离开宾馆时我打开看才知道的。握在手里沉甸甸的,也是阳阳患病以来接受的最大一笔个人捐款,很感谢他的真诚友谊。侑竹先生是台湾人,十几年前,来黄骅建起了自行车筐厂,产品出口日本,信誉好,效益高,每年总要参加一些公益事业。为人正派厚道,口碑很好,当选黄骅政协委员。3年前,我认识了他,过年过节和黄骅的朋友们一起相互往来。我也只能以真诚的友谊回报,作为儒商,他的企业肯定能越办越好。

10月9日　星期六　晴　大雾

早晨,到黄骅乘车去石市。车已发出,追出几公里赶上公交车,至石家庄已到正午。

阳阳今后返校需要严格的防感染措施。我到经贸大学家属区寻找出租房屋,这里出租房实际很紧张,没有合适的出租房。终于看到一张出租一间房的小广告。我敲开了一处三楼的房门，是个稚气的学生，一套三室一厅房，他和另一学生已各占一间，还剩一间对外出租。向阳，还好，但暂不能定，我告辞。到信息技术学院见了江书记，汇报了阳阳出院情况。郭老师过来见到我，拿来一袋捐款。这是7月份继续教育学院教职员工捐款，装在一个大纸袋中，里面有许多硬币，总共938.1元。袋中附有学院给阳阳的慰问信。郭老师说："一定要带给阳阳，让他增强信心，早日康复。"我收下了，感激那些好心的人们。

10月10日　星期日　晴

在黄骅邮政局取回李女士汇来的200元。钱不多，但善良之心感动着我。李女士原在河北电视台做专题节目编辑，3年前曾来农场制作湿地节目，那时我们认识的。她在河北是个很出名的女诗人，不久前离开电视台办起了一家艺术摄影店。她给我打电话，请我买几块苇帘作店铺装饰。李女士的诗《祈祝》写得很好：

祈祝你那幸福的小脸蛋，
安睡在5月；
祈祝人间的风暴，
别把你小小的心灵惊扰；
祈祝岁月轮回，
你依然像块水晶；
祈祝你在遥迢遥迢的
行程中，
留住美好，让罪恶远离。
一无所有的妈妈，
一遍一遍，只为你祈祝啊！

诗中的母爱，是作为一个母亲的心声。

10月11日　星期一　晴间多云

子薇母亲红梅是个坚强的女性，去年2月在女儿得病后辗转了很多城市求医。从盐城到上海、从上海再到大连，最后来到天津。一年零七个月，在人生中并不算长，但对一个病人和母亲来说，胜过了17年的煎熬。无亲无故的异乡人，握到了天津人援助之手。5月12日，第一篇报道开始，《城市快报》、《天津晚报》、天津电视台、新浪网、《京华时报》相继连续报道。歌手于文华还几次来医院看望小子薇，把她认为干女儿，为她筹集募捐款，给予她母亲般的关怀。人们觉得这个孩子那么可爱、聪明，不舍得让她这么"走"了，大家都想帮她。六一那天，55中的学生来看望她，和她欢度节日。小子薇得到了许多捐助，成功进行了骨髓移植。她的话也是让人那么心碎："我就是想谢谢妈妈，照顾我这么长时间，她辛苦了。""我希望长大后做一个对世界有用的人，然后我还希望每一个健健康康的小朋友都对妈妈好一点，不要惹妈妈生气。"小子薇还对记者说："我想我一定能活下来。"

我真愿意和善良的人们一齐为她祝福和祈祷，也为自己的孩子，为天下患病的孩子。

10月12日　星期二　晴

家乐福超市在海光寺西侧，繁华的超市门前人们摩肩接踵，如过江之鲫。人行道的电杆下，一女子守在硕大的油桶改成的红薯烤炉后面。也许是工商人员没有给她规定出固定的摊位，她只能在似乎没人管的不妨碍他人的电杆下设摊。烤炉由一个简易的推车承载，炉顶码放了十多个烤熟的红薯。姑娘年龄不大，约有二十几岁，但穿得很简单，脸也十分憔悴。烤红薯很好吃，会给津城人带来茶余饭后消遣式的口福。但谁又能想到她的生存要靠这一个个烤熟的红薯。也许她明天就会攒够她的嫁妆钱，扔下烤车坐上婚床。

10月13日　星期三　晴

阳阳血象渐渐好转，白细胞5200，其他均达到正常。但吃饭仍没有胃口。小小的病室实在憋闷，除了看书、看电视、发信息，只好跑到隔离室内的走廊上和护士聊天，有时到小窗口和妈妈说上一会儿。他问："我什么时候能够出去？"妈答："别着急，快了。""咳……"

袁大夫来信息了："张哥、英姐，阳阳能吃饭了吗？恢复得挺好吧？

文华这个疗打得白细胞仅30，发烧41℃，持续了4天，很危险。今天烧总算退了，又不知效果会怎样。"程大夫还在死亡线上挣扎，真让人忧心忡忡。

10月14日 星期四 晴

医院西侧，经过整修，整洁的人行道、崭新的IC卡电话亭，路边贴围墙的栏杆前栽上了冬青，形成一条新的绿化带。冬青栽上不久，一些枝条水浇后还有些歪斜。一个民工在里面捡拾着垃圾。他有三十多岁，很瘦小，普通得再普通不过的劳动服上满是泥点。他拾得那么认真，不放过那一个个人们随手扔下的烟盒、烟头、卫生纸团以及随风飘来的塑料包装袋。全然没有察觉有人路过又随手扔掉的橘子皮。看起来，他是打工的民工，是承包这段路维修队的民工。城市需要他们，什么贫富、什么尊卑，他们并没有这种意识，他们只懂得通过劳动求得一个生存的空间。

10月15日 星期五 晴

万全路口，一个老人总在那里的一个修车摊旁歇息。红灯一亮，各色小车停得好远，老人拄起拐杖——只能算根粗糙的木棍，用一块黑乎乎的毛巾给人家的窗玻璃上擦一擦，然后伸手要钱，口里还一个劲地唠叨："给一毛钱，给一毛钱。"老人并不贪心，只要一毛。有些司机高兴了，打开车窗，给他扔下几毛。但多数时候人们都不高兴也就不开窗了，任凭他一个劲地擦车窗。一次，看见一位摩托手从此驶过，老人躲闪不及，差点被撞。那人还甩来一句："老东西，揍死你！"老人愣了神，好几天不敢再擦车，在砖头上坐着愣神。老人的家在哪里？有儿女吗？他又住在哪里？谁也不知，也无人问，反正作为一个景观罢了。其实闹市中这赤贫的一族又无处不在，他们自谋生路，仅为解决温饱。谁又会来关注他们。

10月16日 星期六 晴

今天去看阳阳，他从隔离室小窗口递出了一个纸盒说："爸，这是给你的礼物。"打开一看，是泥人张京剧脸谱，共六个，每个半只鹅蛋大小，黑头脸谱，五彩斑斓。英说："这孩子有心数，前两天给我要钱说是有用。原来他给你买了这个礼品。他出不去，是托护士给买来。"过两天就是我的生日了，有此仅有的一份礼物，还真让我高兴。阳阳时有呕吐，胃口不好，吃饭还不多，是移植后的反应。

10月17日　星期日　阴

省作协原副主席小放老师、黄骅籍作家贾漫老师以及天津作家等来看大洼苇荡。这一片净土，千百年来，是当地人赖以生存的聚宝盆，如今逐渐缩小，人们才意识到它的珍贵。8年前，这几个作家曾来过，如今故地重游，自有一番意趣。几位夫人陪同，黄骅市委宣传部、广电局等20余人聚会大草洼里，陡增了草洼的文化气息。大洼湿地的宣传和保护确实需要文化界的推动。

10月18日　星期一　晴

晚上，我正在家准备随便做点饭。忽然，听见楼梯在响，随即门敲响了。打开门，原来是朋友金瑞、增华两人。他们买来了一个大蛋糕和几样酒菜，来给我过生日。金瑞说："今天是你的生日，你忘了吗？""我还真的忘了。"增华说："你忘了我们不会忘的。"每年总是他们记起我的生日。又有蛋糕又有酒，来个中西合璧。以往的生日过得不多，今年这个生日非同一般，他们知道我的心情，此刻体现了朋友的可贵。

夜深了，我写下几句诗：

> 我的生日，
> 孤独的我，孤独的灯，
> 蓦地房门敲响，
> 蛋糕、美酒和火热的心，
> 在咫尺，为我祝福，
> 在天涯，我的祝福，
> 人生需要，真爱与友情，
> 坚实、柔弱的手握紧在心里，
> 但愿朋友永远的年轻。

10月19日　星期二　晴

下午，阳阳终于走出了隔离室。在经过度日如年的两周后终于自由了。由进移植仓至今，阳阳过了五周的独立生活，闯过了多少"关隘"，有一种脱胎换骨的感觉。移植后病房是个两人房间。一个病友刚刚出院，甘肃的小王先前已住进来了。小王长得文静，肤色有些黑，是他姐姐供给的干细胞，移植后显得很瘦，模样很像他的母亲。父亲矮胖，白白净净，一副弥勒佛相。只是说话很难懂，总像口中含着什么，着意说的普通话都要着意去听还是难懂。

室内有盥洗室，病人不出屋可洗漱和解手，但室内的洁净又十分重要。大姨来做饭送饭，英在室内照顾阳阳。十个月的治疗耗去了我们多少心血。医院所有的病友都明白，此时的病人更不能掉以轻心。又有人给不知哪位病人送来花篮，放在了走廊护理室的柜台上，花篮不能放在病房里，倒成了全体病人的所有，而不是一人自赏。

10月20日　星期三　晴

管理区石油化工厂扩建工程今天奠基，各界人士四百多人参加仪式。石化厂原为农场的骨干企业，今年改制为股份制，北京一家企业控股，计划投资2.4亿元，明年竣工后可大幅度提高利税，给地方经济发展带来生机。

英来电话，阳阳血象三大项正常，但淋巴细胞仍较高。还需观察几天，会逐步降低达到正常状态。基本正常时即可以出院了。

听病人家属说塘沽体育老师的女儿没了。几个月前那五十多岁的老师陪着女儿住院，女儿已经32岁，因病尚未婚配。那是个很漂亮的娴静姑娘，她的对象是沧州人，长得很帅，在塘沽开发区工作，每到星期天就来看她。他们本来可以组成一个幸福的家庭，谁知病魔横亘在他们面前。那老师和我谈过话，心态很平和，一定要给女儿治好病。不久，女儿慢粒急变为M2，治疗已很困难。医生把实情告诉了老师，打完一个疗就带着女儿回家了。我想象着失去女儿的那个悲怆父亲，那颀长的身躯已让风打成了弓形。

10月21日　星期四　晴

今天，我到了医院，在三楼大厅坐着休息，一女子从电梯里走出来，向护工打听阳阳在哪个病房。护工指指我："这是他爸爸。"那女子过来很大方地自我介绍："我是经贸大学教师，原来教过阳阳。我的外甥得了白血病，来这里已一周了。"是阳阳学校的老师，自然感觉亲切，给她让座，我们谈起来。她的外甥4岁，不久前突然发病，在石家庄检查是白血病，就和姐姐、姐夫带孩子来到天津。孩子太小，病重，医生说很不好治。姐姐家又是农民，也无法支付几十万元。我安慰她，一定不要灰心，要想尽一切办法治病。老师说，也很想到上海去治，还未确定，关键还是钱的问题。她回了4楼，她说，就不去阳阳那里了。我目送她走进电梯，心情也随之沉重起来。

10月22日　星期五　晴

农历九九重阳节，天气晴好。古人的登高望远之节，今日中国之老人节。中国已进入了老龄社会，老人需要老有所养、老有所为、老有所乐。今天的老人开始享受改革开放成果带来的幸福。但是每年有几万少年儿童患白血病，全国累计有上百万少年儿童挣扎在水深火热中。这新一代的弱势群体什么时候能引起社会的普遍关注，像老人节一样达到家喻户晓。拯救儿童的生命，给他们以应有的幸福，应当成为社会进步的标志。

10月23日　星期六　阴转小雨　霜降

我去4楼看看那个老师的外甥。走进儿科病房走廊，每间病室住满了病儿。小屋三张床、大屋6—8张床。上下铺，上铺病儿住，下铺放用具和租用的折叠床。一间儿童游乐室，充满人性化。各种玩具琳琅满目，这是由一个福建的企业家捐赠设置。儿童浴室可由父母陪同洗浴。大病房的一角，老师正和姐姐、姐夫整理东西，准备马上出院。老师见到我，对我说："我们马上要走，去坐高客，当天能赶回家。"我说："也好，回去后商量一下，看是去上海还是其他医院。"我送他们上电梯。孩子由母亲抱着，戴着口罩，露出好看的两只大眼，一副不解人事、不知病情的神态。老师说："阳阳很好，一定会好的。"她神情坚定。姐姐、姐夫也都是一副亢奋应对孩子疾病的神色。电梯里老师摆着手。我还不知这个老师的姓名，忙问："老师，你贵姓？""我姓康。"我走上阳台，他们在风雨中在路边拦住一辆绿色出租车。车缓缓开走了，孩子的一只小手在玻璃窗里举着。风很凉，小雨飘落，我心中一阵紧缩。

10月24日　星期日　小雨转阴

由医院阳台看下去，一段繁华的南京路大街一览无余，三个妇女在地铁口的工地间走来走去。每一片塑料纸袋、每一块纸箱板、每一寸钢筋铁丝，都不会滑过他们锐利的眼睛。头上是毛巾裹头，身上是花棉袄，典型的冀中妇女形象。背上一个肮脏的蛇皮口袋，右手一根铁丝钩。也许是有碍观瞻，抑或是怕失盗什么，威武的保安过来了，把他们轰出了场地。保安摆动着右手，像轰走几头讨厌的猪或几只麻雀。

大街上，正有两个妇女拉着小板车向西行，装束和她们无异。车上装满了各种破烂的东西，她们奋力拉着，显得十分快乐。其实人们生存可以有各种方式，她们的生存也是不得已。我站在住院楼的阳台上，作为病人家属，此时又能比得上她们幸福吗？我默然无语。

10月25日　星期一　零星小雨

太原的老温回来了，他的儿子比过去要白胖些，住进了27床。下午在走廊里，老温见到我凑过来说话，满嘴的酒气："我们喝酒了。我们回去10天，我7天在五台山。花了八千元，请三千和尚念经。一个老和尚对我说：'病都是想出来的。'我看有道理啊。精神很重要，要让孩子坚定信心，能治好。信心足了病能好的。""坚定信心很重要。"我赞同他。"你给张爽写的文章我看了三遍，太好了。复印了给孩子看，让他坚定信心。"老温接着说："我家庭是不完整的，但为了孩子，没法。"我知道，他老伴也来了，确切地说是前妻。她是大学教授，孩子是他们共同的孩子。为了治孩子的病，二人又协同到了一起。

胖子老郝又来叫老温了，加上老袁三人在大厅又继续喝酒。一人一个大杯，喝得痛快。从中午直到下午4点还没结束。一张塑凳上放着两个残菜，一个鸡翅、一个熏豆腐块，地上扔着内蒙大曲的空筒和一次性饭盒，还有一堆杂乱的垃圾。喧闹声传进走廊，王护士长过来看了一眼，无奈地把走廊门关上。

10月26日　星期二　晴

从资料中了解，干细胞移植后的并发症是十分危险的，主要有移植物抗宿主病（GVHD），指供者T淋巴细胞攻击受者组织而致。其二是感染。

移植30天内，周围血白细胞急剧下降，为感染最危险阶段；30天到100天，以病毒感染为主，常见为巨细胞病毒感染，易引发间质肺炎、肠炎、肝炎。100天后，若合并慢性GVHD，此期以感染革兰氏阳性球菌和带状疱疹病毒多见，多肺炎、副鼻窦炎及败血症，还可能患带状疱疹及脑炎。此期重要的是感染预防和治疗。

10月27日　星期三　晴

干细胞移植后，病人的营养吸收能力弱，身体素质差，良好的营养状况可强化免疫系统，增强抵御感染的能力。五大类食物要均衡，包括谷物、蔬菜、肉蛋、豆乳、油脂，每日摄入热量不少于1000—1800千卡，糖类不少于300克。移植后病人食欲不振，味觉、嗅觉差、口干、呕吐等，需要想办法调整，也是很费家人精力的事。

10月28日　星期四　晴

杨树给人的印象总是挺拔的身影和无畏的气质，深秋的斜阳里早已抖落了一身的枯叶，一副精干清爽的神态更像潇洒的健男。田间、路旁一排排一行行，齐齐整整、威威武武，直至目所能及的灭点。

我还没去上班，英就来了电话说，邹大夫已通知，阳阳可以出院了，也可以再住几日，回去后要进行免疫治疗和巩固化疗。

孩子十分兴奋，迫不及待地要求明天就出院，我和英商量确定明天出院。

正好市文联通知沧州举办庆祝文联20周年晚会，我去参加，会上对11项荣获"振兴奖"的个人进行表彰，我的散文集获奖。晚会很精彩，看完回到家已半夜。

10月29日　星期五　晴

赶到天津已9时，把长安东里住房的东西全部装上车，房主赶来和我结清了账目、租费。屋子里那霉味的床、破旧的圆桌、小凳、摇摇欲坠的阁楼，还有过道上积满油垢的燃气架，一切依旧恢复了陈腐的旧貌。与周、李两个大娘告别，她们送出了院门。走过了多少次的小街人不多，阳光穿过槐叶洒满路面，走出好远，回望那棵遮天蔽日的梧桐树依然越过二层楼房，像倚墙的老人守望着身下的院落。

结完住院费，午后出院返家。路口，阳阳突然呕吐，早晨、中午吃的东西全部吐出。下午4点回到家里，对阔别的家，阳阳那么亲切。

医院主任嘱咐，要按时用白介素、干扰素，出院后还需要一年多的时间恢复。任重道远，我想今后的任务仍然是艰巨的。

九个半月的时间，阳阳从生死的黑洞里一步步爬了出来，我和英也从担惊受怕的悬崖边转过了身。今天，我们全家能回家了，英已热泪盈眶。

10月30日　星期六　阴

阳阳出院了，我给一些亲戚朋友和关心阳阳的人士打电话，通告信息，感谢他们的关心和帮助。

移植后阳阳回到家里，居家的护理又成大事，病人的免疫系统至少要6个月才能逐渐得以恢复，重要脏器因放化疗的损害，修复也需要一定时间。从出院到移植后一年内居家护理非常重要。

要定期回院复查，饮食上要认真调整，衣服上保持清洁，居住环境要干净，生活习惯要良好。常见症状如发热、口腔溃破、出血、腹泻、疲倦等要及时处理或到医院就医。移植出院后，很多护理的细节要认真对待，才能保证病人的康复。

10月31日　星期日　雨

小雨由晨下起，至午停，天还是阴沉沉的。

阳阳从1月13日离家出外就医到出院回家，共九个半月，家人经受了重大的苦难。而最大的承受者还是他自己，他能够闯过这九个半月，和他自身的乐观态度相关。没有沮丧和悲观，坦然面对现实，认真对待每一天的治疗。孩子应该将此段经历看作人生磨炼的一种"财富"，当然这种"财富"不愿多得。一场大病，像被狂风暴雨击打的鸟儿危在旦夕。暴雨后，慢慢晾干羽毛，尝试着飞到草地，飞上小树，飞上蓝天。对人生来说，真正可贵的是健康，孩子已彻底理解。

11月1日　星期一　晴

为了建立好免疫功能，阳阳用白细胞介入素Ⅱ，又用干扰素。晚间发烧，阳阳不好受，躺在床上不愿再动。发烧至38.7℃，这是用药的反应。阳阳不愿吃饭，同时还要用4—5种口服药。希刻劳口服药不够了，大姨去天津购药，下午回来。赵主任意见：干扰素可暂停，用白介素Ⅱ，以后还应用。

出院后，这些药品的使用仍不亚于在医院，健康的恢复也并不是轻而易举的事。

11月2日　星期二　晴

步入经贸大学，迎面走来的都是青年学子，个个生气勃勃，令人羡慕不已。阳阳能像他们一样健康地生活，愉快地学习多好。学院的江书记也为阳阳办妥了本学期体育缓考的手续。王老师将人寿保险资料复印后交给我，我去东方大厦平安人寿保险公司办理阳阳的赔付。

东方大厦高大壮观，建在中山西路繁华路段。由电梯至25层，工作人员一律和气待人，现代企业中敬业精神扑面而来。按申请表详细填写，其中需要被保人亲笔签字，司机说："我给代签吧。"我说："不可，还是认真些。"车回大学由阳阳签好再回来，交到业务室时已下班。一女士说："对不起，我们11点50下班。"看手机上时钟显示，已11点55分。司机说："你看，我代签，又有谁会检查呢。"

便捷、干净的午餐吃完，到周围商场稍稍一转，时间果然很快，1时半交上申请，乘车返沧州。此项学生医保可赔付2万元，也是一笔不小的资金。

11月3日　星期三　晴

英去中学参加《素质教育课》考试，前两天还真像样地复习了。像这种继续教育内容，大多是走走形式，英还"给个棒槌当真（针）了"。回校上班，她充满一种幸福感，似乎是刚参加工作的老师。

抽点时间去趟黄骅，转了几个商场，在老商场见到了紫外线灯。买上两支回到家，左接右接把灯安装好。开灯一试，一股刺鼻味道溢在空气中。大厅一支，阳阳住室一支，坚持消毒大有好处。阳阳今日做肝功能检查，转氨酶甚高，和用药多导致肝的损伤有关，还需要用保肝药调理。

11月4日　星期四　晴

出院后，阳阳第一次做小剂量化疗。为慎重起见，到医院输液，用药后，阳阳显得轻松。由于用了强的松，饭量又一时好起来。

中午，接祝先生电话，告之小祁到了青县，将售书款交他寄给我。这是小祁的第二笔捐助，总数已达3000多元。

能在朋友危难时给予支持和帮助，这应是朋友真诚的体现。为友分忧，同样是一种崇高境界。

11月5日　星期五　晴

预感程大夫情况不好，给他夫人袁大夫发条信息打探消息："程大夫现在病情好转了吧？祝愿他早日缓解并达康复。"下午，袁大夫回复说："张哥、英姐，非常感谢你们对我们的关心。上次你发信息时，刚刚是文华去世的日子，我心情不好没回请谅解。祝阳阳健康成长。"得此信息，十分震惊，总感觉程大夫不该死，这么优秀的大夫怎能这样轻易地死去？我回复："袁大夫，上次未接到回信，心中就有些不安，没想到程大夫走得这么快，多好的一个人啊。惊闻噩耗，我们同你一样悲痛不已，我们永远记住他的音容笑貌。你要节哀，你已尽到了贤妻的责任，今后的路很长，望你保重。"

11月6日　星期六　晴转阴

北尚庄坐落在管理区西北部，38年前我曾在那里北邻的新建队和林业队劳动6年，尚庄的老人们还都认识，小村不大却是个民风敦厚之地。刘大叔给我打来电话，要来看阳阳，因防感染，我答应去他家。老人见我到来，拿出几大沓钱塞进我衣袋里。他说："这是给小孙子看病的，你一定收下。"这些钱有15000元，是他和儿子、大女婿凑的。他的好意我无法推却，老人善举我也无法报答。只能以近20年的情意来支撑对他的感谢。

十六、悲情祈盼

11月7日　星期日　阴　立冬

　　天阴得沉沉的，空气中似乎弥漫着一种令人窒息的味道。大街上那两排白蜡树日见稀疏的黄叶时有落下，在我的肩头作短暂的停留又悠然而下。风折断后的枝干处已长出了尺余新枝，向上挺立，状如扬起的飞叉。尚有残留的籽荚，摘一束在手，细看籽翼与一叶叶舟楫无异，只不过小巧得只有寸余。古人发明舟楫时，是否像我一样在手中把玩籽荚后突发奇想呢。

　　孙女士来信，告之梅大姐之夫于10月初病逝。其夫年初确诊患肺癌，治疗后控制很好。10月执意外出旅游，梅大姐陪他去了西南，旧病复发，死在途中，辗转将遗体运回。梅大姐悲痛欲绝，一对恩爱夫妻从此分手。梅大姐是性情中人，好动感情，丈夫之死，使她长久悲伤难以自拔。我请孙女士转告，可来我地住一段，以排遣哀伤。梅大姐回复感谢我的问候和好意，并祝孩子早日康复。

　　梅大姐几年前以省环保团身份，前来大洼游览，写下散文《风中芦苇》，其中写到我40年前来到草洼献身于此，感情真挚动人。梅大姐是全国著名作家，散文集曾获鲁迅文学奖。

11月8日　星期一　晴

　　阳阳血检肾功正常，但转氨酶高至355，标准为0—40，这与用药肝脏负担过重有关。急通报赵主任，毕竟是富有经验的医生，他建议用保肝药，至少用一周时间，可达缓解。

　　移植后的巩固何其重要，不能有半点的马虎，不仅医生的责任还在继续，而且父亲的责任仍在继续。我的已经绷紧的神经还在绷紧着，还要一直绷紧下去，直到孩子完全恢复健康。

11月9日　星期二　雾转晴

　　大雾中，车行得很慢，到天津血液病医院已八点半，路途用了2个多小时，比平时要慢半小时。

　　阳阳上午做了所有的复查项目，需要下午4时才能出全部结果。

　　8楼病房，原移植时的两个小病友不知怎样了。问一家属，她说："子薇那间病房的两个女孩都已出院走了。"

　　回到三楼，赵超妈讲："那天晚上我进楼时，门卫老头嘱咐我别往那边看（北边太平间亮着灯），原来那儿刚送进一个小女孩，听说就叫子薇。"清洁工听我们议论，插进来说："那女孩是10点前死的，她爹妈好伤心啊。"

　　这个聪明可爱的小女孩终于经不起病魔的折磨，可怜地走了，像一朵尚未开放的艳丽的"花蕾"无情地被霜雪打击而后凋谢。在现实世界里，这样的"花蕾"数不胜数。人们的呵护那么无力，那么无能。

　　张爽的命运更令人震惊，赵超母亲讲："听赵主任说，11月2日张爽已走了。"

　　人们在医院对病友的去世，回避一个"死"字，均以"走了"代替。病人进入这所著名的医院，死亡的阴影就开始笼罩在每一个病人头上。驱散阴霾，迎来光明，是每一个病人和家属的心愿。

11月10日　星期三　晴

　　从天津回来，心头的隐痛难以消除。给万群发去手机短信："万群，昨天到医院才知道张爽不幸的信息。我们和你们一样悲痛，一样承受着失去张爽的痛苦。我不知如何才能安慰你们，我们已经泪如泉涌。程大夫走了，子薇走了，还有那些不知名的孩子走了。我们还能承受多少苦痛？痛苦莫过于父母。在此，谨愿你们多保重，你们为孩子已经尽力了，你们还要好好地过下去，保重。"

　　我和当初采访我以及张爽父母的大学生顾小颖联系上，电话里，她得知张爽已走了的信息，同样震惊和遗憾："当初我采访后写成了调查文章，我要为患病的优秀大学生呼吁，试图引起社会的关注。但报社的编辑将文章划掉了，编辑说，这样的事太多了。我都不知如何面对万群阿姨。"言谈中，感觉到她的悲伤，她祝愿阳阳能早日康复。

夜深了，还没得到万群的回音，再给刘羡发信息，也未见回复。

11月11日　星期四　阴转小雨

阴沉的天下起稀疏的小雨，渐渐变得密实。可怜的小唐吉怎样了，那次唐吉回去时，诊断书上写的是没有缓解，他能抗住死神吗？对结识过的病友有一种莫名的感情。"老吾老，以及人之老；幼吾幼，以及人之幼"，这大概是人之善应有的本性吧。

电话打到几千里外的唐吉家，唐母告知："唐吉，没了！""怎么，没了，何时没的？"唐母："天津回来后一个多月。没有打电话告诉你们，你们很关心他，很谢谢你们。"唐母说得很朴实，湖南口音我勉强能懂。

"多好的孩子，可惜了。你们多保重吧。""阳阳很好吧，以后再联系吧。……"唐母声音哽咽得说不出话。

下午，唐母打来电话："上午家里有人没有说清，唐吉是8月8日没的。从天津回来就去县医院住了些天，感觉好些了，那天他非要回家看看，走回家的，没想到第二天就不好得很。不多久就没了。喔喔喔……感谢你们像亲人一样。我要让女儿给你们打电话，感谢你们，以后阳阳好了，请他来我家。喔喔喔……"

唐母还说："老张受不了啦，没了男孩子，嚷着要抱养一个孩子。"他们年龄已大，唐母早已结扎，不能再生育，唐母说得很伤心。

唐吉的死，我不想再告诉阳阳，还是瞒着他点好，许多痛苦，还是大人来承受好些。

11月12日　星期五　晴

万群终于发来了手机信息："谢谢你们的问候。张爽于11月2日上午10点06分在我怀里永远睡着了。走的时候很痛苦，让我撕心裂肺。张爽不让把他不好的消息告诉病友。他说：'我的生命是大家的，希望要让病友们对前途充满信心，早日康复，与病魔抗争到底！'代问其他病友好！"

"幸福会永远伴随阳阳！祝全家幸福安康！刘羡代问你们好，她在

《湘潭晚报》任编辑工作。"

多好的孩子，在他生命弥留之际，还关心着病友们。

我回复万群："张爽是个非常优秀的孩子，他的离去不仅是你们的痛苦，也是我们的痛苦，希望你们多保重。"

有什么比失去爱子的夫妇更痛苦的呢，他们已年逾半百。失去了孩子，他们已经一无所有。

11月13日　星期六　晴

旱柳的执拗性格常常表露得含蓄，初冬的寒霜献出殷勤将粉黛挂在枝叶上。晨光初露，柳便抖落尽这些虚假的情意，还一身耀目的熟黄。坚毅的目光俯看着树下匆匆而过的羊群和摇动身姿沮丧的柔草。

病情复发是移植失败的重要原因，病人们谈之色变。影响复发的危险因素主要为移植前疾病状态，移植物抗宿主病存在与否及T淋巴细胞去除。

因此，移植前干细胞的处理要十分严密，移植后的巩固也不能有误。对于家属来说，病人今后半年、一年或者更长的时间里，仍然不可有丝毫的懈怠，我们仍将在提心吊胆中过日子。

11月14日　星期日　晴

中午回到家，阳阳就对我说："贺大夫去世了。""你怎么知道的？""我今天给他家里打电话，他爱人在家告诉了我。"我心里又一阵惊颤。贺大夫，家在山东淄博，一家医院脑系科大夫，30多岁，长方脸，人很精神，说话很有魅力。患了白血病，一年前做了自体干细胞移植，定期回来复查，每次要在医院住几天。阳阳和他熟悉了，听他能用英语交谈，好佩服他的，很快成了好朋友。他父亲60多岁个头不高，常陪他来复查。第一次血象指标较低，不太正常。第二次复查血象好转，血色素10克，其他还不正常，但没有坏细胞，他已十分高兴。我曾在医院见到他，看起来十分英俊，微胖，爱人也很温和俊秀。复查数次和英熟识了。他常坐在大厅里，病友们都关心他，围过来听他介绍治疗的经验，听他介绍血液病的常识。也关心着他的病情。病友中，有一个治疗康复，就是对大家的一个巨大鼓励。

最后一次来挂床复查，做了骨穿，在张阳病室内休息。自己感觉不好，强作镇静。病人一般在复查时都是一种煎熬，复查结果往往视同生死判决。人们也无不寄托着好的期盼。主任开始查房了，家属全部退到大厅里。英问他："挺好吗？""挺好的。"他脸上闪过一丝忧伤。

快中午了，骨穿结果出来了，他从医办室出来，脸上已看不到一点光泽。将一张电话卡送给了英，内有3元多的话费。英说："你留着自己用吧。"他对英说："我已用不着了，明天要回去了。"英也没再多想接过了电话卡。护士拿着血象单回到三楼，爱人要去拿来看，他阻止说："不用看了。"可能已经预感自己不好。

第二天临离开医院时，爱人去门诊楼结账去，情绪很低落，一副悲伤的样子。贺大夫倒坦然地和大夫、病友们告别，英对他说："这么远，别辛苦着，注意点啊！""没事的。"谁知这竟成诀别。贺大夫走后，老郝对家属们说："贺大夫复发了，将不久于人世。"他从医生那里听来。人们心里在发冷。

英说："贺大夫人很好的，聪明、博学、睿智、又善解人意，可惜！"人在愉快地生活时并不太理解生命的可贵，当知道生命将要在世界上非正常地消失时，才真正懂得了珍贵的含义。上帝馈赠给每个人的生命只有一次，而这生命有长有短，却又是不公正的。

贺大夫坦然面对生与死，几分无奈，几分悲壮。

11月15日　星期一　晴

一份珍贵的资料摆在我面前，张爽、黄斌、童麟同是优秀大学生，白血病使他们住进了一间病室，生与死面前，他们曾写下了令人落泪的"生命宣言"：

> 公元2003年9月25日，中南大学张爽、湖南大学黄斌、湘潭大学童麟同患血癌，相见、相识、相知于湖南湘雅医院血液科13病室。为明志并彰显当代青年风采，特拟如下条款，建成"统一战线联盟"：
>
> 1. 在神秘的自然力面前，我们肉体可能消失，但精神永不泯灭。三人约定，不屈不挠与病魔抗争，让青春之躯健康地走出病房；2. 住院期间，三人互慰互励。宣言之后，概不谈论

死亡，牢记誓言：病魔必败，我必康复；3. 三人之间，如谁不测，也必拼尽最后心力。天若收我，我必无憾。无论谁走了，其余医疗费用概留给后者，活着的生命是我们共同的生命；4. 父母从10月怀胎至哺育成人、成才，万分不易。亡者父母即为生者父母，康复者要尽心尽力，予以照顾，以尽孝道。

现代医学并未挽留住三个大学生脆弱的生命。童麟、黄斌于去年11月1日病逝，张爽异体移植后复发于一年后的11月2日去世，前后相距仅一年零一天，而他们的"生命宣言"永远留给了世人。

11月16日　星期二　晴

阳阳出院，给他的康复带来了希望，没有各界人士的关心支持，是无法支付这笔巨大费用的。尤其经贸大学，做出了很大的努力。我给学校马振远副书记、张爱民处长、贾处长、江书记等去信和电话表示感谢。在给学院领导的信中说：

（阳阳）经过了长期残酷的化疗，并进行了自体干细胞移植。于10月29日出院。在10个月的时间里，阳阳以顽强的意志经受了治疗，各项血液指标达到基本正常。在今后一年的时间里，还要进行医院外的免疫治疗和巩固性治疗。我们作为家长，亟希望他休学静养一年，但他很固执，我们很难阻止他视学习为生命的决心。

作为工薪家庭最为困难的是孩子的医疗费用，面临高达30万—40万元的巨额医疗费，我们真是一筹莫展。所幸的是，大学院校领导和师生以及社会各界给予极大的关怀和资助，在接受各界捐助的款项中学校各项资助达6万多元，占了很大比重。

我们希望孩子早日康复，完成学业，以回报学校、回报社会。河北经贸大学以其优良的校风、严谨的教学质量赢得了社会的赞誉和认可。

由衷地祝愿贵院作为大学的优秀学院越办越好！

我还向参加捐款的地方各中小学、单位送去感谢信，对外地的捐助者，凡能联系上的都用贺年卡或电话表示谢意。

王斌先生是义演的组织者，接到我的电话真的好高兴。知道阳阳出院，他用很甜和的声音说："我和朋友们以后再去看阳阳，祝他早日康复。"

11月17日　星期三　晴

那还是两年前的一幕,《同一首歌》是中央电视台2000年起推出的节目。2002年7月下旬,一位母亲从黑龙江发出求助信到剧组。她说,女儿延莹已3岁,检查出患了白血病,喜欢看《同一首歌》。孟欣导演看到了这封信,8月17日孟欣和主持人、歌手等到天津血液病医院看望小莹莹。刚刚做完化疗的小莹莹躺在母亲的怀抱里,冲着前来看望的人群露出了虚弱的微笑。这是一个普通农民家庭,小莹莹没有钱治疗下去。孟欣他们送去了现金、一盘《同一首歌》VCD和微型VCD机。小莹莹似乎很懂事,唱起了《同一首歌》,让人情不自禁地流着泪跟着孩子一起合唱。

当年8月23日,中央电视台《同一首歌公益大行动——有爱就有希望》播放了。全国各地许多观众对小莹莹给予了极大同情和关注。

8月26日,《同一首歌》车队在天津举行"群众爱心捐款"活动。剧组进入天津血液病医院进行晚会演出,人们纷纷上台捐款。人们为3岁的小莹莹祝福,也为与病魔搏斗的孩子们祝福。

9月18日,《同一首歌》剧组第三次到血液病医院,在广场上举行大型演唱会,为患病儿童募捐。

12月25日,《同一首歌》剧组第四次来到医院,与红三环集团开办"爱心教室",让患儿在治疗期间接受正常的教育。歌手们与孩子们联欢,用歌声给孩子们带来了欢乐,也带来了新年的祝愿。

医院的员工谈起《同一首歌》的演出活动仍然十分感动。

在天津血液病医院、在全国许多医院,像3岁的小莹莹一样的患儿多得数不过来。这些儿童聪明、可爱,不仅要受到癌魔的折磨,还要耐受化疗的煎熬。而他们还都是稚嫩的生命、含苞未放的花朵,怎能不为他们痛心。《同一首歌》使小莹莹得到社会的关爱,她是幸运者。而还有千千万万个小莹莹怎么办,她们的身后还有在精神重压下、在巨额医疗费的重压下濒于崩溃的家长们。全社会能够给予他们多一些关注和帮助吗?

11月18日　星期四　晴

几天前,将孩子出院的信息用电子邮件传给北京晓虹老师。今天她回信了,亲切而实在:"接到你的信真是意外高兴,特别是知道孩子已经平安出院，真是值得好好庆贺的大事。你孩子生病后，我听小张说了。曾往你家打过两次电话，都没人接听，知道你们常在天津医院里照顾孩子，我也急着办出国手续，就没有再联系。我们都是做父母的，知道孩子在父母心中的分量，完全体会得到你当时的心情。好在噩梦已经过去，你们也要好好调整一下自己，经过这样的折腾，大人身心的消耗也是非常大的，一定要好好休息一下，跟健康相比较，所有的事情都不那么重要。我今年9月开始应聘到韩国釜山大学中文系讲学，签约一年，现在已近3个月了，12月中旬放寒假，回北京，回去后我再和你联系。祝你全家均好！"

11月19日　星期五　晴

退休干部梁大姐今天来找我。她已退休几年，头上黑发中已掺满白发。20年前，我刚进机关，她三十多岁，美貌端庄，她是机关打字员，工作也令人羡慕。后来调到公司任办公室主任，直到退休。20多年过去，人禁不住岁月的煎熬，一天天走向苍老。两个月前，丈夫病逝，我和组织部的部长们代表区领导前去吊唁。人老了，需要两人相依为命时，老伴却撒手离她而去。去年她又因病动了手术，如今住在儿子家。老来丧夫，她面对了人生的悲凉。她从贴身的衣袋里掏出了一沓钱，她说："阳阳小时多好，我看着他长大的，我刚听说他闹病了，本来要去家里看看，听说怕感染，就到你这儿来了，这点钱你一定收下。"她执意把钱压在了一摞笔记本下，匆匆又走了。她留下的600元，几乎是她一个月的退休费，人老了，对我们又无所求，在她身上，完全是一种人间情意的体现。

沧州、黄骅人寿保险公司给孩子捐款1.5万元，今天由黄骅李经理带来。当我从他手中接过沉甸甸的一大沓钱时，也感到了一种沉甸甸的关爱。

11月20日　星期六　晴

昨晚，阳阳发热至39.5℃，和重感冒有关。早晨，叫他起来吃饭，他昏沉沉地坐起，勉强喝了点牛奶又躺下了。我和英十分着急，移植后最怕感冒、感染，稍有不慎，几个月的用药、疗养又前功尽弃。与赵主任用手机联系，手机里传来赵主任稳重的声音：重感冒，有黄痰，用先锋霉素输液，不能耽误。从医院取回药，叫来小诊所的卫生员小刘，她麻利地给阳阳输上药液，答应明、后两日按时来，给她诊费执意不要。阳阳昏睡到晚上，体温降到37℃多，起来喝点稀饭，洗洗脸，又躺下了。

11月21日　星期日　晴

下午我和石先生去采访葛校长。初冬的寒霜，掩盖不了大平原的绿茵如毯的麦田。沿沧县十里淀一条小路前行，远远地就能看见掩映在高大的槐树中的特殊教育中心。葛校长，这个魁伟壮实的汉子，在门前迎接我们。握着粗大的手，感到了他伴和着爱的血液在血管中的流动。几十个孩子在大院里玩耍，向我们投来一副副稚气灿烂的笑容。

49岁的葛校长，12年里，把一个破旧的校园办成了一个残疾儿童乐园。一批批残疾学生走出校门，成为国家的建设者、自食其力的公民，他和他的同事们用一颗颗爱心，赋予了一个个残疾儿童生命的价值。

聋哑等残疾儿童，社会的弱势群体，特教学校又是学校中的弱势学校。全国六千万残疾人中，残疾儿童又应该是社会最应关爱的群体。如何把他们培养成自食其力的劳动者，体现他们生命的价值，是社会的责任。葛校长像一个合格的父亲一样，代表一县承担起这种责任。与他交谈，感到了他一个父亲般博大的胸怀。他平淡地说："学校我要好好地办下去，要对得起孩子们的父母，对得起这些孩子们。"残疾儿童和恶性血液病儿童一样，需要社会加大关爱的力度，真希望出现千千万万个葛校长。

11月22日　星期一　晴　小雪

晨，小雪飘落。村路边高台地上，早年栽下的几株柏树已有盈把粗。临海土壤盐碱，松柏很难存活。柏树的智慧隐藏在那裸露着骨骼的枝干里，把土壤贫瘠的无情和水源稀缺的淡漠凝结成紫香的血色。永不凋零的绿叶阻挡着骤然袭来的风、承接着穿透乌云疾速而下冷酷的雨，迎候着那携带寒意的肃杀阴郁的雪。

报载一则消息令人振奋，我国科学家发现新型免疫细胞亚群，对癌症、肝炎、糖尿病等的防治提出了新思路。他们发现了一种对人体免疫功能具有重要和独特调节作用的新型细胞群体——新树突状细胞群。

这一发现，对某些严重危害人类健康的与免疫相关的重大疾病的诊断和防治具有重要应用价值。

这是第二军医大学教授曹学涛课题组，联合浙江大学免疫学研究所发现的。对恶性血液病的诊治肯定是一大福音。医学科学的不断探索和进步，为最终攻克血液病奠定了基础。不远的将来，恶性血液病的治疗也许像治愈感冒一样普通、轻而易举，这一天一定会到来。

11月23日　星期二　晴

　　生命是可贵的，生命的危险往往需要自救。记得10岁时，5月的川南已经显现出夏日的炎热。县城后山坡上有一个巨大的取土坑，下雨后即成了孩子们游泳的好地方。星期天，我和哥哥去学游泳，我们在浅水边上扑来扑去，试图使身体漂浮起来，渐渐地临近了一个深坑但全然不知。突然我们一起滑进了水中，我本能地两手刨着水，忽地冲出水面忽地又向下沉去。大哥终于踩上了浅水地带，我一个劲地在水中挣扎，终于脚底踩上了坑沿的泥地，就在此时，一个会水的孩子过来了，伸出手把我拉了一把，我脱险了。在险境中，不仅需要别人的救助，更重要的是要有强烈的自救意识，依靠自己救自己。

11月24日　星期三　晴

　　寒流袭来，气温骤降10℃。造血干细胞存在于人的骨髓中，因此，造血干细胞移植也称骨髓移植。据悉，我国目前有400多万血液病患者在等待造血干细胞移植。但在我国造血干细胞资料库中捐献者的资料只有13万人份，库存与患者数量比为1∶31，即每31个病人仅拥有一份库存捐献者资料。而骨髓库资料也才20万例。这与13亿人口的泱泱大国极不相称。如达不到一定的库存量，造血干细胞资料库很难实现成功配型，人群中配型概率仅万分之一。每位造血干细胞捐献者的检测费用是500元，如建立100万例资料的资料库，检测费需5亿元。

　　中华骨髓库是我国血液病患者的希望，中华骨髓库需要雄厚的资金，中华骨髓库等待着中华儿女的捐献。

11月25日　星期四　小雪转晴

　　入冬以来第一场小雪，早晨飘飘洒洒，不久天转晴，雪很快化净。原农场革委会主任陈凤阁去世，享年90，他是被记入南大港农场发展史的重要人物。"文革"开始，一场轰轰烈烈的所谓"大革命"席卷全国，弹丸之地的农场也未能幸免，两派争斗，如火如荼。陈凤阁，一个地委干部受命于危难之际，来到农场，肩负起重任。平息两派争斗，发展生产。十年间，农业由水田改旱地，大兴水利，农田改造，空前丰收；工业如石化、化肥、糖酒等企业由此起步，成为农场经济支柱。十年后他回到地委。他平易近人，工作务实，在农场发展历史上贡献最大，农场人对他赞誉最多。人贵难得身后名，历史是人民创造的，同时也是英雄创造的，一个人对一地的影响，往往主要由他的职务来确定。陈凤阁留下一本薄薄的诗集，但真正留下的还是他的业绩，那是留在人们心中的东西。

11月26日　星期五　晴

华北煤炭医学院大学生周伟捐献的造血干细胞运到杭州浙医一院，捐给了身患白血病的周某，成为河北省"捐髓"的第一人。我国每年确诊为白血病的患者达4万多人，其中30岁以下占95%，儿童占50%以上。非血缘关系人中寻找配型者，只有万分之一的机会。周伟的"捐髓"，挽救了一个不幸的白血病患者，其带动意义在河北是巨大的。他说得好："生命本是一段旅程，我愿尽我的绵薄之力去挽救一个同车的旅人，挽救一个原本幸福的家庭。我相信，如果将别人的生命与自己共享，生命就会延长。"

11月27日　星期六　晴

到血液病医院，一下车才感觉出大风带来的昏天黑地的感受。灰尘在飞，纸屑在飞，树叶、塑料袋在飞。住院部一楼斜道栏杆被刮断，风其实并没那么大威力，是风刮裂了北头一处栏杆的焊缝，随之连锁反应，十几米长的栏杆焊口全部拉开，栏杆訇然从2米多高处倒地。东面大片平地上，施工队已打下新楼房的几处基础，钢筋裸露着向空中伸出几米高，在风的呼啸声中摇曳着。这里即将建起一座楼房，是医院的移植楼，规模较大，移植治疗将全部转到此楼。地上那株大椿树不见了，向周围和堆放垃圾的场地扫视寻找也毫无踪迹。那株一臂环抱的椿树，高达4层楼，根部的树皮被刮掉了一半，树枝也出现几束枯干。但春来给人留下满目的苍翠和满树果荚。它是这座医院的见证，也是进入这所著名医院的病人生死去留的见证。如今已终止了它的生命，不能再见证什么。地面没有任何痕迹，那巨大的树根可能已被挖土机抓走，树已从世界上消失，唯有我能记起它。

11月28日　星期日　晴

德风从大洋彼岸打来电话，我们已是47年未见面的同学了。但我们不约而同操起乡音说话还是那么自如，那么亲切，那么如见其人。每年德风总要来电话谈起他的生活，还在经营餐馆，每日奔波。老父九十有五，刚不再驾驶汽车。儿子已大学毕业，学经济管理但不愿继承父业，而要独闯天下，干一番事业。说起我一年来为子治病他深表同情："孩子一定会康复，你们一家一定会幸福。"

我十分感谢他的祝愿，我们约定近两年会在北京相逢。

11月29日　星期一　晴

天津血液病研究所及血液病医院的前身是部队医院，1970年在"文革"中迁四川简阳，1980年经邓小平批准迁回天津，改名海光医院，1986年改现名。该院属中国医学科学院协和医科大学，有700多名研究人员和医护员工，是我国北方著名血液病专科院所。

2001年与上海望春花集团、中银投资控股有限公司投资创建了脐带血干细胞库。这是亚洲最先进的脐带血干细胞库之一，是国内唯一从事干细胞研发、储存及临床应用的产业化基地，在天津市140多家医院和全国各省市进行脐带血知识的宣传和采集。近年，该院要新建门诊、住院等楼房，进一步改善条件，使其诊疗条件和医疗质量达到更高水平。

11月30日　星期二　晴

美国总统大选期间，加利福尼亚选民要求拨付3亿美元用于该州干细胞研究，遂列入了总统竞选辩论的内容。该州建有科学硅谷，科学的前瞻性强，生物学家、普林斯顿大学校长雪莉·蒂尔曼多方奔走，寻求合作途径，并来到中国寻求合作。在总统辩论中，克里与布什激烈辩论，布什不赞成干细胞克隆。这是美国总统竞选历史上首次将干细胞研究列入了辩论内容。

12月1日　星期三　晴

慈善义举，是中华文明的悠久传统，我国历代都出现过如修路搭桥、办学行医、积德行善的人和事。改革开放以来，社会上涌现出一批热心公益慈善事业、积极捐赠献爱心的人士，各级政府经办的慈善事业也有所发展。随着现代化事业的发展，社会需要一大批慈善家，慈善是社会文明进步的一个重要标志。社会的扶贫、帮困、助学、抗流行病、助医等不仅需要广大民众的参与，更需要乐于奉献的企业家、社会贤达、名流、明星的义举。

我国的社会慈善事业还很久缺，热心慈善和奉献爱心的人士还不够多。尤其在社会成员贫富差距加大的情况下，更需要在社会大力发展慈善事业；如何看待富裕人士的慈善捐赠，使更多的有条件的人士热心慈善事业，消除社会上偏激和错误的看法。

慈善事业是一种超越经济常规的社会道德和责任，尤其对中国千千万万无钱医治的血液病青少年和儿童来说，无啻于是解决挽救生命救治费用的重要来源。中国血液病病人，不仅应得到国家的救助，也应得到社会慈善家的救助。

要在全社会弘扬慈善美德，形成慈善光荣、受人尊崇的氛围。要为慈善家树碑立传，使他们正确对待自己的财富，能积极回报社会。我国第一家慈善医院在上海开业，专为看不起病的肿瘤患者免费诊治，昭示着中国慈善事业的进步。人类需要人性善的复归，慈善事业，即是人性善复归的媒介和实际体现。盼望中国慈善事业如鲜花开满中华大地。

12月2日　星期四　晴

西方国家许多富翁虽然创业艰难，但事业有成后，又精打细算，生活简朴，不给儿女留下过多财产，把大量的财产捐给慈善事业。英国拥有23亿英镑资产的手机经销商考德韦尔每天工作12小时，自己给自己理发、购买打折橙汁、不用用人。他认为："金钱对人尤其没有好处。一般来说，金钱成就多少人，就会毁坏多少人，它是罪恶之源。"他积极参与为残疾和重病儿童创办慈善机构的各种活动。他为此自豪："如果你像我一样做些力所能及的好事，你就会因此得到极大满足，而这种满足是那些无力做好事的人可望而不可即的。"微软创始人比尔·盖茨拥有资产763亿美元，成为世界首富，但他又是世界上最乐于慈善事业的人。他捐款达283亿美元，并用30亿美元成立美国规模第一的"比尔和梅林达—盖茨基金会"，在全球从事医疗保健、图书馆建设、教育、社区服务等。英特尔公司创始人高登·摩尔的资产达106亿美元，其中64%做了慈善事业。美国享有税收豁免权的慈善机构达120万个，我国仅100多个。大力鼓励发展中国的慈善事业，企盼众多的企业家的参与，应成为弱势群体及广大国民的期望。

12月3日　星期五　多云

寒风凛冽，在清晨擦过车头如嘶哑的哭声。我和会计刘先生、晨亮的父亲一起去天津。晨亮的父亲，一个老实巴交的农工，40出头的年纪，头发有些谢顶显得如60岁般苍老。他的孩子，一个年仅14岁的男孩患了白血病、肝肾衰竭、肺积水，住进沧州医院。他已一筹莫展："我那晨亮，1米75，高高大大，一表人才，学习又好，可怎么就得了这种病……"他声音哽咽中透着无奈，我只好安慰他："不要紧，有办法治好他。"十几天前，小晨亮高烧不退，生活拮据的父亲把他领到私人小诊所。医生按感冒给输液一周，不见好转。父亲慌了，送到区医院，因血象异常，医院建议去沧州检查。中心医院的检验是无情的，诊断书上的结果：急性淋巴细胞白血病，给了父亲当头一击。晨亮有两个姐姐，他的重病，父亲知道预示着什么。十多天的化疗，晨亮的病情不见好转，肺、肝、肾的衰竭，已使父亲的心提到了嗓子眼。

我向天津血液病医院赵主任介绍了晨亮病情，情况紧急，赵主任同意立即转院过来治疗。

下午2点，小晨亮由救护车转至医院，住进抢救室，病情很重，医生们投入了抢救中。

晨亮的父亲、母亲、伯父临时住进招待所。晨亮的父亲已愁眉不展。孩子的命运如何，能闯过险关吗？他将失去唯一的儿子吗？晨亮的父亲又如何面对巨额的医疗费用？一个在几十亩盐碱地上刨食的庄稼汉怎样为晨亮筹集几十万元的费用？我的心像他一般沉重。我为小晨亮担忧。

12月4日　星期六　薄雾转晴

天与地一夜疲乏的酣睡还在延续。早晨，它们留下的薄雾如轻纱在田野里、在树丛间、在公路上飘飘忽忽，时断时续。车过沧州，天又变得格外晴朗，飞速而过的杨树枝干上只留下薄雾濡湿后的印迹。

一进大学校园，两旁粗大的法国梧桐在阳光下劲挺着树干，枝丫舒展成密集的树冠，如列队迎接的同学。

阳阳像久别家园的游子舒展了笑脸："我又回来了！"学生们三三两两，或迎面而过。或相向而行，有的牵手，有的挎包，有的骑车，一张张充满朝气的脸相错而过。虽有的还有些稚气，却使人感觉到校园里一种催人奋进的无形力量笼罩在他们周围。

那是一间教师的小屋，教师因生产请假，同学为阳阳借来。小屋虽仅有十多平方米，却功能齐全，靠北有玻璃拉门隔开，一室成三室，外室一床一桌、一柜一椅，可满足睡觉、学习之需；内室，可作小厨房，内有厕所。安上一架紫外线灯具，一张折叠床，英就可以在这里照顾阳阳了。前两天，英已哆哆嗦嗦地在阳阳臂膀上打过针，今后一般打针就可以不用去医院了。

复学，一年前我不敢想。孩子经历了血与火的一年，在水深火热中挺过来，那是生死线上的跋涉，是一场脱胎换骨的拼争。"皮之不存，毛将焉附？"在健康与学业两个选择上，健康是第一位的，没有健康的身体，学业乃至今后的事业无从谈起。阳阳能认识到这一点吗？世界上的孩子都能认识到这一点吗？

那张爽、唐吉、程文华大夫、贺大夫，还有子薇，他们的不幸还沉重地压在人们的心里。如果人真有灵魂，祈盼上帝赐给他们来世一副强健的身体。

他们的父亲不再为山一般的费用而呼天抢地，也不再为天不怜悯人的结局而撕心裂肺。

阳阳真正的康复还有很长的一段时间，我的肩上还压着那副重担，那根摩擦得发亮的铁杠上镌刻着"父亲责任"几个大字。

我从提包里取出几页打印的白纸，有"移植后居家护理事项""移植后饮食要求事项""体温血象用药日志表"，嘱咐英贴在墙上。

天空晴朗，澄澈如水洗过，泛着大平原上多年未见的蔚蓝。只有西边天际处游动着片片浮云。午时的阳光从苍天挺立的杨树枝丛中透下，其中一束刺痛了我的泪腺。不知不觉间，眼泪已流下了脸颊。我用右掌左右按下，拭去脸上的潮湿，向迎面走来的学生努力露出微笑，掩饰那不是哭泣的泪，坦然地走向校门。

我是父亲（跋）

20世纪60年代初，当我第一次站在渤海岸边，海浪拍打着海堤，浑黄的潮水由近到远直至难以辨清的地平线。大海并不像我想象中的美好，但它那浩浩荡荡的气势却使我第一次感到了震撼。大海边一切都那么广阔，海边国营农场也那么恢宏，一望无际的金色稻田，一望无际碧绿的大苇洼。从川南那山重水复中走来的我，立时感到了心胸的开阔和豁亮。从此，在大海的波涛声里、在雁鸣与风拂苇叶的交响曲里，我度过了少年时代。当我走进田野、走进工厂、走进机关，把一生的希冀寄托给这一片神圣的土地时，我已成为一个名副其实的洼里人。

21世纪初，父母作为农场的最初开拓者，带着对这片土地付出后的满足相继离去。我们作为这片土地上的固守者也献出了青春的热望和神往。孩子出生在这片土地上，更具有这片土地上"土著"情感的意义。

孩子是幸福的，他没有经历父辈在艰难中跋涉的日子，有的是阳光下的温暖和幸福。我们像千千万万个父母一样，愿意为孩子铺就一条人生的坦途。

但是，"天有不测风云，人有旦夕祸福"，从人类有史以来，这一神秘的谶语总是在人们身边萦绕，降临到人们的头上，而这降临的时间却从来都是神秘莫测。孩子患病，打破了我们原本幸福家庭的一切，原本的井然有序立即变得杂乱无章。这无异于一场灭顶之灾，我们陷入了灾难的深渊。在疾病面前，我们一夜间由小康变成了赤贫。

疾病如凶神恶煞,和人们根本就没有商量的余地;疾病不期而至,与天下从来就没有协调的可能。孩子的重病,是一个家庭的不幸,而这种命运谁又能避之远远。

地球诞生60亿年,似乎是漫长的,但在我们生命诞生之前已悄悄地逝去。我们惊叹大自然创造生命的伟大,我们惊叹大自然创造生命的神圣。世间还有比生命更为可贵的吗?人类作为一种生命的形式,生生不息地延续,承载了浩瀚宇宙精心的谋划和永恒的思索。作为父亲,应该是伟岸坚韧的象征,应该是砥柱和磐石的象征。父亲和母亲创造了孩子的生命,作为父亲,拯救孩子的生命又具有不可推卸的职责。他要承担的一切,是常人难以想象的艰难;他要完成的使命,是要经历常人不可理解的困厄。孩子的生命在父亲心目中的地位,是不可替代的。一个孩子对于一个家庭的分量重若千钧。孩子重病,使一个父亲变成了弱者;同时,事物具有不可思议的两面性,也会使一个父亲变成了强者。孩子患病,我只有一个信念占据了整个身心:挽救孩子生命,完成父亲的责任。

金钱是财富的表现形式,在金钱尚未离开社会成为历史的今天,其作用是巨大的。对于一个患者家庭来说,无异于是生命延续的链条。作为工薪家庭,孩子重病,我们陷入了一场危机之中。孩子是学生,他个人没有为治疗重病所依托的单位。天文数字般几十万元的重负,像一座巨大的山无情地压在我们身上。所幸的是,在我困厄得精神和肉体行将分离的时候,无数双温暖的手伸向了我。我身边的同事、我的亲属、朋友、学校、教职员工、学生、工厂的员工,以及素不相识的企业家、离退休干部、城镇的居民、民工、老人和儿童。他们用善良的手臂撑起了一个父亲的脊梁,他们用力量支撑了一个生命的支点。孩子患病是不幸的,因为病过于沉重;孩子又是幸运的,因为他的身后站立着千百个善良的亲人。

危难中的生命往往也是最顽强的生命。孩子坦然面对现实,坦然接受了最为艰难最为残酷的治疗。父亲的一个微笑,会给他送去一个希望;父亲的一个眼神,也给他带去一个祝福。在医院这个大家庭里,病友之间互相的鼓励,为生命注入了生机和活力。孩子的忍耐力是惊人的,我知道那是生与死较量中突显出的精神,那是如战场上驰马拼杀中展示出的神勇。在孩子与病魔拼杀面前，我们经受了惊悚下生活的十几个月。孩子和坚强的生命同在，他在病床上继续着他的学业，伴着无休止滴答的药液，伴着一针针扎出的血珠，他学完一册册专业课，写完一本本笔记。当他回到学校的课堂，以优异的成绩回报学校时，作为父亲已满眼是泪。在孩子身上，生命之花饱含了永不凋谢的精魂。

生命是顽强的也是脆弱的，在天津的那所医院里，我目睹了一个个生命的逝去，如一棵棵草的悄然干枯。在医生眼里，一切都是平淡的，生与死只是生命运动的起点和终点；在诸多父亲面前，他们的眼泪早就在心里流尽，流出的已是心里的血液。一个作为父亲的军人，把病逝的十几岁儿子的骨灰撒在了海河里，他的悲苦像河水一样拥抱着儿子流向大海。一个农民儿子的生命在一夜间离去，这个刚刚工作的优秀大学生还没来得及报答父母的养育之恩，只留下在楼道上默默无言的父亲。生命是顽强的也是脆弱的，我目送过用尽了卖羊钱领着放羊娃无奈地走出医院的父亲；我也亲自送过无力支付医疗费抱着儿子离开病房的父亲。如果说生命是顽强的，那千千万万个孩子为什么不能再生；如果说生命是脆弱的，为什么不给那千千万万个父亲以拯救孩子生命的权利。

21世纪，是走向社会和谐的时代。没有一个个家庭的幸福就没有社会和谐的基础。一个父亲承担了家庭和谐完整的责任，从这个意义来说，社会具有父亲般的责任、父亲般的关怀、父亲般的力量，渴望为每一个家庭撑起一片蓝天。时代在进步，时代在呼吁千千万万善良的人们编织起一个爱心缠绕的平安结。爱心的力量是巨大的，它冲破了民族、冲破了地域、冲破了经济阶层，是人性中善良本性的回归。每一个在病中忍受折磨的家庭，祈盼着社会的关爱，祈盼着真诚爱心的笼罩。

在陪同孩子看病的日子里，我为一个个病孩写下一篇篇文章，在各地做了许多报道和呼吁，但也深感那些文字的苍白无力。我国每年有4万人患恶性血液病，其中儿童占二分之一。我国有400万血液病患者等待着，他们需要进行骨髓移植或干细胞移植才能拯救生命，我国捐献者资料仅仅20万份。多少父亲在祈盼着。

在这部书即将脱稿之时,接到孩子病友父亲们的信息,在相识的十几个孩子中,生命终结的已占一半。有大学生、中学生、小学生,有男孩、有女孩。那和孩子最相好的超,一年多的治疗没能挽回他二十几岁的生命,痛苦地在父亲的怀抱里永远睡去。我始终没有把这个消息告诉孩子,至今我还放着超在医院里抄写的一张信笺,那字体是那么的刚劲。

是的,我的孩子是幸运的;是的,希望所有的孩子都能够幸运。

2005年10月1日国庆节

感恩应是无限的（后记）

初夏，天津南京路两侧被绿色笼罩。站在路北大门旁，抚摸着那块黑色大理石，上面"血液病医院"苍劲的大字深深镌刻在石面上。街边挺拔的杨树、白蜡树如护卫的哨兵，树叶摇动出亲和的碎响。由门边栅栏望进去，银灰色的两栋主楼静静地矗立在阳光里，楼前那徽标雕塑依然散发出生命的红色。

感恩的情怀依旧，与这所著名的专科医院无法割舍。每年中秋节、春节到来时，我的问候信息会通过电波传递给百公里外的几个医生，还传递给那些在学校、在机关、在楼房、在平房的老师们、朋友们、亲属们。

12年的时光飞速离去，城市在变、农村在变，感恩的思绪却愈加牢固，像每一个新晨里照进心房的阳光。

12年前的10月，孩子脸上带着新生的喜悦走出了医院的大门，作为父母亲给予他的生命曾经是那么孱弱，是这里给了他一个重生的生命。经历过生与死的考验，在穿上铠甲与死神拼死搏斗后，孩子爬出了血迹斑斑的甬道。而这生命的铠甲正是他们，是这些忠诚于救死扶伤事业的医护人员们，是那些在身后呐喊助威的师生、亲朋和善良的人们。孩子当年回到了学校，继续他的学业，为防感染戴着口罩走进课堂。他没有丢下课程，两年后捧着本科毕业证进入辽宁工业大学，两年半后又以通信专业硕士论文第一的成绩毕业，被招聘入移动公司工作。他知心的女友和他结合了，两人的小儿子很快度过了4岁的生日。他也做起了父亲。

离开医院,那些在一起度过难忘的一年的孩子们,仍然让我时常挂念。相继得到有的孩子被病魔夺去生命的消息,总不能平息惋惜的心情。孩子是他们中幸运的一个。周国平的《妞妞》以细婉的笔触描绘一个父亲拯救孩子的伤痛。我则以凝血的笔端,记录下一个父亲面对现实带着孩子闯过生死关隘走向阳光的过程。一个曾经向孩子伸出温暖的手无私救助的老人,不幸身患癌症。去世前,我带孩子去看望。老人拉着孩子的手,笑容中带着帮助过孩子的满足,孩子握住他温暖的大手久久不愿离开。

所幸的是社会在不断进步,现代医学科学的发展为血液病患者带来了福音。国家逐步完善了全民医保政策,普及了大病医保,血液病孩子们得到国家更多的关爱,许许多多的病患者摆脱梦魇,获得第二次生命。

由不尽的感恩心情到时时关注血液病医学研究的进程,由不尽的感恩到关注血液病孩子们。如今,天津的那所医院对血液病能够进行精确诊断和治疗,尤其在各类恶性血液病患者治疗方面成就斐然,干细胞移植后长期无病生存率达到国际先进水平,并且成为我国规模最大、水平最高的淋巴组织肿瘤临床诊治和研究的主要基地。他们的网站也是我时常浏览的地方。

在人类社会,父亲不仅和母亲共同延续生命,父亲又是力量和智慧的象征,父亲充当着家庭的精神支柱。父亲的伟大之处在于,父亲是一只鹰,在风雨袭来时,用脊背和羽翅为幼雏们挡住洞口,晴朗后还子女一片灿烂的阳光;父亲是一棵树,用坚实的枝干为鸟儿架起延续生命的巢。用树冠阻挡着惊心的狂风、动魄的雷电。愿天下的孩子们感恩父亲。

此书写于孩子患病那年,因为种种原因搁置。感恩那些帮助过孩子的人们永远是我的愿望,此书的出版正是我虔诚的还愿。梅洁老师时常电话问起这本书的出版,一些知情的亲友也问及何时能够看到这本书。感谢河北省新闻出版广电局和花山文艺出版社给了这本书出版的机会,感谢刘江滨老师真诚的鼓励和指导,感谢刘建东、祁胜勇、李浩等老师、朋友们的热情关注。一部书的出版牵系了他们诚挚的助力。

初夏时节，我生活过半个多世纪的大洼地一派生机，麦田金浪涌动，土地一年年奉献着它的血液和热情。大苇洼里无边的芦苇连着天际，鸟儿衷情的和鸣洋溢在苇荡里，大苇洼展开一幅岁岁新奇的巨画。

此书献给帮助过孩子的善良的人们！

此书献给敬爱的坚强的父亲们！

2016年6月6日于南大港